shiji
wenxue
jingdian

世纪文学经典

毕淑敏 著

毕淑敏精选集

北京燕山出版社
BEIJING YANSHAN PRESS

目 录

毕淑敏——作家——医生 …………… 001

1. 流露你的真表情 …………… 001
2. 凝视崇高 …………… 006
3. 铸造心情 …………… 010
4. 孤独是一种兽性 …………… 012
5. 行使拒绝权 …………… 014
6. 最大的缘分 …………… 020
7. 自拔 …………… 022
8. 精神的三间小屋 …………… 024
9. 柔和 …………… 028
10. 每一天都去播种 …………… 031
11. 没有一棵小草自惭形秽 …………… 033
12. 写下你的墓志铭 …………… 036
13. 让我们倾听 …………… 041

目 录

14. 回头是土 …………………………… 046
15. 提醒幸福 …………………………… 048
16. 珍惜愤怒 …………………………… 052
17. 我的五样 …………………………… 054
18. 永别的艺术 ………………………… 059
19. 寻觅危险 …………………………… 063
20. 心轻者上天堂 ……………………… 066
21. 切开忧郁的洋葱 …………………… 069
22. 婚姻鞋 ……………………………… 073
23. 婚姻的四棱柱 ……………………… 076
24. 家问 ………………………………… 082
25. 婚姻有漏 …………………………… 086
26. 成千上万的丈夫 …………………… 088
27. 淑女书女 …………………………… 092
28. 寻觅优秀的女人 …………………… 094
29. 未雨绸缪的女人 …………………… 098
30. 好脾气的悖论 ……………………… 100
31. 我和瑞恩妈妈的不同 ……………… 103
32. 在北欧游轮上 ……………………… 107

33. 我很重要 ………………… 112
34. 海盗的诗 ………………… 116
35. 丹麦的独腿锡兵 ………… 125
36. 曼德拉的铅笔 …………… 135
37. 生命之序 ………………… 138
38. 比树更长久的 …………… 140
39. 艾滋之椅 ………………… 143
40. 心中的死结 ……………… 148
41. 一百万年之前 …………… 152
42. 让死亡回归家庭 ………… 156
43. 人生有三件事不可节省 … 162
44. 阅读是一种孤独 ………… 164
45. 今世的五百次回眸 ……… 167
46. 病中读书谱 ……………… 169
47. 从伊甸园带走的礼物 …… 172
48. 像烟灰一样松散 ………… 174
49. 每只小狗都有一个目标 … 179
50. 变化的哀伤 ……………… 182
51. 最单纯的生活必需品 …… 184

目录

52. 第二志愿 …………………… 187
53. 悄声 …………………… 191
54. 你站在金字塔的第几层 …………… 193
55. 教养的证据 …………………… 198
56. 婴孩有不出生的权利 …………… 202
57. 爱怕什么 …………………… 205
58. 保持惊奇 …………………… 208
59. 孝心无价 …………………… 213
60. 回家去问妈妈 …………………… 217
61. 轻裘缓带 …………………… 221
62. 女人什么时候开始享受 …………… 223
63. 何时才能外柔内刚 …………… 226
64. 性感的进化 …………………… 231
65. 我所喜爱的女性 …………… 234
66. 男人和女人的区别 …………… 236
67. 请为你的夸奖道歉 …………… 241
68. 蚕是被自己的丝裹住的 …………… 243
69. 疲倦 …………………… 247
70. 未来和将来的区别 …………… 250

毕淑敏——作家——医生

王　蒙

如果她的署名是阿咪、狂姐、原水爆或者荷兰豆，也许我早就读过她的作品了。

然而她的名字是毕淑敏，这名字普通得如——对不起——任何一个街道妇女。而且她说她从小就是一个好学生，她的数学与语文是同样的好。（总算找到了一个喜欢也学得好数学的同行了，王蒙大悦焉！）她的开始写作源起于父亲的建议，而她的戒骄戒躁是由于儿时的母亲的教导。为了写作，她在完成了医学院学业以后又去上广播电视大学的文学系并以"优"的成绩毕业，继而读研究生，获得了硕士学位。（有几个作家老老实实地这样学过文学？）再说，她同时是或者更加是一个医术精良的内科医生，她对此充满自信与自豪……

我真的不知道世界上还有这样规规矩矩的作家与文学之路。我本来以为新涌现出来的作家都可能是怀才不遇、牢骚满腹、刺儿头反骨、不敬父母（而且还要审父）、不服师长、不屑学业、嘲笑文凭、突破颠覆、艰深费解、与世难谐、大话爆破、呻吟颤抖，充满了智慧的痛苦、天才的孤独、哲人的憔悴、冲锋队员的血性暴烈或者安定医院住院病人的忧郁兼躁狂的伟人——怪物。

毕淑敏则不是这样。她太正常，太良善，甚至是太听话了。即使做了小说,似乎也没有忘记她的医生的治病救人的宗旨,普度众生的宏愿,苦口婆心的耐性,有条不紊的规章和清澈如水的医心。她有一种把对人的关怀和热情悲悯化为冷静的处方的集道德、文学、科学于一体的思维方式、写作方式与行为方式。

而在我们国家,常常是杀人之论火爆易红,救人之论黯然无光;大而无当之文如日中天,诚实本分之作视若草芥;凶猛抡砍之风时赢喝彩,娓娓动人之章叨陪末座。一句话,乖戾之气冲击文坛久矣,恨比爱强健,斗比和勇敢,骂比分析痛快,绝望比清明时髦,狂妄比谦虚现代,乌眼鸡驱逐掉了百灵与夜莺,厮杀的呐喊遮盖了万籁,而与人为恶的文风正在取代与人为善的旧俗……

所以就更显得毕淑敏的正常、善意、祥和、冷静乃至循规蹈矩的难能可贵。即使她写了像《昆仑殇》这样严峻的、撼人心魄的事件,她仍然保持着对每一个当事人与责任者的善意与公平。善意与冷静,像孪生姐妹一样时刻跟随着毕淑敏的笔端。唯其冷静才能公正,唯其公正才能好心,唯其好心世界才有希望,自己才有希望,而不至于使自己使读者使国家使社会陷于万劫不复的恶性循环里。也许她缺少了应有的批评与憎恨,但至少无愧于、其实就是远远优于那些缺少应有的爱心与好意的志士。她正视死亡与血污,下笔常常令人战栗,如《紫色人形》,如《预约死亡》,但主旨仍然平实和悦,她是要她的读者更好地活下去、爱下去、工作下去。她宁愿忏悔自己的多疑与戒备太过,歌颂普通劳动者的人性(《翻浆》),而与泛恶论的诅咒与煽动迥异其趣。至于她的散文就更加明澈见底了。

她确实是一个真正的医生,好医生,她会成为文学界的白衣天使。昆仑山上当兵的经历,医生的身份与心术,加上自幼大大的良民的自觉,使她成为文学圈内的一个新起的、别有特色的和谐与健康的因子。

而另外的多得多的天才作家的另一面，实在是文学界的病友。我尊敬与同情我的病友，我知道世界上许多伟大的作家都有病，他们太痛苦了，他们因痛苦而益发伟大了。但同时我也赞美与感谢大夫，为了全国人民的身心健康，我祝愿在大夫与病友的比例上不至于出现太大的失调。有病人也有医生，这才是世界，这才有各种写不完的故事。

　　不知道这是我的幸还是不幸，不知道这是不是我的被误解与被攻击的原因之一。我既觉得病人之可哀可叹，又觉得医生之可亲可信，特别是当我给一个比我年轻的作家作序写评的时候，我承认每一片树叶的价值。当然，我宁愿多称赞一点祥和与理性，但我也许又发放了太多的苦口的良药，真对不起。

1. 流露你的真表情

学医的时候,老师出过一道题目:人和动物,在解剖上的最大区别是什么?

当学生的,争先恐后地发言,都想由自己说出那个正确的答案。这看起来并不是个很难的问题。

有人说,是站立行走。先生说,不对。大猩猩也是可以站立的。

有人说,是懂得用火。先生不悦道,我问的是生理上的区别,并不是进化上的异同。

更有同学答,是劳动创造了人。先生说,你在社会学上也许可以得满分,但请听清我的问题。

满室寂然。

先生见我们混沌不悟,自答道,记住,是表情啊。地球上没有任何一种生物,有人类这样丰富的表情肌。比如笑吧,一只再聪明的狗,也是不会笑的。人类的近亲猴子,勉强算作会笑,但只能做出龇牙咧嘴一种状态。只有人类,才可以调动面部的所有肌群,调整出不同规格的笑容,比如微笑,比如嘲笑,比如冷笑,比如狂笑,以表达自身复杂的情感。

我在惊讶中记住了先生的话,以为是至理名言。

近些年来,我开始怀疑先生教了我一条谬论。

乘坐飞机,起飞之前,每次都有航空小姐为我们演示一遍空中遭遇紧急情形时,如何打开氧气面罩的操作。我乘坐飞机凡数十次,每一次都凝神细察,但从未看清过具体步骤。小姐满面笑容地屹立前舱,脸上很真诚,手上却很敷衍,好像在做一种太极功夫,点到为止,全然顾及不到这种急救措施对乘客是怎样的性命攸关。我分明看到了她们脸上悬挂的笑容和冷淡的心的分离,升起一种被愚弄的感觉。

我有一位相识许久的女友,原是个敢怒敢恨敢涕泪滂沱敢笑逐颜开的性情中人。几年不见,不知在哪里读了专为淑女规范言行的著作,同我谈话的时候,身子仄仄地欠着,双膝款款地屈着,嘴角勾勒成一个精致的角度。粗一看,你以为她时时在微笑,细一看,你就琢磨不透她的真表情,心里不禁有些毛起来。你若在背后叫她,她是不会立刻回了脸来看你,而是端端地将身体转了过来,从容地瞄着你。说是骤然地回头,会使脖子上的肌肤提前老起来。

她是那样吝啬地使用她的表情,虽然她给你一个温馨的外壳,却没有丝毫的热度溢出来。我看着她,不由得想起儿时戴的大头娃娃面具。

遇到过一位哭哭啼啼的饭店服务员,说她一切按店方的要求去办,不想却被客人责难。那客人匆忙之中丢失了公文包,要她帮助寻找。客人焦急地述说着,她耐心地倾听着,正思谋着如何帮忙,客人竟勃然大怒,吼着说:"我急得火烧眉毛,你竟然还在笑!你是在嘲笑我吗?"

"我那一刻绝没有笑。"服务员指天咒地地对我说。

看她的眼神,我相信这是真话。

"那么,你当时做了怎样一个表情呢?"我问。恍恍惚惚探到了一点头绪。

"喏,我就是这样的……"她侧过脸,把那刻的表情模拟给我看。

那是一个职业女性训练有素的程式化的面庞,眉梢扬着,嘴角翘着……

无论我多么地同情她,我还是要说——这是一张空洞漠然的笑脸。

服务员的脸已经被长期的工作,塑造成她自己也不能控制的形状。

表情肌不再表达人类的感情了。或者说,它们只表达一种感情,这就是微笑。

我们的生活中曾经排斥微笑,关于那个时代,我们已经做了结论,于是我们呼吁微笑,引进微笑,培育微笑,微笑就泛滥起来。银屏上著名和不著名的男女主持人无时无刻不在微笑,以至于使人们不得不疑问——我们的生活中真有那么多值得微笑的事情吗?

微笑变得越来越商业化了。他对你微笑,并不表明他的善意,微笑只是金钱的等价物。他对你微笑,并不表明他的诚恳,微笑兴许只是恶战的前奏。他对你微笑,并不说明他想帮助你,微笑只是一种谋略。他对你微笑,并不证明他对你的友谊,微笑只是麻痹你警惕的一重帐幕……

这样的事,见得太多之后,竟对微笑的本质怀疑起来。

亿万年的进化,我们的身体本身就成了一本书。

人的眉毛为什么要如此飞扬,轻松地直抵鬓角?那是因为此刻为鏖战的间隙,我们不必紧皱眉头思考,精神霍然舒展。

人的提上睑肌为什么要如此松弛,使眼裂缩小,眼神迷离,目光不再聚焦?那是因为面对朋友,可以放松警惕敞开心扉,懈怠自己紧张的神经,不必目光炯炯。

人的口角为什么上挑,不再抿成森然的一线?那是因为随时准备开启双唇,倾吐热情的话语,饮下甘甜的琼浆。

因为快乐和友情,从猿到人,演变出了美妙动人的微笑,这是人类无与伦比的财富。笑容像一只模型,把我们脸上的肌肉像羊群一般驯化了,让它们按照微笑的规则排列着,随时以备我们心情的调遣。

假若不是服从心情的安排,只是表情肌机械的动作,那无异于噩梦中腿肚子的抽筋,除遗留久久的酸痛外,与快乐是毫无关联的。

记得小时候读过大文豪雨果的《笑面人》。一个苦孩子被施了刑法,脸被固定成狂笑的模样。他痛苦不堪,因为他的任何表现,都只能使脸上狂笑的表情更为惨烈。

无时无刻不在笑——这是一种刑法。它使"笑"——这种人类最美丽最优秀的表情,蜕化为一种酷刑。

现在自然是没有这种刑法了,但如果不表现自己的心愿,只是一味地微笑着,微笑像画皮一样黏附在我们的脸庞上,像破旧的门帘沉重地垂挂着,完全失掉了真诚善良的原始含义,那岂不是人类进化的大退步,大哀痛!

人类的表情肌,除了表达笑容,还用以表达愤怒、悲哀、思索、惆怅以至绝望。它就像天空中的七色彩虹,相辅相成。所有的表情都是完整的人生所必需的,是生命的元素。

我们既然具备了流泪本能,哀伤的时候,就听凭那些满含盐分的浊水淌出体外。血管偾张,目眦俱裂,不论是为红颜还是为功名,未必不是人生的大境界。额头没有一丝皱纹的美人,只怕血管里流动的都是冰。表情是心情的档案啊,如果永远只是一页空白的笑容,谁还愿把最重要的记录留在上面?

当然,我绝不是主张人人横眉冷对。经过漫长的隧道,我们终于笑起来了,这是一个大进步。但笑也是分阶段,也是有层次的。空洞而浅薄的笑,如同盲目的恨和无缘无故的悲哀一样,都是情感的赝品。

有一句话叫作"笑比哭好",我常常怀疑它的确切。笑和哭都是人类的正常情绪反应,谁能说黛玉临终时的笑比哭好呢?

痛则大哭,喜则大笑,只要是从心底流出的对世界的真情感,都是生命之壁的摩崖石刻,经得起岁月风雨的推敲,值得我们久久珍爱。

2. 凝视崇高

文学浮动于金钱与卑微之中，躯体已被淹没，只剩下一颗苍老的头颅。

这是一个崇尚"轻"的时代，从太太的体重到人生的信仰，从历史的评说到音乐的节奏，以"轻"为美已成为风范。

究其原因，我们的共和国虽说年轻，也经历了近半个世纪的和平。战争的瘢痕上已开满了鲜花，关于火与血的故事已羽化为神话。世界上两大阵营的消弥，使我们在瞬间模糊了某种长期划定的界限。当人们发现以往的沉重已无处附丽，调转头来寻觅久已遗失的"轻松"，是反叛也是回归。更不要说"文化大革命"中的样板戏的"高"、"大"、"全"，让许多人以为那就是崇高。

人心世道发生了大变化，人们在一个充满阴霾的早上发现金钱是那么可爱。中国人喜欢矫枉过正，因为我们的人口多，大家同时发现了一个真理，同心协力、人多力量大的结果就是把它逼近谬误。一位研究历史的长者对我说，这一次金钱大潮对知识分子信仰冲击的力度，甚于以往历次政治运动。那时是别人看不起你，这一回是叫你自己看不起自己……

于是蔑视崇高成为一种"时髦"。

人们不谈信仰，不谈友谊，不谈爱情，不谈永远。人欲横流、物欲横流被视为正常,大马路上出现了一位舍己救人的英雄,人们可以理解小偷,却要把救人者当作异端……

文学家们(请原谅我把一切舞文弄墨的人都归入其内)便有了自己的选择。

于是我们的文学里有了那么多的卑微。文学家们用生花妙笔殚精竭虑地传达卑微,读者们心有灵犀浅吟低唱地领略卑微。卑微像一盆温暖而浑浊的水,每个人都快活地在里面打了一个滚儿。我们在水中荡涤了自身的污垢,然后披着更多的灰尘回到太阳底下。这种阅读使我们得到前所未有的满足,原来世界已一片混沌,我们不必批判自身的瘰疬,比起书中的人物,我们还要清洁得多哩!

崇高的侧面可以是平凡,但绝不是卑微。

福克纳在接受诺贝尔文学奖时曾说,诗人和作家的特殊光荣就是"提醒人们记住勇气、荣誉、希望、自豪、同情、怜悯之心和牺牲精神,这些是人类昔日的骄傲。为此,人类将永垂不朽"。

这就是伟大作家的良知。

面对卑微,我们可以投降,向一股股浊流顶礼膜拜。写媚俗的文字,趋炎的文字,将大众欣赏的口味再向负面拉扯。一边交上粗劣甚或有毒的稗谷,换了商价沾沾自喜,一边羞羞答答地说一句"著书只为稻粱谋"。其实若单单为了换钱,以写字做商品是最慢而且利益菲薄。总觉得稿费的低廉未尝不是好事,在饿瘦了真正的文学家的同时,也饿跑了为数不少的混混儿,起到了某种清理阶级队伍的作用。

其实卑微并不是我们的新发现,它是祖先遗传给我们的精神财产,你要也得要,不要也得要,伴随我们整个历史。在文学作品中,它也始终存在,只是从未做过主角。好比鲁迅先生鞭挞过的"二丑艺术",就是一种形象的卑微。二丑什么都明白,表面上唯唯诺诺,背地里指点江山,但他依旧为虎作伥。

对抗卑微是人类生存的需要。人是一种构造精细又孱弱无比的生物,对大自然和对其他强大生物的惧怕,使人类渴望崇高。

我很小的时候到西藏当兵,面对广漠的冰川与荒原,我体验到个人的无比渺小。那里的冷寂使你怀疑自身的存在是否真实,我想地球最初凝结成固体的时候大概就是这样。山川日月都僵死一团,唯有人,虽然幼小,却在不停地蠕动,给整个大地带来活泼的生气。我突然在心底涌动奇异的感觉——我虽然草芥一般,却不会屈服,我一定会爬上那座最高的山。

当我真的站在那座山的主峰之上时,我知道了什么叫作崇高。它其实是一种发源于恐惧的感情,是一种战胜了恐惧之后的豪迈。

也许是青年时代给我的感受太深,也许我的血管里始终涌动军人的血液,我对于伟大的和威严的事物,有特殊的热爱。我在生活中寻找捕捉蕴含时代和生命本质的东西,因为"崇高"感情的激发,有赖于事物一定的数量与质量。我们面对一条清浅的小河,可以赞叹它的清纯宁澈,却与崇高不搭界的。但你面对大海的时候感觉就完全不一样了,它的澎湃会激起你命运的沧桑感。我这里丝毫不是鄙薄小河的宁静,只是它属于另一个叫作"优美"的范畴。

我常常将我的主人公置于急遽的矛盾变幻之中。换一句话说,就是把人物逼近某种绝境,使他面临选择的两难困惑之间。其实我们每个人在他的一生中,都会遭遇无数次的选择。人们选择的标准一般是遵循道德习惯与法律的准则,但有的时候,情势像张开的剪刀刈割着神经,我们不知道该如何处置眼前的窘境。在这种犹疑彷徨中,时代的风貌与人的性格就凸显出来。人们迟疑的最大顾虑是害怕选择错了的后果,所以说到底,还是内在的恐惧最使人悲哀。假如人能够战胜自身的恐惧,做出合乎历史顺乎人性的抉择,我以为他就达到了崇高。日新月异的时代,为我们提供了层出不穷的"选择"场地,这是我们这一代作家的幸运。

我常常在作品里写到死亡。这不单是因为我做过多年的医生,面对死亡简直成了生活中的一部分,而且因为崇高这块燧石在死亡之锤的击打下,易于迸溅灿烂的火花。死亡使一切结束,它不允许反悔。无论选择是正确还是谬误,死亡都强化了它的力量。尤其在死亡之前,大奸大恶,大美大善,大彻大悟,大悲大喜,都有极淋漓的宣泄,成为人生最后的定格。中国有句古话,叫作"人之将死,其言也善",就是说人临死前,爱说真话,死亡是对人的最大考验。要是死到临头还不说真话,那这人也极有性格,挖掘他的心理,也是文学难得的材料。

我常常满腔热情地注视着生活,探寻我不懂的事物,对世界充满好奇。我并不拒绝描写生活中的黑暗与冷酷,只是我不认为它有资格成为主导。生活本身是善恶不分的,但文学家是有善恶的,胸膛里该跳动温暖的良心。在文学本语里,它被优雅地称为"审美"。现如今有了一个"审丑"的词,丑可以"审"(审问的审),却不可赞扬。

当年我好不容易爬上那座冰山,在感觉崇高的同时,极目远眺,看到无数耸立的高峰,那是喜马拉雅山、冈底斯山、喀喇昆仑山交界的地方。凝视远方,崇高给予我们勇气,也使我们更感觉自身的微不足道。因为山是没有穷尽的。

3. 锻造心情

心情好像一种很柔软的东西,经常因为自然界的风花雪月或是人世间的阴晴冷暖,剧烈波动着,蛛丝般震颤飘荡,无所依傍,哪里用得上"锻造"这样充满了金属音响的词呢?

心情于我们是那样的重要。健康与美丽,如若没有一副好心情,犹如沙上建塔,水中捞月,一切都无从谈起。心情与我们形影不离,不,它甚至比影子的追随还要固守得多。光不存在的时候,影子就藏在深深的暗中了。只有心情牢牢黏附在胸膛最隐秘的地方,坚定不移地陪伴着我们。快乐的人,在黑夜中也会绽放出笑容;凄苦的人,即使睡着了,梦中也滴泪。

心情是心田的庄稼。只要心脏在跳动,心情就播种着,活跃着,生长着,更迭着,强有力地制约着我们的生存状态。可能没有爱情,没有自由,没有健康,没有金钱,但我们必有心情。

心情是我们的收割机呢。如果你懊丧,收获的就是退缩畏葸和一事无成。如果你落落寡合,只一味地倾诉苦难,朋友最终会离去,留你孑然面对孤灯。如果你昂扬,希望就永远微茫地闪动,激你前行。如果你百折不挠,生活每一次把你压扁,你都会充满了韧性和幽默地弹跳而起,螺旋向上。如果你向每一丛绿树和鲜花打招呼,它们必会回报你欢笑与芬芳……

如果你渴望健康和美丽，如果你珍惜生命每一寸光阴，如果你愿为这世界增添晴朗和欢乐，如果你即使倒下也面向太阳，那么请锻造心情。

　　它宁静而坚定，像火山爆发后凝固的岩浆，充满海绵状的孔隙又坚硬无比。它可以蕴含人生的苦难，但绝不会被困难所粉碎。它感应快乐的时候如丝如弦，体贴人间的每一份感动。它凝重时如锚如链，风暴中使巨轮安稳如磐。它在一次次精彩的淬火中，失去的是杂质，获得的是强韧。它延展着，包容着，覆着我们裸露的神经，保护着我们精神的海洋和天空。它是蓝色澄清的内心疆域，在那里栖息着我们永不疲倦的灵魂。

　　让我们的成品——沉稳宁静广博透明的心情，覆盖生命的每一个清晨和夜晚。从此不再因外界的风声鹤唳而瑟瑟发抖，不再因世间的荣辱得失而锱铢必较，不再因身体的顿挫不适而万念俱灰，不再因生命的瞬忽飘逝而惆怅莫名……

　　人生因此健康，因此壮丽。

4. 孤独是一种兽性

孤独这两个字,从它的偏旁与字形,一眼望去,就让人想起动物世界。看来我们聪明的祖先造字的时候,就已洞察它的真髓。

很低等的动物,多半是合群的。比如海洋里庞大的虾群,丛林中的白蚁,都是数目庞大的聚合体。随着物种渐渐进化,孤独才悄然而至。清高的老虎,高傲的鹰隼,狡猾的狐狸,威猛的狮子,你见过它们成群结伙浩浩荡荡组织起来的吗?

等进化到了人,事情才又复杂地回归了。人类重新为了各种利益,集结在一起。比如一千万人的城市,至今还在膨胀之中,从事某一行业的人,摩肩接踵地挤在一起。房屋盖得像毒蘑菇一般紧密,公共汽车拥挤成血肉长城……

在这种情况下,人回忆孤独,渴望孤独而不得,便沉浸于找与回味的痛苦。

孤独是一种源于兽的洁癖和勇敢。高雅的人在说到孤独时,以为那是人类的特殊情感,其实不过是返祖之一斑。

孤独是某个生命个体,独立地面对大自然的交流。自然是永恒而沉默的,只有深入它的怀抱中,在万籁寂静之时,你才能感觉它轻如发丝的震颤。

寻共鸣易,寻孤独难。因为共同的利害,将无数人紧紧拴在一起,利至则同喜,利失则同悲。比如股票市场,哪里有孤独插翅的缝隙?

高官厚禄,纸醉金迷,霓裳羽衣,巧笑倩兮……都需要有人崇拜,有人瞻仰,有人喝彩,有人钟情……假若孤独着,一切岂不是沙上建塔?

这些人也经常谈论孤独,但他们说出孤独这个字眼的时候,表达的不过是一种利益不够辉煌的愤懑感,和洁净凉爽无欲无求的孤独感大不相干。

人是软弱的动物。因为恐惧,才拥挤一处,以为借此可以抵挡自天而降的风雷。即使无法抵御,因为共睹同类也遭此厄运,私心里也可生出最后的快慰。

孤独是属于兽的一种珍贵属性,表达一种独往独来的自信与勇猛。在人满为患的地球上,它已经越来越稀少了。

也许有一天,人性终于消灭了兽性,孤独就像最后一只恐龙,销声匿迹。

5. 行使拒绝权

拒绝是一种权利,就像生存是一种权利。

古人说,有所不为才能有所为。这个"不为",就是拒绝。

人们常常以为拒绝是一种迫不得已的防卫,殊不知它更是一种主动的选择。

纵观我们的一生,选择拒绝的机会,实在比选择赞成的机会,要多得多。因为生命对于我们只有一次,要用唯一的生命成就一种事业,就需在千百条道路中寻觅仅有的花径,我们确定了"一",就拒绝了九百九十九。

拒绝如影随形,是我们一生不可拒绝的密友。

我们无时无刻不是生活在拒绝之中,它出现的频率,远较我们想象的频繁。

你穿起红色的衣服,就是拒绝了红色以外所有的衣服。

你今天上午选择了读书,就是拒绝了唱歌跳舞,拒绝了参观旅游,拒绝了与朋友的聊天,拒绝了和对手的谈判……拒绝了支配这段时间的其他种种可能。

你的午餐是馒头和炒菜,你的胃就等于庄严宣布同米饭、饺子、馅饼和各式各样的煲汤绝缘。无论你怎样逼迫它也是枉然,因为它容积有限。

你选择了律师这个职业,毫无疑问就等于拒绝了建筑师的头衔。也许一个世纪以前,同一块土地还可套种,精力过人的智慧者还可多方向出击,游刃有余。随着现代社会的发展,任何一行都需从业者的全力以赴,除非你天分极高,否则兼作的最大可能性,是在两条战线功败垂成。

你认定了一个男人或是一个女人为终身伴侣,就斩钉截铁地拒绝了这世界上数以亿计的男人和女人。也许他们更坚毅更美丽,但拒绝就是取消,拒绝就是否决,拒绝使你一劳永逸,拒绝让你义无反顾,拒绝在给予你自由的同时,取缔了你更多的自由。拒绝是一条单航道,你开启了闸门,江河就奔腾而下,无法回头。

拒绝对我们如此重要,我们在拒绝中成长和奋进。如果你不会拒绝,你就无法成功地跨越生命。

拒绝的实质是一种否定性的选择。

拒绝的时候,我们往往显得过于匆忙。

我们在有可能从容拒绝的日子里,胆怯而迟疑地挥霍了光阴。我们推迟拒绝,我们惧怕拒绝。我们把拒绝比作困境中的背水一战,只要有一分可能,就鸵鸟式地缩进沙砾。殊不知当我们选择拒绝的时候,更应该冷静和周全,更应有充分的时间分析利弊与后果。拒绝应该是慎重思虑之后一枚成熟的浆果,而不是强行捋下的酸葡萄。

拒绝的本质是一种丧失,它与温柔热烈的赞同相比,折射出冷峻的付出与掷地有声的清脆,更需要果决的判断和一往无前的勇气。

你拒绝了金钱,就将毕生扼守清贫。

你拒绝了享乐,就将布衣素食天涯苦旅。

你拒绝了父母,就可能成为飘零的小舟,孤悬海外。

你拒绝了师长,就可能被逐出师门自生自灭。

你拒绝了一个强有力的男人相助,他可能反目为仇,在你的征程上布下道道激流险滩。

你拒绝了一个神通广大的女人的青睐,她可能笑里藏刀,在你意想不到的瞬间刺得你遍体鳞伤。

你拒绝了上司,也许象征着与一个如花似锦的前程分道扬镳。

你拒绝了机遇,它可能永不再回头光顾你一眼,留下终身的遗憾任你咀嚼。

拒绝不像选择那样令人心情舒畅,它森严的外衣里裹着我们始料不及的风刀霜剑。像一种后劲很大的烈酒,在漫长的夜晚,使我们头痛目眩。

于是我们本能地惧怕拒绝。我们在无数应该说"不"的场合沉默,我们在理应拒绝的时刻延宕不决。我们推迟拒绝的那一刻,梦想拒绝的冰冷体积,会随着时光的流逝逐渐缩小以致消失。

可惜这只是我们善良的愿望,真实的情境往往适得其反。我们之所以拒绝,是因为我们不得不拒绝。

不拒绝,那本该被拒绝的事物,就像菜花状的癌肿,蓬蓬勃勃地生长着,浸润着,侵袭我们的生命,一天比一天更加难以救治。

拒绝是苦,然而那是一时之苦,阵痛之后便是安宁。

不拒绝是忍,心字上面一把刀。忍是有限度的,到了忍无可忍的那一刻,贻误的是时间,得到的是更大的痛苦与麻烦。

拒绝是对一个人胆魄和心智的考验。

拒绝是一门艺术。

拒绝也分阳刚派与阴柔派。

怒发冲冠是拒绝,浅吟低唱也是拒绝。义正词严是拒绝,顾左右而言他也是拒绝。声色俱厉是拒绝,低眉敛目也是拒绝。横刀跃马是拒绝,丝弦管竹也是拒绝。

只要心意决绝,无论何方舞台,都可演成拒绝的绝唱。

拒绝有时候需要借口。

借口是一层稀薄的帷幕。它更多表达的是一种善意一种心情,而同表面的涵义无关。

借口悬挂于双方之间,使我们彼此听得见拒绝清脆的声音,看不见拒绝淡漠的表情,因此维持着最后的礼仪。

许多被拒绝的人,执着地追问借口的理由,以为驳倒了理由就挽救了拒绝。这实在是一种淡淡的愚蠢,理由是生长在拒绝这棵大树上取之不竭用之不尽的叶子。如果你真的是想挽回拒绝,去给大树浇水吧。

在某种程度上,借口会销蚀拒绝的力度。它把人们的注意力牵扯到无关的细节,而忽略了坚硬的内核。就像过多的糖稀,会损坏牙齿的珐琅质。它混淆了拒绝真实凝重的本色,使原本简单的事物斑驳不清。

相较之下,我更喜欢那种干干净净没有任何赘物的斩钉截铁的拒绝,它像北方三九天的冰凌,有一种肝胆相照的晶莹和砰然断裂的爽快。不但是个人意志的伸张,而且是给予对方的信任和尊崇。

拒绝对于女人来说,是终生必修的功课。

天下无数繁杂的道路,你只能走一条。你若是条条都走,那就等于在原地转圈子,俗称"鬼打墙"。

女人使用拒绝的频率格外高,是因为女人面对的诱惑格外多。

拒绝是女人贴身的软甲,拒绝是女人进攻的宝剑。

拒绝卑微,走向崇高。

拒绝不平,争取公道。

拒绝无端的蔑视和可恶的恩惠,凭自己的双手和头颅挺身立于性别之林。

不懂得拒绝的女人,如果不是无可救药的弱智,就是倚门卖笑的流莺。

因为拒绝,我们将伤害一些人。这就像春风必将吹尽落红一样,有时是一种进行中的必然。如果我们始终不拒绝,我们就不会伤害别人,但是我们伤害了一个跟自己更亲密的人,那就是我们自身。

拒绝的味道,并不可口。当我们鼓起勇气拒绝以后,忧郁的惆怅伴随着我们,一种灵魂被挤压的感觉,久久挥之不去。因为惧怕这种难以言说的感觉,我们有意无意地减少了拒绝。

在人生所有的决定里,拒绝是属于破坏而难以弥补的粉碎性行为。这一特质决定了我们在做出拒绝的时候,需要格外的镇定与慎重。

然而拒绝一旦做出,就像打破了的牛奶杯,再不会复原。它凝固在我们的脚步里,无论正确与否,都不必原地长久停留。

拒绝是没有过错的,该负责任的是我们在拒绝前做出的判断。不必害怕拒绝,我们只需要周密的决断。

拒绝是一种删繁就简,拒绝是一种举重若轻。拒绝是一种大智若愚,拒绝是一种水落石出。

当利益像万花筒一般使你眼花缭乱之时,你会在混沌之中模糊了视线。尝试一下拒绝吧。

你依次拒绝那些自己最不喜欢的人和事,自己的真爱就像退潮时的礁岩,嶙峋地凸现出来,等待你的攀援。

当你抱怨时间像被无数餐刀分割的蛋糕,再也找不到属于你自己的那朵奶油花时,尝试一下拒绝。

你把所有可做可不做的事拒绝掉,时间就像湿毛巾里的水,一滴一滴地拧出来了。

当你发现生活中蕴含着太多的苦恼,已经迫近一个人能够忍受的极限,情绪面临崩溃的边缘时,尝试一下拒绝吧。

你也许会发现,你以前不敢拒绝,是为了怕增添烦恼,但是恰恰相反,拒绝像一柄巨大的梳子,快速地理顺了杂乱无章的日子,使天空恢复明朗。

当你被陀螺般旋转的日子搅得耳鸣目眩,忘记了自己是从哪里来,要到哪里去的时候,尝试一下拒绝吧。

你会惊讶地发觉自己从复杂的包装中清醒,唤起久已枯萎的童心,感叹我们每一个人都是自然之子。

拒绝犹如断臂,带有旧情不再的痛楚。

拒绝犹如狂飙突进,孕育天马横空的独行。

拒绝有时是一首挽歌,回荡袅袅的哀伤。

拒绝更是破釜沉舟的勇气,一种直面淋漓鲜血惨淡人生的气概。

拒绝也不可太多啊。假如什么都拒绝,就从根本上拒绝了每个人只有一次的辉煌生命。

智慧地勇敢地行使拒绝权。

这是我们每个人与生俱来的权利,这是我们意志之舟劈风斩浪的白帆。

6. 最大的缘分

这几年,"缘"字泛滥,见面就是缘,好像不是冤家不聚头。我是个笨人,坐在飞机上,不相识的邻座要我在他的本上写句话,憋了半天,写了句"——机缘",还暗中得意好久,以为急中生智。

在翠绿的伊犁河谷,一位哈萨克少女,高擎着马奶子酒说,尊贵的客人,世上最高最长远的缘分是什么呢?是吃啊!一生下来,婴儿就要吃。到不能吃的时候,缘分也就尽了。人们因吃而聚,因吃而离……

那一天,所有的味道,都被这句话漂白。

吃是笼罩天穹的巨伞。甚至从生命还没有诞生,我们就开始吃了。构成我们机体原初的那些物质:骨的钙,血的铁,瞳孔的胡萝卜素,头发的维生素 B_5,肌肉的纤维,脑神经的沟回……无一不是我们从大自然攫取来的。生命始自吃大自然,大自然是胚胎化缘的钵,这就是最洪荒的缘分啊!

出生后,我们开始吃母亲。乳汁是世界上最完整最易于消化吸收的养料。妈妈的胸怀,是我们赖以生存的谷仓,遮风雨的帐篷,温暖的火墙和日夜轰响的交响乐团(资料证明,婴儿在母亲的心跳声中,感觉最安宁。因为这声音的节奏,已融入孩子永恒的记忆)。因为吃与被吃,母与子,结成天下无与伦比的友谊。这种友谊被庄严地称为——母爱。

长大了,我们开始吃自己。养活你自己,几乎是进入成人界最显著的标志。填平空虚的胃,曾经是多少人惨淡经营的梦想。待统计到国计民生上,温饱解决了,我们就能进入小康,吃——此刻不仅仅是食物,更成了逾越文明纪录的标杆。吃是基础,吃是栋梁。有了吃,一个民族才能在世界的麦克风中有扩大的声音。没有吃,肚子咕咕叫的动静压倒一切,遑论其他!

夫妻走到一块,叫作从此在一个饭锅里搅马勺了。吃是男女长久的媒人和黏合剂。

普天之下,熙熙攘攘,多少酒肆饭楼,早茶晚宴,都是为吃聚在一处。古往今来,不知有多少大事在杯觥交错中议定,有多少金钱在餐桌下滚滚作声。

为了吃,人是残忍的,远古时曾尝遍了包括人自身在内的所有生物。进步了,不再吃人。科学了,不再吃有害健康的食物,但人的好吃仍是无与伦比。毒蛇有毒,拔了牙吃。河豚性烈,剥了内脏继续吃。珍禽异兽,都曾被人烹炸清炖,吃了南极吃北极,先是磷虾后是鲸……人是地球上能吃善吃的冠军,狮子老虎都得自叹弗如。

吃到遥远的地方,吃出奇异的境界,是人类永不磨灭的理想。所以人总想吃出地球去,吃到太空去,到另外的星球上找饭辙,这便是无限神往的明天了。

到什么也不想吃的时候,生命已到尾声,与这世界的缘分将尽了。所以能吃是最基本的缘分,切不可小觑。与"能吃"的可爱相比,功名利禄都是泔水。吃亦有道,需吃得聪明,吃得正大,吃得坦荡。吃的是自己双手挣来的清白,吃才是人间的幸福。

珍惜能吃的日子,珍惜一道举筷的亲人。珍惜畅饮的朋友,珍惜吃的智慧。敬畏热爱供给我们吃的原料,吃的场所,吃的机会,吃的概率的源头——大自然与母亲!

7. 自拔

自己把自己拔出来——我喜欢"自拔"这个词。不是跳出来或是爬出来,而是"拔"。小时候玩过拔萝卜的游戏,那是要一群小朋友化装成动物,齐心合力才能完成的事业。现代人常常陷在压力的泥沼中,难以享受生活的美好。把自己从压力中拔出来,也是一个系统工程。

压力本是一个物理词汇,比如气压、水压、风压……推广开来,医学上有血压、脑压、颅内压等等,多属于专业名词,不料如今风云突变,压力成了高频词。生活有压力,经济有压力,学业有压力,晋升有压力,人际关系有压力,情感世界有压力,婚姻也有压力……人们的交谈中,无不涉及林林总总的压力。压力像打翻了的汽油桶,弥散到现代人生活的各个领域,散发着浓烈的气味。我们躲不胜躲,防不胜防,不定在哪个瞬间,就燃起火焰。

其实适当的压力,是保持活性的重要条件。如果空气没有了压力,我们的呼吸就会衰竭。如果血液没有了压力,我们的四肢就会瘫痪。如果水管子没有了压力,那结果之伤感是任何一个住在高层楼房的人士都噤若寒蝉的,你将失去可饮用的清洁之水。上个世纪的石油英雄王铁人也说过——井无压力不出油,人无压力不进步的豪言壮语。

只是这压力需适度。比如冬日里柔柔的阳光照在身上,这是一种轻松的压力,让我们温暖和振奋。设想这压力增加十倍,那基本上就成了吐鲁番酷热的夏季,大伙只有躲到地窖里才能过活。假如这压力继续增加,到了百倍千倍的强度,结果就是焦炭一堆了。

现代人常常陷于压力构建的如焚困境之中。也许是某一方面的压力过强,也许是许多方面的压力综合在一起。如是后者,单独究其某一方面的压力,强度尚可容忍,但积少成多日积月累,细微的压力堆积起来,就成了如山的重负。金属都有疲劳的时候,遑论肉身之躯?如不减压,真怕有一天成了齑粉。

如果你因压力忙到无力自拔,忙到昏天黑地,忘记了自己的生日和家人的团聚,忘掉了自己如此辛辛苦苦究竟是为了什么,如果你想改变,就试着了解压力吧。寻找压力的种种成因,为扑朔迷离捉摸不定的压力画像,澄清了我们对压力的模糊和精神迷惘之处,让折磨我们的压力毒蛇从林莽之中现形,让我们对压力的全貌和运转的轨迹,有较为详尽的了解。中国的兵法上有句古话,叫作"知己知彼,百战不殆",当你认识到了你所承受的压力的强度和种类,在某种程度上我们就已经钉住了压力的七寸。

明白了压力的起承转合,找到了适合自己的减压方式之后,你的呼吸就会轻松一点,胸中的块垒也会松动出些微的空隙。坚持下去,持之以恒,你就会一寸寸地脱离沉重压力的吸附,把自己成功地拔了出来。也许在某一个清晨醒来的时候,你突围而出,像蝴蝶一样飞舞。

8. 精神的三间小屋

面对那句——人的心灵,应该比大地、海洋和天空都更为博大的名言,自惭形秽。我们难以拥有那样雄浑的襟怀,不知累积至那种广袤,需如何积攒每一粒泥土?每一朵浪花?每一朵云霓?

甚至那句恨不能人人皆知的中国古话——宰相肚里能撑船,也让我们在敬仰之余,不知所措。也许因为我们不过是小小的草民,即便怀有效仿的渴望,也终是可望而不可即,便以位卑宽宥了自己。

两句关于人的心灵的描述,不约而同地使用了空间的概念。人的肢体活动,需要空间。人的心灵活动,也需要空间。那容心之所,该有怎样的面积和布置?

人们常常说,安居才能乐业。如今的城里人一见面,就问,你是住两居室还是三居室哪?……喔,两居室窄巴点,三居室虽说并不富余,也算小康了。

身体活动的空间是可以计量的,心灵活动的疆域,是否也可有个基本达标的数值?

有一颗大心,才盛得下喜怒,输得出力量。于是,宜选月冷风清竹木潇潇之处,为自己的精神修建三间小屋。

第一间,盛着我们的爱和恨。

对父母的尊爱,对伴侣的情爱,对子女的疼爱,对朋友的关爱,对万物的慈爱,对生命的珍爱……对丑恶的仇恨,对污浊的厌烦,对虚伪的憎恶,对卑劣的蔑视……这些复杂而对立的情感,林林总总,会将这间小屋挤得满满,间不容发。你的一生,经历过的所有悲欢离合喜怒哀乐,仿佛以木石制作的古老乐器,铺陈在精神小屋的几案上,一任岁月飘逝。在某一个金戈铁马之夜,它们会无师自通,与天地呼应,铮铮作响。假若爱比恨多,小屋就光明温暖,像一座金色池塘,有红色的鲤鱼游弋,那是你的大福气。假如恨比爱多,小屋就阴风惨惨,厉鬼出没,你的精神悲戚压抑,形销骨立。如果想重温祥和,就得净手焚香,洒扫庭除。销毁你的精神垃圾,重塑你的精神天花板,让一束圣洁的阳光,从天窗洒入。

无论一生遭受多少困厄欺诈,请依然相信人类的光明大于暗影。哪怕是只多一个百分点呢,也是希望永恒在前。所以,在布置我们的精神空间时,给爱留下足够的容量。

第二间小屋,盛放我们的事业。

一个人从二十五岁开始做工,直到六十岁退休,他要在工作岗位上度过整整三十五年的时光。按一日工作八小时,一周工作五天,每年就要为你的职业付出两千个小时。倘若一直干到退休,那就是七万个小时。在这个庞大的数字面前,相信大多数人都会始于惊骇终于沉思。假如你所从事的工作,是你的爱好,这七万个小时,将是怎样快活和充满创意的时光!假如你不喜欢它,漫长的七万个小时,足以让花容磨损日月无光,每一天都如同穿着淋湿的衬衣,针芒在身。

我不晓得一下子就找对了行业的人,能占多大比例?从大多数人谈到工作时乏味麻木的表情推算,估计这样的幸运儿不多。不要轻觑了事业对精神的濡养或反之的腐蚀作用,它以深远的力度和广度,挟持着我们的精神,以成为它麾下持久的人质。

适合你的事业,不靠天赐,主要靠自我寻找。这不但是因为相宜的事业,并非像雨后白桦林中的菌子一样,俯拾即是,而且因为我们对自身的认识,也是抽丝剥茧,需要水落石出的流程。你很难预知,将在十八岁还是四十岁甚至更沧桑的时分,才真正触摸到倾心的爱好。当我们太年轻的时候,因为尚无法真正独立,受种种条件的制约,那附着在事业外壳上的金钱地位,或是其他显赫的光环,也许会灼晃了我们的眼睛。当我们有了足够的定力,将事业之外的赘生物一一剥除,露出它单纯可爱的本质时,可能已耗费半生。然费时弥久,精神的小屋,也定需住进你所爱好的事业。否则,鸠占鹊巢,李代桃僵,那屋内必是鸡飞狗跳,不得安宁。

我们的事业,是我们的田野。我们背负着它,播种着,耕耘着,收获着,欣喜地走向生命的远方。规划自己的事业生涯,使事业和人生,呈现缤纷和谐相得益彰的局面,是第二间精神小屋坚固优雅的要诀。

第三间,安放我们自身。

这好像是一个怪异的说法。我们自己的精神住所,不住着自己,又住着谁呢?

可它又确是我们常常犯下的重大失误——在我们的小屋里,住着所有我们认识的人,唯独没有我们自己。我们把自己的头脑,变成他人思想汽车驰骋的高速公路,却不给自己的思维,留下一条细细的羊肠小道。我们把自己的头脑,变成搜罗最新信息网络八面来风的集装箱,却不给自己的发现,留下一个小小的储藏盒。我们说出的话,无论声音多么嘹亮,都是别的喉咙嘟囔过的。我们发表的意见,无论多么周全,都是别的手指圈划过的。我们把世界万物保管得很好,偏偏弄丢了开启自己的钥匙。在自己独居的房屋里,找不到自己曾经生存的证据。

如果真是那样,我们精神的小屋,不必等待地震和潮汐,在微风中就悄无声息地坍塌了。它纸糊的墙壁化为灰烬,白雪的顶棚变作泥泞,露水的地面成了沼泽,江米纸的窗棂破裂,露出惨淡而真实的世界。你的精神,孤独地在风雨中飘零。

三间小屋,说大不大,说小不小。非常世界,建立精神的栖息地,是智慧生灵的义务,每人都有如此的权利。我们可以不美丽,但我们要健康。我们可以不伟大,但我们要庄严。我们可以不完满,但我们要努力。我们可以不永恒,但我们要真诚。

当我们把自己的精神小屋建筑得美观结实,储物丰富之后,不妨扩大疆域,增修新舍。矗立我们的精神大厦,开拓我们的精神旷野。因为,精神的宇宙,是如此的辽阔啊。

9. 柔和

"柔和"这个词,细想起来挺有意思的。先说"和"字,由禾和口两部分组成,那含义大概就是有了生长着的禾苗,嘴里的食物就有了保障,人就该气定神闲、和和气气了。

这个规律,在农耕社会或许是颠扑不破的。那时只要人的温饱得到解决,其他的都好说。随着社会和科技的发达进步,人的较低层次需要得到满足之后,单是手中的粮,就无法抚平激荡的灵魂了。中国有句俗话,叫作"吃饱了撑的——没事找事"。可见胃充盈了之后,就有新的问题滋生,起码无法达到完全的心平气和。

再说"柔"这个字。通常想起它的时候,好像稀泥一摊,没什么筋骨的模样。但细琢磨,上半部是"矛",下半部是"木"——一支木头削成的矛,看来还是蛮有力度和进攻性的。柔是褒义,比如"柔韧、以柔克刚、刚柔相济、百炼钢化作绕指柔……"都说明它和阳刚有着同样重要的美学和实践价值。

记得早年当学生的时候,一天课上先生问道,大家想想,用酒精消毒的时候,什么浓度为好?学生齐声回答,当然是越高越好啦!先生说,错了。太高浓度的酒精,会使细菌的外壁在极短的时间内凝固,形成一道屏障,后续的酒精就再也杀不进去了,细菌在壁垒后面依然活着。最有效的浓度是把酒精的浓度调得柔和一些,润物无声地渗透进去,效果才佳。

于是我第一次明白了,柔和有时比风暴更有力量。

柔和是一种品质与风格。它不是丧失原则,而是一种更高境界的坚守,一种不曾剑拔弩张,依旧扼守尊严的艺术。柔和是内在原则和外在的弹性充满和谐的统一,柔和是虚怀若谷的谦逊和冷暖相宜的交流。

现代人在风驰电掣的忙碌中,是多么期望自己和他人的柔和啊。不信,你看看报上征婚广告,尽是征询性格柔和的伴侣,人们希望目光是柔和的,语调是柔和的,面庞的线条是柔和的,身体的张力是柔和的……

当我们轻轻念出"柔和"这个词的时候,你会觉得有一缕淡蓝色的温润,弥漫在唇舌之间。

有人追索柔和,以为那是速度和技巧的掌握。书刊上有不少教授柔和的小诀窍,比如怎样让嗓音柔和,手势柔和……我见过一个女孩子,为了使性情显出柔和,在手心用油笔写了大大的"慢"字,天天描一遍,掌总是蓝的,以致扬手时常吓人一跳,以为她练了邪门武功。这女孩并为自己规定每说一句话之前,在心中默数从1到10……她除了让人感到木讷和喜怒无常外,与柔和不搭界。

一个人的心如若不柔和,所有对外在柔和形式的模仿和操练,都是沙上楼阁。

看看天空和海洋吧。当它们最美丽和博大,最安宁和清洁的时候,它们是柔和的。

只有成长了自己的心,才会在不经意之间,收获了柔和。

我们的声音柔和了,就更容易渗透到辽远的空间。我们的目光柔和了,就更轻灵地卷起心扉的窗纱。我们的面庞柔和了,就更流畅地传达温暖的诚意。我们的身体柔和了,就更准确地表明与人平等的信念。

柔和,是力量的内敛和高度自信的宁馨。愿你一定在某一个清晨,感觉出柔和像云雾一般悄然袭身。

10. 每一天都去播种

朋友,当我看你的信的时候,是一个阴雨绵绵的早上。我仿佛听到你在远处悠长的叹息。我认识很多这样的女人,青春已永远驶离她们的驿站,只把白帆悬挂在她们肩头。在辛苦了一辈子之后,突然发现整个世界已不再需要自己。她们堕入空前的大失落,甚至怀疑自己生存的意义。

女人,你究竟为谁生活?

当我们幼小的时候,我们是为父母而活着。我们亲昵的呼唤,我们乖巧的举动,我们帮母亲刷锅洗碗,我们优异的成绩给父亲带来欣喜……女孩以为这就是生存的意义。

当我们青春的时候,我们是为工作和知识而活着。我们读书,我们学习,我们在自己的岗位上努力地工作着,我们得各式各样的奖状……女人以为这就是生存的意义。女子们后来又义无反顾地为丈夫和孩子们而活着。岁月流逝,夏天对着镜子不经意地锐利一瞥,才确认事情已多么残酷,以往的目标不可挽回地渐行渐远。更糟糕的是这种心灵的失落常常和生理上的更年期并驾齐驱。于是,女子陷进深入的危机。

没法子可以对抗时间,就算是昂贵的抗皱霜,能够修饰你的面颜,可它没法抹在你生命的年轮上。

朋友，每一天都去播种吧。为自己，仅仅是为了自己。这不是一种自私，而是一种负责。相信自己的所爱是有价值的，这才无怨无悔地追求和投入。珍惜自己的短暂存在，开辟独属于自己的天地，这才会把每一天都活出千姿百态，永不气馁。

11. 没有一棵小草自惭形秽

被人邀请去看一棵树,一棵古老的树。大约有五千年的历史,已被唐朝的地震弯折了腰,半匍匐着,依然不倒,享受着人们尊敬的注视。

我混在人群中直着脖子虔诚地仰望着古树顶端稀疏的绿叶,一边想,人和树相比是多么的渺小啊。人生出来,肯定是比一粒树种要大很多倍,但人没法长得如树般伟岸。在树小的时候,人是很容易就把树枝包括树干折断,甚至把树连根拔起,树就结束了生命。就算是小树长成了大树,归宿也是被人伐了去,修成各种各样实用的物件。长得好的树,花纹美丽木质出众,也像美女一样,红颜薄命,被人劫掠的可能性更大,于是很多珍贵的树种濒临灭绝。在这一点上,树是不如人的。美女可以人造,树却是不可以人造的。

树比人活得长久,只要假以天年,人是绝对活不过一棵树的。树并不以此傲人,爷爷一辈种下的树,照样以硕硕果实报答那人的孙子或是其他人的后代。

通常情况下,树是绝对不伤人的。即使如前几天报上所载,一些村民在树下避雨,遭了雷击致死,那元凶也不是树,而是闪电,树也是受害者。人却是绝对伤树的,地球上森林数量的锐减就是明证,人成了树的天敌。

树比人坚忍。在人不能居住的地方,树却裸身生长着,不需要炉火或是空调的保护。树会帮助人的,在饥馑的时候,人扒过树的皮来充饥,我们却从未听到过树会扒下人的什么零件的传闻。

很多书籍记载过这棵古树,若是在树群里评选名人的话,这棵古树是一定名列前茅了。很多诗人词人咏颂过这棵古树,如果树把那些词句都当作叶子一般披挂起来,一定不堪重负。唐朝的地震不曾把它压倒,这些赞美会让它扑在地上。

树的寿命是如此长久,居然看到过妲己那个朝代的事情。在我们死后很多年,这棵古树还会枝叶繁茂地生长着。一想到这一点,无边的嫉妒就转成深深的自卑。作为一个人活不了那么久远,伤感让我低下头来,于是我就看到了一棵小草,一棵长在古树之旁的小草。只有细长的两三片叶子,纤细得如同婴儿的睫毛。树叶缝隙的阳光打在草叶的几丝脉络上,再落到地上,阳光变得如绿纱一样漂浮了。

这样一株柔弱的小草,在这样一棵神圣的树底下,一定该俯首称臣毕恭毕敬了吧?我竭力想从小草身上找出低眉顺眼的谦卑,最后以失望告终。这棵不知名的小草,毫无疑问是非常渺小的。就寿命计算,假设一岁一枯荣,老树很可能见过小草五千辈以前的祖先。就体量计算,老树抵得过千百万小草集合而成的大军。就价值来说,人们千里万里路地赶了来,只为瞻仰老树,我敢肯定没有一个人是为了探望小草。

既然我作为一个人,都在古树面前自惭形秽了,小草你怎能不顶礼膜拜?我这样想着,就蹲下来看着小草。在这样一棵历史久远声名卓著的古树身边为邻,你岂不要羞愧死了?

小草昂然立着,我向它吐了一口气,它就被吹得蜷曲了身子,但我气息一尽,它就像弹簧般伸展了叶脉,快乐地抖动着。我再吹一口气,它还是在弯曲之后怡然挺立。我悲哀地发现,不停地吹下去,有我气绝倒地的一刻,小草却安然。

　　草是卑微的,但卑微并非指向羞惭。在庄严的大树身旁,一棵微不足道的小草都可以毫不自惭形秽地生活着,何况我们万物灵长的人类!

12. 写下你的墓志铭

那一年,我和朋友应邀到某大学演讲,关于题目,校方让我们自选,只要和青年的心理有关即可。朋友说,她想和学生们谈谈性与爱。这当然是一个极为重要的问题,只是公然把"性"这个词放进演讲的大红横幅中,不知校方可会应允?变通之法是将题目定为"和大学生谈情与爱",如求诙谐幽默,也可索性就叫"和大学生谈情说爱"。思索之后,觉得科学的"性",应属光明正大范畴,正如我们的老祖宗说过的"食色性也",是人的正常需求和青年必然遭遇之事,不必遮遮掩掩。把它压抑起来,逼到晦暗和污秽之中,反倒滋生蛆虫。于是,朋友就把演讲题目定为"和大学生谈性与爱"。这期间我们也有过小小的讨论,是"性"字在前,还是"爱"字在前?商量的结果是"性"字在前。不是哗众取宠,觉得这样更符合人的进化本质。

感谢学校给予我们的信任和支持,朋友的演讲题目顺利通过了。但紧接着就是我的题目怎样与之匹配?我打趣说,既然你谈了性与爱,我就成龙配套,谈谈生与死吧。半开玩笑,不想大家听了都说"OK",就这样定了下来。

我就有些傻了眼。不知道当今的年轻人对"死亡"这个遥远的话题是否感兴趣?通常人们想到青年,都是和鲜花绿草黑发红颜联系在一起,与衰败颓弱委顿凄凉的老死似乎毫不相干。把这两极牵扯一处,除了冒险之外,我也对自己的能力深表怀疑。

死是一个哲学命题,有人戏说整个哲学体系,就是建立在死亡的白骨之上。我深知自己不是一个哲学家,思索死亡,主要和个人惧怕死亡有关,在我四五岁时,一次突然看到路上有人抬着棺材在走。我问大人,这个盒子里装着什么?人家答道,装了一个死人。当时我无法理解死亡,只觉得棺材很小,一个人躺在里面,蜷起身子像个蚕蛹,肯定憋得受不了……于是小小的我,产生了对死亡的惊奇和混乱。这种惊奇混乱使我在相当一段时间内对死亡很感兴趣。我个人有着数十年从医经历,在和平年代,医生是一个和死亡有着最亲密接触的职业。无数次陪伴他人经历死亡,我不能不对这种重大变故无动于衷。还有很重要的一点,就是我十几岁就到了西藏,那里严酷的自然环境和孤寂的旷野冰川,让我像个原始人似的,思索着人从哪里来,要到哪里去这类看似渺茫的问题。

反正由于我脱口而出的一句话,演讲题目就这样定了下来,无法反悔。我只有开始准备资料。

正式演讲的时候,我心中忐忑不安。会场设在大礼堂,两千多座位满满当当,过道和讲台上都有学生席地而坐。题目沉重,我特别设计了一些互动的游戏,让大家都参与其中。

演讲一开始,我做了一个民意测验。我说大家对"死亡"这个题目是不是有兴趣,我心里没底。我不知道有多少人在看到这个题目之前,思索过死亡?

此语一出,全场寂静。然后,一只只臂膀举了起来,那一瞬,我诧异和讶然。我站在台上,可以综观全局,我看到几乎一半以上的青年人举起了手。我明白了有很多人曾经认真地想过这个问题,比我以前估计的比率要高很多。后来,我还让大家做了一个活动——书写自己的墓志铭。有几分钟的时间,整个会堂安静极了,谁要是那一刻从外面走过,会以为这是一间空室,其实数千莘莘学子正殚精竭虑思考人生。从讲台俯瞰下去(我其实很不喜欢这种高高在上的讲台,给人以压迫之感。我喜欢平等的交谈。不单在态度上,而且在地理位置上,大家也可平视。但校方说没有更合适的场地了),很多人咬着笔杆,满脸沧桑的样子。我很抱歉地想到,这个不祥的题目,让风华正茂的青年人提前——老了。

大约五分钟之后,台下的脸庞如同葵花般地仰了起来。我说:"写完了吗?"

齐声回答:"写完了。"

我说:"好,不知有没有哪位同学,愿意走上台来,面对着老师和同学,念出自己的墓志铭?"

出现了一片海浪中的红树林。我点了几位同学,请他们依次上来。但更多的臂膀还在不屈地高举着,我只好说:"这样吧,愿意上台的同学就自动地在一旁排好队。前边的同学念完之后,你就上来念。先自我介绍一下,是哪个系哪个年级的,然后朗诵墓志铭。"

那一天,大约有几十名同学念出了他们的墓志铭,后来,因为想上台的同学太多,校方不得不出动老师进行拦阻。

这次讲演,对我的教育很大。人们常常以为,死亡是老年人才需要考虑的问题,这是误区。人生就是一个向着死亡的存在,在我们赞美生命的美丽、青春的活力的时候,我们其实就是肯定了死亡的必然和老迈的合理性。试想一下,如果没有死亡,地球上早就被恐龙霸占着,连猴子都不知在哪里哭泣,更遑论人类的繁衍!

从我们每个人一出生,生命之钟的倒计时就开始了。当我写下这些字迹的时候,我就比刚才写下题目的时刻,距离自己的死亡更近了一点。面对着我们生命有一个大限存在这样一个残酷的事实,无论是年老或年轻,都要直面它的苛求。

现代生活节奏越来越快,我们独处的空间越来越逼仄,思索的时间越来越压缩。但死亡并不因为我们的忙碌而懈怠,它步履坚定地持之以恒地向我们走来。现代医学把死亡用白色的帏帐包裹起来,让我们不得而知它的细节,但死亡顽强前进,它是无所不能的,没有任何力量能够抗拒它。

一个人年轻的时候就思索死亡,和他老了才思索死亡,甚至知道死到临头都不曾思索过死亡,这是完全不同的境界。知道有一个结尾在等待着我们,对生命的宝贵,对光明的求索,对人间温情的珍爱,对丑恶的扬弃和鞭挞,对虚伪的憎恶和鄙夷,都要坚定很多。

那天在礼堂的讲台上,有一段时间,我这个主讲人几乎完全被遗忘了,一个又一个年轻的生命为自己设计的墓志铭,将所有的心震撼。

有一个很腼腆的男孩子说,在他的墓志铭上将刻下——这里长眠着一位中国籍的诺贝尔奖获得者。

台下响起了热烈的掌声。我想,不管他这一生是否能够真正得到这个奖,但他的决心和期望,已经足够赢得这些掌声。

一个清秀的女孩子说,她的墓志铭上将只有一行字:一位幸福的女人。

还有一个男生说:"我的墓志铭上会写着——我笑过,我爱过,我活过……"

这些年轻的生命,因为思索死亡而带给了自己和更多人力量。

无数生命的演变,才有了我们的个体。在这一点上,我们不单要感谢我们的父母,而且要感谢我们的祖先,感谢地球,感谢进化所走过的漫漫历程。当我们有了生命之后,我们在性的基础之上,繁衍出了爱。爱情是独属于人类的精神瑰宝,它已从单纯的生殖目的,变成了两性身心融会的最高境地。然而在这一切之上,横亘着死亡。死亡击打着生命,催促着生命,使我们必须审视生命的意义。

后来,我还在一些场合做过相关的演说。我在这里抄录一些年轻人留下的墓志铭,他们让我进一步认识到了讨论死亡对于一个健康心理的建设是多么重要。

"这里安息着一个女子,她了结了她人生的愿望,去了另外的世界,但在这里永生。她的一生是幸福的一生,快乐的一生,也是贡献的一生,无憾的一生。虽然她长眠在这里,但她永远活着,看着活着的人们的眼睛。"

"高尚是高尚者的通行证。"

"我不是一颗流星。"

"生是死的开端,死是生的延续。如果我五十岁后死去,我会忠孝两全。为祖国尽忠,为父母尽孝。如果我五年后死去,我将会为理想而奋斗。如果我五个月后死去,我将以最无私的爱善待我的亲人和朋友。如果我五天后死去,我将回顾我酸甜苦辣的人生。如果我五秒钟后死去,我将向周围所有的人祝福。"

怎么样?很棒,是不是?

按照哲学家们的看法,死亡的发现是个体意识走向成熟的必然阶段。一个人的心理健康,更是和他的生命观念、死亡观念息息相关。你不能设想一个对自己没有长远规划的人,会有坚定、健全、慈爱的心理。如果说在以上有关死亡的讨论中,我对此还有什么遗憾的话,就是年轻人普遍把自己的生命时间定得比较短。常有人说,我可不喜欢自己活太大的年纪,到了四五十岁就差不多了。包括现在有些很有成就的业界精英,撰文说自己三十五岁就退休,然后玩乐。因为太疲累,说说气话,是可以理解的。但认真地策划自己的一生,还是要把生命的时间定得更长远一些,活得更从容,面对死亡的限制,把自己的一生渲染得瑰丽多彩。

13. 让我们倾听

我读心理学博士方向课程的时候,书写作业,其中有一篇是研究"倾听"。刚开始我想,这还不容易啊,人有两耳,只要不是先天失聪,落草就能听见动静。夜半时分,人睡着了,眼睛闭着,耳轮没有开关,一有月落乌啼,人就猛然惊醒,想不倾听都做不到。再者,我做内科医生多年,每天都要无数次地听病人倾倒满腔苦水,鼓膜都起茧子了。所以,倾听对我应不是问题。

查了资料,认真思考,才知差距多多。在"倾听"这门功课上,许多人不及格。如果谈话的人没有我们的学识高,我们就会虚与委蛇地听。如果谈话的人冗长烦琐,我们就会不客气地打断叙述。如果谈话的人言不及义,我们会明显地露出厌倦的神色。如果谈话的人缺少真知灼见,我们会讽刺挖苦,令他难堪……凡此种种,我都无数次地表演过,至今一想起来,无地自容。

世上的人,天然就掌握了倾听艺术的人,可说凤毛麟角。

不信,咱们来做一个试验。

你找一个好朋友,对他或她说,我现在同你讲我的心里话,你却不要认真听。你可以东张西望,你可以搔首弄姿,你也可以听音乐梳头发干一切你忽然想到的事,你也可以王顾左右而言他……总之,你什么都可以做,就是不必听我说。

当你的朋友决定配合你以后,这个游戏就可以开始了。你要拣一件撕肝裂胆的痛事来说,越动感情越好,切不可潦草敷衍。

好了,你说吧……

我猜你说不了多长时间,最多三分钟,就会鸣金收兵。无论如何你也说不下去了。面对着一个对你的疾苦你的忧愁无动于衷的家伙,你再无兴趣敞开襟怀。不但你缄口了,而且你感到沮丧和愤怒。你觉得这个朋友愧对你的信任,太不够朋友。你决定以后和他渐疏渐远,你甚至怀疑认识这个人是不是一个错误……

你会说,不认真听别人讲话,会有这样严重的后果吗?我可以很负责地告诉你,正是如此。有很多我们丧失的机遇,有若干阴差阳错的讯息,有不少失之交臂的朋友,甚至各奔东西的恋人,那绝缘的起因,都系我们不曾学会倾听。

好了,这个令人不愉快的游戏我们就做到这里。下面,我们来做一个令人愉快的活动。

还是你和你的朋友。这一次,是你的朋友向你诉说刻骨铭心的往事。请你身体前倾,请你目光和煦。你屏息关注着他的眼神,你随着他的情感冲浪而起伏。如果他高兴,你也报以会心的微笑。如果他悲哀,你便陪伴着垂下眼帘。如果他落泪了,你温柔地递上纸巾。如果他久久地沉默,你也和他缄口走过……

非常简单。当他说完了,游戏就结束了。你可以问问他,在你这样倾听他的过程中,他感到了什么?

我猜,你的朋友会告诉你,你给了他尊重,给了他关爱。给他的孤独以抚慰,给他的无望以曙光。给他的快乐加倍,给他的哀伤减半。你是他最好的朋友之一,他会记得和你一道度过的难忘时光。

这就是倾听的魔力。

倾听的"倾"字,我原以为就是表示身体向前斜着,用肢体语言表示关爱与注重。翻查字典,其实不然。或者说仅仅作这样的理解是不够全面的。倾听,就是"用尽力量去听"。这里的"倾"字,类乎倾巢出动,类乎倾箱倒箧,类乎倾国倾城,类乎倾盆大雨……总之殚精竭虑毫无保留。

可能有点夸张和矫枉过正,但倾听的重要性我以为必须提到相当的高度来认识,这是一个人心理是否健康的重要标识之一。人活在世上,说和听是两件要务。说,主要是表达自己的思想情感和意识,每一个说话的人都希望别人能够听到自己的声音。听,就是接收他人描述内心想法,以达到沟通和交流的目的。听和说像是鲲鹏的两只翅膀,必须协调展开,才能直上九万里。

现代生活飞速地发展,人的一辈子,再不是蜷缩在一个小村或小镇,而是纵横驰骋漂洋过海。所接触的人,不再是几十一百,很可能成千上万。要在相对短暂的时间内,让别人听懂了你的话,让你听懂了别人的话,并且在两颗头脑之间产生碰撞,这就变成了心灵的艺术。

现今鼓励青年励志的书很多,教你怎样展现自我优点,怎样在第一时间给人一个好印象,怎样通过匪夷所思的面试,怎样追逐一见钟情的异性……都有不少绝招。有人就觉得人际交往是一个充满了技术的领域,可以靠掌握若干独门功夫就能翻云覆雨的领域。其实,享有好的人际关系,学会交流,听比说更重要。

从人的发展顺序来看,我们是先学着听。我之所以用了"学着"这个词,是指如果没有系统的学习,有的人可能终其一生,都没能学会如何"听"。他可以听到雪落的声音,可他感觉不到肃穆。他可以听到儿童的笑声,可他感受不到纯真。她可以听到旁人的哭泣,却体察不到他人的悲苦。她可以听到内心的呼唤,却不知怎样关爱灵魂。

从婴儿开始,我们就无意识地在听。听亲人的呼唤,听自然界的风雨，听远方的信息，听社会约定俗成。这是一种模糊的天赋，是可以发扬光大也可以湮灭无闻的本能。有人练出了发达的听力，有人干脆闭目塞听。有很多描绘这种状态的词语，比如"充耳不闻"、"置若罔闻"……对"闻"还有歧视性的偏见，比如"百闻不如一见"。

听是需要学习的，它比"说"更重要。如果我们没有听到有关的信息，我们的"说"就是无的放矢。轻率的人，容易下车伊始就哇里哇啦地说，其实沉着安静地听，是人生的大境界。

只有认真地听，你才能对周围有更确切的感知，才能对历史有更深刻的把握，才能把他人的智慧集于己身，才能拓展自己的眼界和胸怀。

读书是一种更广义的倾听。你借助文字，倾听已逝哲人的教诲。你借助翻译，得知远方异族的灵慧。

倾听使人生丰富多彩，你将不再宥于一己的狭隘贝壳，潜入浩瀚的深海。倾听使人谦虚，知道山外有山天外有天。倾听使人安宁，你知道了孤独和苦难并非只莅临你的屋檐。倾听使人警醒，你知道此时此刻有多少大脑飞速运转，有多少巧手翻飞不息。

倾听是美丽的。你因此发现世界是如此五彩缤纷。倾听是幸福的一种表达，因为你从此不再孤单。

倾听是分层次的。某人在特定的时刻，讲了特定的话。只有当我们心静如水，才能听到他的话后之话。年轻人最易犯的毛病是——他明白所有倾听的要素，也懂得做出倾听的姿态，其实呢，他在想着自己待会儿要说的话。他关注的不是述说者，而是自己。"佯听"是很容易露馅的，只要他一开口讲话，神游天外的破绽就败露了。两个面对面诉说的人，其实是最危险的敌人。一切都被心灵记录在案。

倾听是老老实实的活儿，来不得半点虚假和做作。倾听是对真诚直截了当的考验。所以,如果你不想倾听,那不是罪过。如果你伪装倾听,就不单是虚伪,而且是愚蠢了。

当我深刻地明白了倾听的本质而不是仅仅把它当成讨好的策略后,倾听就向我展示了它更加美丽的内涵,它无处不在,息息相关。如果你谦虚,以万物为师长,你会听到松涛海啸雪落冰融,你会听到蚂蚁的微笑和枫叶的叹息。如果你平等待人,你的耐心就有了坚实的基础,你可以从述说者那里获得宝贵的馈赠。这就是温暖的信任和支撑。

年轻的朋友们,让我们学会倾听吧。当你能够沉静地坐下来,目光清澄地注视着对方,抛弃自己的傲慢和虚荣,微微前倾你的身姿,那么你就能听到心与心碰撞的清脆音响,宛若风铃。

14. 回头是土

早年读鲁迅关于写作技巧的传授,有一条叫作——一直写下去,不要回头。

那时年轻,很有些不解。为什么不能回头呢?看看自己的脚印,歪斜了就校正,如果笔直,便一直走下去,有什么不好呢?

存疑很多年。有一天,忽然就懂了。原来,鲁迅在传授和不自信作斗争的经验。面向前方,坚定地走下去,任它成功或是失败,不再计较,只是一味地挺进。

这句话说起来容易,做起来难。头在你的颈子上,稍有犹疑,椎骨就会螺旋般地转回,眸子就看到了你熟悉的一切。它们拧成一道拽你后退的绳索,牵着你,退缩。

身后,是熟悉的一切,尽管它有令人不悦不满以致腐朽发臭的地方,但我们曾长久地浸泡其中,习惯成自然了。即使是令人痛苦的体验,我们也已经承受并忍耐,熬过了。向前,一切是陌生和昏暗暧昧的,在它若隐若现的浑浊中,藏身着莫名的危险和恐惧。这种未知带来的不安和焦虑,在强度和广度上,甚于我们已然经受的痛楚。

于是,回头就不是单纯的一个脖子的动作,而是心灵的扭曲和战栗。

写作也如此。新生的念头是如此脆弱和飘忽,它可以很锐利,但是不沉厚。它可以很空灵,但是不扎实。它可以很幽默,但是不持久。它可以很美妙,但是不坚固……总之,任何一个新生儿有的优点它都具备,但是它也义无反顾地具有一切婴儿所有的弊病。它是朝气蓬勃和易折易断的。否定的锄头,不必太强烈,轻轻一点,都会使它在焦土中窒息。

鲁迅好心肠。我猜他早年也是不断回头的,后来吃了苦头,才有这般肺腑之言。到了晚年,敢回头了。回多少次头,也无法击毁他决战的信念。但他已不屑回头,不回头成了习惯。他的矍铄和坚韧,很多来源于此吧?鲁迅体恤后人,教个诀窍给我们。他不讲这是为什么,只是说,你们若信,就这样做吧。你当真地听了他的话,试上几次,定体会到奥妙和乐趣。

练练看,不回头。你就发现,行进的速度快了许多,心情好了不少。回头是土,向前是金。

15. 提醒幸福

　　我们从小就习惯了在提醒中过日子。天气刚有一丝风吹草动,妈妈就说,别忘了多穿衣服。才相识了一个朋友,爸爸就说,小心他是个骗子。你取得了一点成功,还没容得乐出声来,所有关切着你的人一起说,别骄傲!你沉浸在欢快中的时候,自己不停地对自己说:千万不可太高兴,苦难也许马上就要降临……

　　我们已经习惯于提醒,提醒的后缀词总是灾祸。灾祸似乎成了提醒的专利,把提醒也染得充满了淡淡的贬义。

　　我们已经习惯了在提醒中过日子。看得见的恐惧和看不见的恐惧始终像乌鸦般盘旋在头顶。

　　在皓月当空的良宵,提醒会走出来对你说:注意风暴。于是我们忽略了皎洁的月光,急急忙忙做好风暴来临的一切准备。当我们睁大着眼睛枕戈待旦之时,风暴却像迟归的羊群,不知在哪里徘徊。当我们实在忍受不了等待灾难的煎熬时,我们甚至会恶意地祈盼风暴早些到来。

　　在许多夜晚,风暴始终没有降临。我们辜负了冰冷如银的月光。

　　风暴终于姗姗地来了。我们怅然发现,所做的准备多半是没有用的。事先能够抵御的风险毕竟有限,世上无法预计的灾难却是无限的。战胜灾难靠的更多的是临门一脚,先前的惴惴不安帮不上忙。

当风暴的尾巴终于远去,我们守住零乱的家园。气还没有喘匀,新的提醒又智慧地响起来,我们又开始对未来充满恐惧的期待。

人生总是有灾难。其实大多数人早已练就了对灾难的从容,我们只是还没有学会灾难间隙的快活。我们太多注重了自己警觉苦难,我们太忽视提醒幸福。

请从此注意幸福!

幸福也需要提醒吗?

提醒注意跌倒……提醒注意路滑……提醒受骗上当……提醒宠辱不惊……先哲们提醒了我们一万零一次,却不提醒我们幸福。

也许他们认为幸福不提醒也跑不了的。也许他们以为好的东西你自会珍惜,犯不上谆谆告诫。也许他们太崇尚血与火,觉得幸福无足挂齿。他们总是站在危崖上,指点我们逃离未来的苦难。

但避去苦难之后的时间是什么?

那就是幸福啊!

享受幸福是需要学习的,当幸福即将来临的时刻需要提醒。人可以自然而然地学会感官的享乐,人却无法天生地掌握幸福的韵律。灵魂的快意同器官的舒适像一对孪生兄弟,时而相傍相依,时而南辕北辙。

幸福是一种心灵的震颤。它像会倾听音乐的耳朵一样,需要不断地训练。

简言之,幸福就是没有痛苦的时刻。它出现的频率并不像我们想象的那样少。人们常常只是在幸福的金马车已经驶过去很远,捡起地上的金鬃毛说,原来我见过它。

人们喜爱回味幸福的标本,却忽略幸福披着露水散发清香的时刻。那时候我们往往步履匆匆,瞻前顾后不知在忙着什么。

世上有预报台风的,有预报蝗虫的,有预报瘟疫的,有预报地震的。没有人预报幸福。

其实幸福和世界万物一样,有它的征兆。

幸福常常是朦胧的,很有节制地向我们喷洒甘霖。你不要总希冀轰轰烈烈的幸福,它多半只是悄悄地扑面而来。你也不要企图把水龙头拧得更大,使幸福很快地流失。而需静静地以平和之心,体验幸福的真谛。

幸福绝大多数是朴素的。它不会像信号弹似的,在很高的天际闪烁红色的光芒。它披着本色的外衣,亲切温暖地包裹起我们。

幸福不喜欢喧嚣浮华,常常在暗淡中降临。贫困中相濡以沫的一块糕饼,患难中心心相印的一个眼神,父亲一次粗糙的抚摸,女友一个温馨的字条……这都是千金难买的幸福啊。像一粒粒缀在旧绸子上的红宝石,在凄凉中越发熠熠夺目。

幸福有时会同我们开一个玩笑,乔装打扮而来。机遇、友情、成功、团圆……它们都酷似幸福,但它们并不等同于幸福。幸福会借了它们的衣裙,袅袅婷婷而来,走得近了,揭去帏幔,才发觉它有钢铁般的内核。幸福有时会很短暂,不像苦难似的笼罩天空。如果把人生的苦难和幸福分置天平两端,苦难体积庞大,幸福可能只是一块小小的矿石。但指针一定要向幸福这一侧倾斜,因为它有生命的黄金。

幸福有梯形的切面,它可以扩大也可以缩小,就看你是否珍惜。

我们要提高对于幸福的警惕,当它到来的时刻,激情地享受每一分钟。据科学家研究,有意注意的结果比无意要好得多。

当春天的时候,我们要对自己说,这是春天啦!心里就会泛起茸茸的绿意。

幸福的时候,我们要对自己说,请记住这一刻!幸福就会长久地伴随我们。

那我们岂不是拥有了更多的幸福!

所以,丰收的季节,先不要去想可能的灾年,我们还有漫长的冬季来得及考虑这件事。我们要和朋友们跳舞唱歌,渲染喜悦。既然种子已经回报了汗水,我们就有权沉浸幸福。不要管以后的风霜雨雪,让我们先把麦子磨成面粉,烘一个香喷喷的面包。

所以,当我们从天涯海角相聚在一起的时候,请不要踌躇片刻后的别离。在今后漫长的岁月里,有无数孤寂的夜晚可以独自品尝愁绪。现在的每一分钟,都让它像纯净的酒精,燃烧成幸福的淡蓝色火焰,不留一丝渣滓。让我们一起举杯,说:我们幸福。

所以,当我们守候在年迈的父母膝下时,哪怕他们鬓发苍苍,哪怕他们垂垂老矣,你都要有勇气对自己说,我很幸福。因为天地无常,总有一天你会失去他们,会无限追悔此刻的时光。

幸福并不与财富地位声望婚姻同步,这只是你心灵的感觉。

所以,当我们一无所有的时候,我们也能够说:我很幸福。因为我们还有健康的身体。当我们不再享有健康的时候,那些最勇敢的人可以依然微笑着说:我很幸福。因为我还有一颗健康的心。甚至当我们连心都不再存在的时候,那些人类最优秀的分子仍旧可以对宇宙大声说:我很幸福。因为我曾经生活过。

常常提醒自己注意幸福,就像在寒冷的日子里经常看看太阳,心就不知不觉暖洋洋亮光光。

16. 珍惜愤怒

小时候看电影,虎门销烟的英雄林则徐在官邸里贴一条幅"制怒"。由此知道怒是一种凶恶而且丑陋的东西,需要时时去制服它。

长大后当了医生,更视怒为健康的大敌。师传我,我授人;怒而伤肝,怒较之烟酒对人为害更烈。人怒时,可使心跳加快,血压升高,瞳孔散大,寒毛竖起……一如人们猝然间遇到老虎时的反应。

怒与长寿,好像是一架跷跷板的两端,非此即彼。

人们渴望强健,人们于是憎恶愤怒。

我愿以我生命的一部分为代价,换取永远珍惜愤怒的权利。

愤怒是人的正常情感之一,没有愤怒的人生,是一种残缺。当你的尊严被践踏,当你的信仰被玷污,当你的家园被侵占,当你的亲人被残害,你难道不滋生出火焰一样的愤怒吗?当你面对丑恶面对污秽,面对人类品质中最阴暗的角落,面对黑夜里横行的鬼魅,你难道能压抑住喷薄而出的愤怒吗?!

愤怒是我们生活中的盐。当高度的物质文明像软绵绵的糖一样簇拥着我们的时候,现代人的意志像被泡酸了的牙一般软弱。小悲小喜缠绕着我们,我们便有了太多的忧郁。城市人的意志脱了钙,越来越少倒拔垂杨柳强硬似铁怒目金刚式的愤怒,越来越少幽深似海水波不兴却孕育极大张力的愤怒。

没有愤怒的生活是一种悲哀。犹如跳跃的麋鹿丧失了迅速奔跑的能力,犹如敏捷的灵猫被剪掉胡须。当人对一切都无动于衷,当人首先戒掉了愤怒,随后再戒掉属于正常人的所有情感之后,人就在活着的时候走向了永恒——那就是死亡。

我常常冷静地观察他人的愤怒,我常常无情地剖析自己的愤怒,愤怒给我最深切的感受是真实,它赤裸而新鲜,仿佛那颗勃然跳动的心脏。

喜可以伪装,愁可以伪装,快乐可以加以粉饰,孤独忧郁能够掺进水分,唯有愤怒是十足成色的赤金。它是石与铁撞击一瞬痛苦的火花,是以人的生命力为代价锻造出的双刃利剑。

喜更像是一种获得,一种他人的馈赠。愁则是一枚独自咀嚼的青橄榄,苦涩之外别有滋味。唯有愤怒,那是不计后果不顾代价无所顾忌的坦荡的付出。在你极度愤怒的刹那,犹如裂空而出横无际涯的闪电,赤裸裸地裸露了你最隐秘的内心。于是,你想认识一个人,你就去看他的愤怒吧!

愤怒出诗人,愤怒也出统帅,出伟人,出大师,愤怒驱动我们平平常常的人做出辉煌的业绩。只要不丧失理智,愤怒便充满活力。

怒是制不服的,犹如那些最优秀的野马,迄今没有任何骑手可以驾驭它们。愤怒是人生情感之河奔泻而下的壮丽瀑布,愤怒是人生命运之曲抑扬起伏的高亢音符。

珍惜愤怒,保持愤怒吧!愤怒可以使我们年轻。纵使在愤怒中猝然倒下,也是一种生命的壮美。

17. 我的五样

老师出了题目——写下"你生命中最宝贵的五样东西"。我拿着笔,面对一张白纸,周围一片静寂无声。万物好似缩微成超市货架上的物品,平铺直叙摆在那里,等待你手的挑选。货筐是那样小而致密,世上的林林总总,只有五样可以塞入。

也许是当过医生的缘故,片刻的斟酌之后,我本能地挥笔写下:空气、水、太阳……

这当然是不错的。你不可能设想在一个没有空气和水的星球上,滋长出如此斑斓多彩的生命。但我很快发现自己陷入了困境——如果继续按照医学的逻辑推下去,马上就该写下心脏和气管,它们对于生命之泵也是绝不可缺的零件。结果呢,我的小筐子立马就装满了,五项指标额度用尽。想想那答案的雏形将是:我生命中最宝贵的东西——空气、水、阳光、气管、心脏……哈!科普意味。

如此写下去,恐有弊病。测验的功能,是辅导我们分辨出什么是自我生命中最重要的因子,以致面临人生的重大选择和丧失时,会比较地镇定从容,妥帖地排出轻重缓急。而我的答案,抽象粗放,大而化之,缺乏甄别和实用性。

改弦易辙。我决定在水、空气和阳光三要素之后,写下对我个人更为独特和生死攸关的因子。

于是,第四样——鲜花。

真有些不好意思啊。挂着露滴的鲜花,那样娇弱纤巧,似乎和庄严的题目开了一个玩笑。但我真是如此地挚爱它们,觉得它们美轮美奂,不可或缺。绚烂的有刺的鲜花,象征着生活的美好和无可回避的艰难,愿有一束火红的玫瑰,伴我到天涯。

写下鲜花之后,仅剩一样挑选的余地了。刹那间,无数声音充斥耳鼓,啰唆地申述着自己的不可替代性,想在最后一分钟,挤进我珍贵的小筐。

偷着觑了一眼同学们的答案,不禁有些惶然。

有人写下"父母"。我顿觉自己的不孝。是啊,对于我的生命来说,父母难道不是极为宝贵的因素吗?且不说没有他们哪来的我,单是一想到他们会先我而去,等待我的是生离死别,永无相见,心就极快地冰冷成坨。

有的人写下"孩子"。我惴惴不安,甚至觉得自己负罪在身。那个幼小的生命,与我血脉相连,我怎能在关键的时刻,将他遗漏?

有人写下"爱人"。我便更惭愧了。说真的,在刚才的抉择过程中,几乎将他忘了。或许因为潜意识里,认为在未曾识得他之前,我的生命就已存许久。我们也曾有约,无论谁先走,剩下的那人都要一如既往地好好活着。既然当初不是同月同日生,将来也难得同月同日死,彼此已商定不是生命的必需,未进提名,也有几分理由吧?

正不知将手中的孤球抛向何处,老师一句话救了我。她说,这生命中最宝贵的东西,不必从逻辑上思索推敲是否成立,只需你情感上的真爱即可。

凝视再想。

略一顿挫之后,拟写"电脑"。因为基本上已不用笔写作,电脑便成了我密不可分的工作伴侣。落笔之际我凝思,电脑在此处,并不只是单纯的工具,当是一种象征,代表我挚爱的劳动和神圣的职责。很快又联想到电脑所受制约较多,比如停电或是病毒入侵,都会让我无所依傍。唯有朴素的笔,虽原始简陋,却可朝夕相伴风雨兼程。

于是洁白的纸上,记下了我生命中最宝贵的五样东西——水、阳光、空气、鲜花和笔(未按笔画为序,排名不分先后)。

同学们嘻嘻笑着,彼此交换答案。看过之后,却都不作声了。我吃惊地发现,每人的物件,万千气象,决不雷同,有的简直让人瞠目结舌。比如某男士的"足球",某女士的"巧克力",在我就大不以为然。但老师再三提示,不要以自己的观点去衡量他人,于是不露声色。

接下来,老师说,好吧,每个人在你写下的五样当中,划去相对不那么重要的一样,只剩下四样。

权衡之后,我在五样中的"鲜花"一栏旁边,打了一个小小的"×"号,表示在无奈的选择当中,将最先放弃清丽绝伦的它。

老师走过来看到了,说,不能只是在一旁做个小记号,放弃就意味着彻底的割舍。你必得用笔把它全部涂掉。

依法办了,将笔尖重重刺下。当鲜花被墨笔腰斩的那一刻,顿觉四周惨失颜色,犹如本世纪初叶的黑白默片。我拢拢头发咬咬牙,对自己说,与剩下的四样相比,带有奢侈和浪漫情调的鲜花,在重要性上毕竟逊了一筹,舍就舍了吧。虽然花香不再,所幸生命大致完整。

请将剩下的四样当中,再剔去一样,仅剩三样。老师的声音很平和,却带有一种不容商榷的断然压力。

我面对自己的纸,犯了难。阳光、水、空气和笔……删掉哪样是好,思忖片刻,提笔把"水"划去了,从医学知识上讲,没有了空气,人只能苟延残喘几分钟,没有了水,在若干小时尚可坚持。两害相权取其轻吧。

也许女人真是水做的骨肉,"水"一被勾销,立觉喉咙苦涩,舌头肿痛,心也随之焦躁成灰,人好似成了金字塔里风干的法老。

我已经约略猜到了老师的程序,便有隐隐的痛楚弥漫开来。不断丧失的恐惧,化作乌云大兵压境。痛苦的抉择似一条苦难的巷道,弯弯曲曲伸向远方。

果然,老师说,继续划去一样,只剩两样。

这时教室内变得很寂静,好似荒凉的冢。每个人都在冥思苦想举棋不定。我已顾不得探查他人的答案,面对着自己人生的白纸,愁肠百结。

笔、阳光、空气……何去何从?

闭起眼睛一跺脚,我把"空气"划去了。

刹那间好像有一双阴冷的鹰爪,丝丝入扣地扼住我的咽喉,手指发麻眼冒金星,心如擂鼓气息屏窒……

我曾在海拔五千多米的冰山上攀援绝壁,缺氧的滋味撕心裂肺。无论谁隔绝了空气,生命便飘然而逝。一切只能成为哲学意义上的讨论。

好了,现在再划去一样,只剩下最后一样。老师的音调很温和,但执着坚定充满决绝。对已是万般无奈之中的我们,此语一出,不啻惊雷。

教室内已经有轻轻的哭泣声。人啊,面临丧失,多么软弱苦楚。即使只是一种模拟,已使人肝肠寸断。

笔和阳光。它们在纸上势不两立地注视着我,陷我于深深的两难。

留下阳光吧——心灵深处在反复呼唤。妩媚温暖明亮洁净,天地一片光明。玫瑰花会重新开放,空气和水将濡养而出,百禽鸣唱,欢歌笑语。曾经失去的一切,都会在不知不觉当中悄然归来。纵使除了阳光什么也没有,也可以在沙滩上直直地卧晒太阳哇。

想到这里,心的每一个犄角,都金光灿烂起来。

只是,我在哪里?在干什么?

我看到自己孤独的身影,在海边寂寞的椰子树下拉长缩短,百无聊赖。孤独地看日出日落,听潮涨潮消。

那生命的存在,于我还有怎样的意义?!我执着地仰起头来问天。

天无语。

自问至此,水落石出。我慢而稳定地拿起笔,将纸上的"太阳"划掉了。

偌大一张纸,在反复勾勒的斑驳墨迹中,只残存下来一个固守的字——"笔"。

这种充满痛苦和抉择的测验,像一个逐渐缩窄的闸孔,将激越的水流凝聚成最后的能量,冲刷着我们的纷繁的取向。当那通道变得一夫当关,万夫莫开之时,生命的重中之重,就简洁而挺拔地凸立了。

感谢这一过程,让我清晰地得知什么是我生命中的真爱——就是我手中的这支笔啊。它噗噗地跳动着,击打着我的掌心,犹如我的另一颗心脏,推动我的一腔热血四肢百骸。

突然发现周围万籁无声。人们在清醒地选择之后,明白了自己意志的支点,便像婴儿一般,单纯而明朗地宁静了。

我细心地收起这张白纸,一如珍藏一张既定的船票。知道了航向和终点,剩下的就是帆起桨落战胜风暴的努力了。

18. 永别的艺术

近读一文,内有几位日本女性,款款道来,谈她们如何人到中年,就开始柔和淡定地筹划死亡。好像戏刚演到高潮,主角就潜心准备谢幕时的回眸一笑,机智得令人恐惧。

一位艺术家,六十二岁时,把家中房子改建成三间,适合老年人居住,以用作"最后的栖身之所"。删繁就简,把用不着的家具统统卖掉,只剩下四把椅子,两个杯盘。丈夫叹道:这么早就给我收拾好啦!

一位女儿为父母收拾遗物,阁楼就像旧仓库,到处是旧书和电话簿,摞得比人还高。式样该进博物馆的服装,包装的盒子还未撕开。不知何时买下的布料,质地早已发脆。像出土文物一般陈旧的卫生纸,不起丝毫泡沫的洗涤剂……但房地产证、银行存折、名章等重要物件,却不知藏在什么地方。她想起母亲生前常说,我是不会给孩子们添任何麻烦的……心想,人不能在死亡面前好强,还是未雨绸缪的好。

她把父母家中的家具、衣物、餐具都处理了,最难办的是,母亲生前花了250万日元自费出版的自传,剩下一百多册,无法处置。再三考虑之后,女儿双手合十默念道:妈妈,留下来的人还要生存,只有对不起您了。说完,她只收起4部自传,其余的都销毁。母亲的日记,她带走了。但每读一遍,都沉浸在痛苦之中。当她49岁时,先烧掉了自己的日记,然后把母亲的日记也断然烧光,从此一了百了。

风靡全球的《廊桥遗梦》,其实也是一篇从遗物讲起的故事。死之前应该做的事,似乎还挺多。如果疏忽了,有时便是难以弥补的缺憾。一位妻子患病住进医院,丈夫天天守候在床边,寸步不离。妻子刚开始是感动,随之就是生疑。终于察觉到自己患的不是一般病,丈夫是在永诀前,尽力增多和自己待在一起的时间。女人深深地不安了,一再强烈要求出院,回到自己家中。丈夫知她病情重笃,哪敢让她走?只好不断用"明天我们就办手续"敷衍她。女人终于在一天夜里,大睁着双眼走了。丈夫整理妻子遗物的时候,发现了她与情人8年相通的记载,总算明白妻子最后放心不下的是什么了。

读着这些文字,心好像被一只略带冷意的手轻轻握着,微痛而警醒。待到读完,那手猛地松开了,顷刻有新鲜蓬松的血,重新灌注四肢百骸,令人感到阳间的温暖。

第一次清晰地感受生人对死亡的准备,是十几岁下乡时,房东大娘在秋阳下晾晒老衣。她脸上欣赏的神色和寿装绚丽妖娆的色彩,令我感到她有一种早日套入它们的期待。细想起来,农牧社会的死亡,也是节俭和单纯的。一个人死了,涉及的不过是几件旧衣,或烧或送,都好处置。其他农具家具炊具,属于公众的大家庭,不会也不应随了死者遁去。

现代社会在种种进步之中,也使死亡奢华和复杂起来。你不在了,曾经陪伴你的那些物品,还坚固地存在。怎么办呢?你穿过的旧衣,色彩尺码打上强烈的个人印迹,假如没有英王妃黛安娜的名气,无人拍卖无处保存。你读过的旧书,假如不是当世文豪,现代文学馆也不会收藏,只有掩在尘封中,车载斗量地卖废品。你用过的旧家具,式样过时,假如不是紫檀或红木,也无后人青睐,或许丢弃垃圾堆。你的旧照片,将零落一地,随风飘荡,被陌生的人惊讶地踏着问:这是谁?

当我认真思忖死后的技术性问题时,感觉到的不再是对死亡的畏惧,而是对不幸参与料理这一切事物的人,充满歉意。假如是亲人,必会引起悸痛,但我的本意,是望他们平静。假如是素不相识的人,出于公务或是仁慈相助,更应减少他人的劳动强度。

我原以为死亡的准备,主要是思想和意志方面,不怕死,是一个充满思辨的哲学范畴。现在才醒悟,涉及死亡的物质和事务,也相当繁杂。或者说,只有更明智巧妙地摆下尘世间最后的棋子,才能更有质量地获得完整的人生尊严。

让年富力强的人考虑死亡,似乎是一件可笑的事情。但死亡必定会在某一个不可知的时辰,与我们正面相撞,无论多么伟大的人物,都要臣服它的麾下。

经常想想自己可能明天或者最近就可能死,是一件有趣而且有益的事。

首先是有利于感悟生命,体验到它的脆弱和不堪一击,会格外地珍惜今天。有许多暂时看来无法跨越的忧愁与痛苦,在死亡的烈度面前,都变得稀薄了。

第二是有利于抓紧时间。日常生活的琐碎重复,使我们常常执拗地认为,自己是坐拥无限时光的富翁,可以随意抛洒。死亡给了我们一个不由分说的倒计时,无论你此刻多么精力超群,时间之囊里的水,都在一去不复返地失落着,储备越来越少。

第三是有利于我们善待他人,快乐自身。死亡使真情凸现,友情长存。

总之,死亡是不讲情面的伴侣,厮伴我们终身。此公最大的爱好就是冷不防,极少发布精确的预告。于是如何精彩地永别,就成了值得深入探讨的问题。日本女人的想法,像她们的插花,细致雅丽,趋于婉约。我想,这门最后的艺术,不妨有种种流派,阴柔纤巧之外,也可豪放幽默。小桥流水或横刀跃马,都可以事先多次设计,身后一次完成。或许将来可有一种落幕时分的永别大赛,看谁的准备更精彩,构思更奇妙,韵味更悠长。

唯一的遗憾,就是这比赛的冠军,不能亲自领奖了。

19. 寻觅危险

在心理学家马斯洛先生的人的需要层次金字塔模式里,安全感是人类的基本需要之一。

记得在日本访问时,很惊讶普通民居的构造单薄。尤其是海边的房子,好像纸扎的灯笼,轻而蓬松,叫人怀疑稍大些的海风,就会把墙壁吹个透明窟窿。

我问日本人,你们这里多地震多火山多海啸什么的,如此稀松的房子,怎么抵御灾难,岂不是太不安全了吗?

日本人回答,正是因为多灾,我们的房子才造得很轻,一旦倒塌,也不会把人压死砸死,比钢筋铁骨的建筑,反倒多一分安全。就像薄薄的鸡蛋壳,小鸡很容易钻出来。它看起来不安全,其实倒是很安全的。

真叫人无话可说。

那年到处风传地震,我为自己和家人的安全焦虑,特向一位专事地震研究的朋友请教。她告诉我,地震发生的时候,你赶快跳到家中房屋的承重墙交叉的部位,那里通常比较坚固,即使倒塌也会有小的支撑空间可供躲避,以利等待救援。此秘诀闹得我和先生,像两个蹩脚的工程师,在自己家中四处观察,彼此还意见分歧。他说这堵墙承重,我说可能是那一堵,吵得谁也不服谁,只好又向朋友讨教。她说,你们可以找到当年施工部门的图纸,对照辨认,岂不最有权威性了?这法子好是好,但实在太麻烦,我们只好不了了之。朋友是个尽责的人,后来又过问此事,我如实相告,朋友说,告你一个简单的法子,一旦地动山摇,你就躲到房屋内的卫生间,那个角落比较安全……从此我牢牢记住这一救命宝典,很久时间内,一进了卫生间,就敬畏有加,觉得在未来的某一天,全靠它的庇护啦!

后来我到了唐山,有一位大地震中的幸存者,谆谆告诫我,大震时,要飞快地窜到凉台上,这样可以在随后的余震中被甩到室外,安全系数较大。他当年就是如此才保住性命,而他躲在房中的家人,全部遇难。

我于是想象自己倘若遇到震灾,可能会在卫生间和凉台中上蹿下跳,坐失宝贵时间。

坐汽车,我因为晕车,总好坐在前面。但屡屡被人指教,只有司机后面的座位,才是全车中最保险的地方。因为据车祸中大难不死者的统计数据,证明在危急的时刻,司机会下意识地保全自己,所采取的紧急措施对自己的位置最为有利。我觉得这一提议后面,有一层相当微妙甚至龌龊的前提。那就是——司机以人的本能保护自己,你坐在司机后面,以他的身躯为你的血肉长城……

灾难时,到底哪里最安全?我只做过如此不完善的小小调查,已是众说纷纭,看来,安全是个永恒的题目,在我们的生命里面,寻找安全,是集体无意识的顽强表现。

我便敬佩那些在危急的时刻,抛却自身的安全,奋勇地冲向危难的勇士。这不仅是道德和情操的高尚,更是人战胜自己天性的壮举。

比如消防人员的扑向火海,比如救护人员的攀登危楼,比如面对易燃易爆物品燃烧时的临危不惧,比如潜入冰水拯救遇溺者……无论对职业人员还是对见义勇为的普通公民,我相信,在那一瞬,都有生命本能的召唤和人生价值的实现碰撞的火焰。

如果为了一己的安全,自然是远离危险。我们的每一根头发,每一滴血液,都会提醒命令安排指挥我们这样做。人类的进化,使得躲避危险寻觅安全成了几乎与生俱来的能力。但是,为了他人的安全,为了崇高的职责,为了追求和理想,为了一种凌越本能的超拔,他们躲避安全寻觅危险……这样的人,就达到了人的自我实现的顶峰,他们找到了本能之上的高贵的尊严。

20. 心轻者上天堂

埃及国家博物馆，有一件奇怪的展品。一方用精美白玉雕刻的匣子，大小约和常用的抽屉差不多，匣内被十字形玉栅栏隔成四个小格子，洁净通透。玉匣是在法老的木乃伊旁发现的，当时匣内空无一物。从所放位置看，匣子必是十分重要，可它是盛放什么东西用的？为什么要放在那里？寓意何在？谁都猜不出。这个谜，在很长一段时间内，让考古学家们百思不得其解。后来，在埃及中部卢克索的帝王谷，在卡尔维斯女王的墓室中，发现了一幅壁画，才破解了玉匣的秘密。

壁画上有一位威严的男子，正在操纵一架巨大的天平。天平的一端是砝码，另一端是一颗完整的心。这颗心是从一旁的玉匣子中取出的。埃及古老的文化传说中，有一位至高无上的美丽女性，名叫快乐女神。快乐女神的丈夫，是明察秋毫的法官。每个人死后，心脏都要被快乐女神的丈夫拿去称量。如果一个人是欢快的，心的分量就很轻。女神的丈夫就判那颗羽毛般轻盈的心，引导着灵魂飞往天堂。如果那颗心很重，被诸多罪恶和烦恼填满皱褶，快乐女神的丈夫就判他下地狱，永远不得见天日。

原来，白玉匣子是用来盛放人的心的。原来，心轻者可以上天堂。

自从知道了这个传说,我常常想,自己的心是轻还是重,恐怕等不及快乐女神的丈夫用一架天平来称量,那实在太晚了。呼吸已经停止,一生盖棺定论,任何修改都已没有空白处。我喜欢未雨绸缪,在我还能微笑和努力的时候,就把心上的赘累一一摘掉。我不希图来世的天堂,只期待今生今世此时此刻朝着愉悦和幸福的方向前进。天堂不是目的地,只是一个让我们感到快乐自信的地方。

心灵如果披挂着旧日尘埃,好像浸满了深秋夜雨的蓑衣,湿冷沉暗。如何把水珠抖落,在朗空清风中晾干哀伤的往事?如何修复心理的划痕,让它重新熠熠闪亮一如海豚的皮肤在前进中把阻力减到最小?如何在阳光下让心灵变得通透晶莹,仿佛古时贤臣比干的七窍玲珑心,忠诚正直诚恳聪慧,却不会招致悲剧的命运?

我们不是从一张白纸开始自己的心灵健康之旅,背负着个人的历史和集体的无意识。在文化的熏染中长大,它们对我们的影响复杂而深远,微妙而神秘。

如果你到医院检查身体,医生先要开出一系列的化验单,查验你的血,透视你的肺,必要的时候,还要把你送进冰冷幽暗的仪器中,用电脑拍摄你全身的照片……面对自己的心灵,也需先摸清情况,再对症下药,如何探知自己的心灵究竟是不是健康?这本小册子或许能帮你一个小忙。它收集了一些简单的心理游戏。每一个游戏我都曾饶有趣味地完成过。完成的过程中,不经意间就触动了心海下蛰伏的礁石,得以瞥见心灵深处缤纷的珊瑚和疾游的鲨鱼。中国有句老话,叫作"知己知彼,百战不殆",你对自己多一分了解,你对未来就多一分把握。

有个广泛流传的说法,说是大脑皮层只开发了不到5%的空间,还有庞大的"哑区"没有被挖掘利用。当洗衣服的水都被节俭的人积攒起来冲刷地板的时候,我们怎能不善待自己的心灵资源?

如果你渴求对自己有更多了解;如果你愁眉不展常怀戚戚并有愿改变;如果你希望自己变得更轻捷而有力,向着既定的目标迅跑;如果你顺风顺水还求更多的进步和欢乐,咱们一起来做游戏吧。书中的这些游戏曾经帮助过我,沉浸其中落下的泪水,已化作我的钻石。游戏完成时欢畅的笑声,已成为我生活中最新的习惯。游戏之后绵长的思索,更是多次帮助我在纷杂的世事中廓清方向轻装向前。

  朋友,让我们一起来玩游戏吧。我和你分享这其中的甘苦,一如在沙漠的烈日中我们同饮一捧清凉的泉水,漫漫征途中我们合乘一车奔向远方。

21. 切开忧郁的洋葱

忧郁是一只近在咫尺的洋葱,散发着独特而辛辣的味道,剥开它紧密黏黏的鳞片时,我们会泪流满面。

一位为联合国工作的朋友告诉我,她到过战火中的难民营,抱起一个小小的孩子。她紧紧地搂着这幼小的身躯,亲吻她枯燥的脸颊。朋友是一位博爱的母亲,很喜爱儿童,温暖的怀抱曾揽过无数孩子,但这一次,她大大地惊骇了。那个婴孩软得像被火烤过的葱管,萎弱而空虚。完全不知道贴近抚育她的人,没有任何欢喜的回应,只是被动地僵直地向后反张着肢体,好似一块就要从墙上脱落的白瓷砖。

朋友很着急,找来难民营的负责人,询问这孩子是不是有病或是饥寒交迫,为什么表现得如此冷漠?那负责人回答说,因为有联合国的经费救助,孩子的吃和穿都没有问题,也没有病。她是一个孤儿,父母双亡。孩子缺少的是爱,从小到大,从没有人抱过她。因她不知"抱"为何物,所以不会反应。

朋友谈起这段往事,感慨地说,不知这孩子长大之后,将如何走过人生?

不知道。没有人回答。寂静。但有一点可以预见,她的性格中必定藏有深深的忧郁。

我们都认识忧郁。每一个人,在一生的某个时刻,都曾和忧郁狭路相逢。

自然界的风花雪月,人生的悲欢离合,从宋玉的悲秋之赋到李清照的绿肥红瘦的喟叹,从游子的枯藤老树昏鸦到弱女的耿耿秋灯凄凉,忧郁如同一只老狗,忠实而疲倦地追着人们的脚后跟,挥之不去。随着现代社会的发达,忧郁更成了传染的通病。"忧郁症"已经如同感冒病毒一般,在都市悄悄蔓延流行。

忧郁像雾,难以形容。它是一种情感的陷落,是一种低潮的感觉状态。它的症状虽多,灰色是统一的韵调。冷漠,丧失兴趣,缺乏胃口,退缩,嗜睡,无法集中注意力,对自己不满,缺乏自信……不敢爱,不敢说,不敢愤怒,不敢决策……每一片落叶都敲碎心房,每一声鸟鸣都溅起泪滴,每一束眼光都蕴满孤独,每一个脚步都狐疑不定……

一个女大学生给我写信,说她就要被无尽的忧郁淹没了。因为自己是杀人凶手,那个被杀的人就是她的妈妈。她说自己从三岁起双手就沾满了母亲的鲜血,因为在那一天,妈妈为了给她买一串过生日的糖葫芦,横穿马路,倒在车轮下……

"为此,我怎能不忧郁?忧郁必将伴我一生!"信的结尾处如此写着,每一个字,都被水洇得像风中摇曳的蓝菊。

说来这女孩子的忧郁,还属于忧郁中比较谈得清的那种,因为源于客观的、重要人物的失落而引起,在某种程度上,是我们不得不面对的痛苦反应。更有那说不清道不明的忧郁,树蚕一样噬咬着我们的心,并用重重叠叠的愁丝,将我们裹得筋骨蜷缩。

忧郁这种负面情感的源头,是个体对于失落的反应。由于丧失,所以我们忧郁。由于无法失而复得,所以我们忧郁。由于从此成为永诀,所以我们忧郁。由于生命的一去不返,所以我们忧郁。

从这种意义上讲,忧郁几乎是人类这种渺小的动物,面对宇宙苍穹时,与生俱来的恐惧,所以我们无法从根本上消除忧郁。我相信凡有人类生存的日子,我们就要和忧郁为朋,虽然我们不喜欢,但我们必须学会与忧郁共舞。

正因为这种本质上的忧郁,所以我们才要在有限的生存岁月中,挑战忧郁,让我们自己生活得更自由,更欢愉,更勃勃生气。

失落引起忧郁。当我们分析忧郁的时候,首先面对的是失落。细细想来,失落似可分为不同性质的两大类。一是目前发生的真实与外在的失落,可以被我们确认并加以处理的。比如失去父母,失去朋友,失去恋人,失去工作,失去金钱,失去股票,失去名声,失去房产,失去自信等等,惨虽惨矣,好歹失在明处,有目共睹。

二是源自自我发展的早期便被剥夺,或严重的失望经验,导致内在的深刻失落感觉。这话说起来很拗口,其实就是失在暗地,失得糊涂,失得迷惘,失在生命入口端的混沌处。你确切无疑地丢失了,却不知遗落在哪一地驿站?

这可怕的第二种失落,常常是潜意识的,表明在我们的儿童期,有着不同程度的缺憾和损失。因为我们未曾得到醇厚的爱,或因这爱的偏颇,使我们的内心发展受阻。因为幼小,我们无法辨析周围复杂的社会,导致丧失了对他人的信任,并在这失望中开始攻击自己。如同联合国那位朋友所抱起的女婴,她已不知人间有爱,她已不会回报爱与关切。在这种凄楚中长大的孩子,常常自我谴责与轻贱,认为自己不可爱,无价值,难以形成完整高尚的尊严感。

过度的被保护和溺爱,也是一种失落。这种孩子失落的是独立与思考,他们只有满足的经验,却丧失了被要求负责的勇气,丧失了学会接受考验和失败的能力,丧失了容纳失望的胸怀。一句话,他们在百般呵护下,残障了自我的成长性和控制力的发展。他们的脑海深处永远藏着一个软骨的啼哭的婴孩,因为愤怒自己的无力,并把这种无能感储入内心,因而导致无以名状的忧郁。

人的一生,必须忍受种种失落。就算你早年未曾失父失母失学失恋,就算你一帆风顺平步青云,你也必得遭遇青春逝去韶华不再的岁月流淌,你也必得纳入体力下降记忆衰退的健康轨道,你也必有红颜易老退休离职的那一天,你也必得遵循生老病死新陈代谢的铁律,到了那一刻,你是否有足够的弹性,抵御忧郁?

　　还有一种更潜在的忧郁,是因为我们为自己立下了不可达到的高标准,产生了难以满足的沮丧感。这种源自认定自我罪恶的忧郁症状,是与外界无关的,全需我们自我省察,挣脱束缚。

　　忧郁的人往往是孤独的,因为他们的自卑与自怜。忧郁的人往往互相吸引,因为他们的气味相投。忧郁的人往往结为夫妻,多半不得善终,因为无法自救亦无力救人。忧郁的人往往易于崩溃,因为他们哀伤更因为他们羸弱绝望。

　　难民营的婴儿,不知你长大后,能否正视自己的童年？失却的不可复来,接受历史就是智慧。记忆中双手沾着血迹的女大学生,你把那串猩红的糖葫芦永远抛掉吧,你的每一道指纹都是洁白的,你无罪。母亲在天国向你微笑。

　　不要嘲笑忧郁,忧郁是一种面对失落的正常。不要否认我们的忧郁,忧郁会使我们成长。不要长久地被忧郁围困,忧郁会使我们萎缩。不要被忧郁吓倒,摆脱了忧郁的我们,会更加柔韧刚强。

22. 婚姻鞋

婚姻是一双鞋。

先有了脚,然后才有了鞋。幼小的时候光着脚在地上走,感受沙的温热,草的润凉,那种无拘无束的洒脱与快乐,一生中将我们从梦中反复唤醒。

走的路远了,便有了跋涉的痛苦。在炎热的漠地被炙得像驼鸟一般奔跑,在深陷的沼泽被水蛭蜇出肿痛……

人生是一条无涯的路,于是人们创造了鞋。

穿鞋是为了赶路,但路上的千难万险,有时尚不如鞋中的一粒沙石令人感到难言的苦痛。

鞋,就成了文明人类祖祖辈辈流传的话题。

鞋可由各式各样的原料制成。最简陋的是一片新鲜的芭蕉叶,最昂贵的是仙女留给灰姑娘的那只水晶鞋。

不论什么鞋,最重要的是合脚;不论什么样的姻缘,最美妙的是和谐。

切莫只贪图鞋的华贵,而委屈了自己的脚。别人看到的是鞋,自己感受到的是脚。脚比鞋重要,这是一条真理。许许多多的人却常常忘记。

我做过许多年医生,常给年轻的女孩子包脚。锋利的鞋帮将她们的脚踝砍得鲜血淋淋。粘上雪白的纱布,套好光洁丝绸袜,她们袅袅地走了。但我知道,当翩翩起舞之时,也许会有人冷不防地抽搐嘴角,那是因为她的鞋。

看到过祖母的鞋,没有看到过祖母的脚。她从不让我们看她的脚,好像那是一件秽物。脚驮着我们站立行走,脚是无辜的,脚是功臣。丑恶的是那鞋,那是一副刑具,一套铸造畸形残害天性的模型。

每当我看到包办而蒙昧的婚姻,就想到了祖母的三寸金莲。

幼时我有一双美丽的红皮鞋,但鞋窝里潜伏着一只夹脚趾的虫。每当我不愿穿红皮鞋时,大人们总把手伸进去胡乱一探,然后说:"多么好的鞋,快穿上吧!"为了不穿这双鞋,我进行了一个孩子所能爆发的最激烈的反抗。我始终不明白,一双鞋好不好,为什么不是穿鞋的人具有最后的否决权?

旁的人不要说三道四,假如你没有经历过那种婚姻。

滑冰要穿冰鞋,雪地要穿雪靴,下雨要穿雨鞋,旅游要有运动鞋。大千世界,有无数种可供我们挑选的鞋,脚却只有一双。朋友,你可要慎重!

少时参加运动会,临赛的前一天,老师突然给我提来一双橘红色带钉跑鞋,祝愿我在田径比赛中如虎添翼。我褪下平日训练的白网鞋,穿上像橘皮一样柔软的跑鞋,心中的自信也突然溜掉了。鞋钉将跑道锲出一溜齿痕,我觉得自己的脚被人换成了蹄子。我说我不穿跑鞋,所有的人都说我太傻。发令枪响了,我穿着跑鞋跑完全程。当我习惯性地挺起前胸,去冲撞冲刺线的时候,那根线早已像绶带似的悬挂在别人的胸前。

橘红色的跑鞋无罪,该负责任的是那些劝说我的人。世上有很多很好的鞋,但要看适不适合你的脚。在这里,所有的经验之谈都无济于事,你只需在半夜时分,倾听你脚的感觉。

看到那位赤着脚参加世界田径大赛的南非女子的风采,我报以会心一笑:没有鞋也一样能破世界纪录!脚会长,鞋却不变。于是鞋与脚,就成为一对永恒的矛盾。鞋与脚的力量,究竟谁的更大些?我想是脚。只见有磨穿了的鞋,没见有磨薄了的脚。鞋要束缚脚的时候,脚趾就要把鞋面挑开一个洞,到外面去凉快。

　　脚终有不长的时候,那就是我们开始成熟的年龄。认真地选择一种适合自己的鞋吧!一只脚是男人,一只脚是女人,鞋把他们联结为相似而又绝不相同的一双。从此,世人在人生的旅途上,看到的就不再是脚印,而是鞋印了。

　　削足适履是一种愚人的残酷,郑人买履是一种智者的迂腐;步履维艰时,鞋与脚要精诚团结;平步青云时,切不要将鞋儿抛弃……

　　当然,脚比鞋贵重。当鞋确实伤害了脚,我们不妨赤脚赶路!

23．婚姻的四棱柱

人们谈论婚姻的频率,就像谈论坏天气。女人们凑到一处,更是三句话不离本行,家是女人永远的职业。若是在公园里看到掩面哭泣的女人,十有九成是为了爱情。

婚姻的第一种开端模式:莫逆之交。

天下婚姻万千,开端总是几种模式。好像你要是得感冒,起因脱不了受凉或是传染。要是患了痢疾,便一定是病从口入了。婚姻的第一种开端模式,是莫逆之交。何为莫逆?字典上写的是:彼此情投意合,非常要好。顾名思义,"莫"是"没有"的意思,"逆"是"方向相反"的意思。莫逆之交是一个否定之否定,表示高度的协调与一致。

有人说,要是夫妻两个人,几十年都没有一点分歧,是不是太乏味,太枯燥?好像对着镜子中的自己,如影随形一辈子,会不会无聊至极?这种揣测,乍一听很是有理。争吵好像是家庭的味精,矛盾仿佛黏合剂。很长一段时间内我也赞同这个观点。后来一次出差,遇到一对老夫妇,他们温存而默契的眷恋,深深感动了我。与那些无时无刻都想显示幸福的年轻夫妇不同,他们宁静谦和,彼此一个手势一声叹息,对方都心领神会……他们的和谐,像一串老檀香木珠,隐隐地但是持久地散发着温馨的香气,让每一个看到这情景的人,心中叹息。我说,你们银婚金婚的,就真没红过脸吗?那是不是也太没意思了?老翁说,我们有分歧的时候,但是不会吵架。人可以同自己争吵,但人不可以同一个如此深爱自己的人反目。我们都有使对方冷静的能力。吵架不会使人感到生活有趣,只会使人痛恨生活。生活的美好来自和谐与温暖。

我又对老媪说,你们一辈子不吵架,别人都不信呢。老媪微笑着说,别说你们不信,就是我们自己也不信。当初我们结婚的时候,并没想到一生不吵架。但这么多年过去了,我们真的无架可吵。有一天,我对老伴说,咱们吵一架吧,尝尝吵架的滋味。他积极响应说,好啊,开始吧。于是我说,你先吵吧。他谦让说,还是你先吵吧。我们互相看着,谦让了半天,结果还是没吵成。想起来,好懊丧啊。我说,哈!你们的经验是什么呢?让大家都学习一下多好。老翁慢吞吞地说,这可能是学不来的。我们平时都不同别人说我们不吵架的事,那会惹人笑话,好像这么大岁数了还在说谎。因为天下夫妻几乎都吵架,大家都不相信世上有不吵架的夫妻。我们很幸福,可幸福不是展品,我不想让所有的人都传颂这件事。我只能告诉你,也许我们是一个例外,但莫逆之交的夫妻,一生从不吵架的夫妻,绝对存在。我们可以没见过钻石,但我们不能否认,世上有这种硬度极高的宝贝,在旷野中闪烁。

第二种婚姻的开端模式,是患难之交。它好像最具戏剧性,古时的公子落难,小姐搭救,才女风尘,名士救援……惊险与曲折,自是不必说了。到了现代,就演变成或是战斗负伤,或是打成右派,或是上山下乡,或是远走异地,或是病体难支,或是飞来横祸……总之是一方遭遇大悲惨,大厄运,辗转于苦痛之中。另一方肝胆相照,鼎力相助,挽狂澜于既倒。于是爱的萌芽,就在这恶劣苦旱的土壤中滋生,掀开巨石,迎着风暴,绽开了绿的叶和红的花。

依我以前的印象,觉得这种开端的婚姻,是极稳固、极难得的。

你想啊,大风大雨都闯过来了,在风和日丽的日子,岂不要收获加倍的幸福?没想到,许多惨痛的婚变,就蜷缩在这只涂满沧桑的旧匣子里。究其原因,在于事件起始部分的不平等。婚姻这件事,最要紧的是脸对脸,心靠心。

若有一方居高临下,就会埋伏畸变的导火索。当事人可能不自觉,但危险的种子已经种下。大难当头的时候,人的正义感、怜悯心都会异乎寻常地发达起来,拔刀相助与见义勇为,仁爱之心与乐善好施,甚至母性与女儿性,大丈夫"我不下地狱谁下地狱"的豪情,都油然而生,像五颜六色的调味酒,依次倾入堆积冰块的苦难之杯。于是略带苦味但却莹光四射的命运鸡尾酒,在艰窘之中,由位置较好的一方,绚丽地调配成功,递了过来。那另一方,在孤独苦寂中,将自我的感激误认为爱情,初起出于理智婉拒,最终抗拒不了凄凉与冷寞,依了人的本能,欣然接受,也是情理中的事。双方痛饮混合了各种复杂成分的婚姻酒,醉一个酩酊。那些世界上最动人的山盟海誓,往往发生在此时。然岁月更迭,逆境不可能永远存在,当外界的压力解除,爱情脱尽附加的藩篱,以本真的面目凸现的时候,潜伏的阴影就膨胀了。一旦双方地位、学识、教养、门第……的卵石,在激流消退后的平滩上裸露出来,无情的舆论又像烈日,将石头晒得如火如荼,婚姻的危机就笼罩头顶。

况且,婚姻不是账本,旧话重提没有用,一方永远的施与,另一方总是赤字,心里就失去平衡。有些恩情,也如仇恨一般,太深重了,便无法报答,有时简直想一逃了事。不平等的婚姻,当跷跷板上位置低下的一方,腾然升起的时候,双方能否寻找到新的支点,是婚姻继续的要素。患难是泥沙俱下的荒地,在那里寻到的爱情,绝非纯金精钢,还需顺境霹雳火的锤炼。

所以,患难之交不但不保险,很可能是饱含危机的婚姻。你看古今中外多少愁云惨淡的故事,都产生于这类土壤,就可知它的曲折艰险。并非要人在难中,不谈爱情,我只是想说,苦难不是婚姻的保单。假如你是跷跷板位置较高的一方,请做好位置颠覆后的准备。假如你是位置较低的一方,请扪心自问,天翻地覆之后,我能否忠诚依然?!假如回答都是:不。不妨在患难中,对爱情三思而后行。

　　第三种婚姻的开端模式是一见钟情。

　　与其说它属于社会学心理学范畴,我更愿意相信它在生理学中的地位。原本素不相识的男女,在毫无先兆的一见之下,迸出激烈的火花,从此如醉如痴,天地为之动容。朝思暮想,百计千方,不成眷属,终日寝食不安。有的学者,对这种婚姻模式,给予高度的评价,认为它是人类本性的爆发,无功利杂质掺入,纯真契合,地久天长。我想,在那男女一见的瞬间,一定发生了一种我们目前科学还不能完全解释的生理变化,大量的神秘物质分泌入血,年轻的机体,从瞳孔到心灵,都感到极大的愉悦。这种物质以高度的愉悦,牵引着我们,操纵着我们,使我们不加思索地按照它凌驾一切的指令,决定了终身的伴侣。对这种"惊鸿只一瞥,爱到死方休"的神秘过程,我不敢妄加揣测。私下里猜它的来源一定非常古老,是人类延续种族繁荣昌盛的钥匙之一。想那雌雄的相投,必无长远的卿卿我我,常常是电光火石的一瞬,成就了好事。一定有存在于基因的密令,操纵着冥冥中的结合。我想探究的是,作为高度发达创造了语言交流的人类,是否需对"一见定乾坤"的传统重新审视?那毕竟是一种非常状态,犹如飓风,无法天长地久陪伴我们。不知道在哪一天黎明,激情悄然离去,连个招呼也不打,剩下冷却到常温的男女,相对无言。失却了神秘物质的激励和保护,以它为先导的婚姻,是否也将随风飘逝?婚姻不是"一见",是一世相守的千见万见亿见。钟情是否是永不疲劳的金属,始终保持着最初的弹性?一见钟情的质量,不在开头,而在结尾。它可有终身的保修期?

现在要说四棱柱的最后一面了——萍水相逢。

这词一听,便让人生出凄凉漂泊之感。当人们谈论婚姻的双方,原是"萍水相逢"时,多的是无奈与宿命,还有些许的调侃,好像一只得来容易的旧履,不值得珍惜。

我们太轻慢了萍水啊。何谓"萍"?那是一种随波荡漾的低等植物,淡淡绿绿,草芥一般。任何一抹风都可以将它捋了去,抛向远方,颇似普通人的命运。两朵浮萍,没有背景,没有根,被不知何处来的气流推着,无目的地漫游,怎地就撞到了一起?俗话说:相逢是缘,相守是分。为什么遭遇的是这一朵浮萍,而不是那一株水草?为什么碰撞在这一块水域,而不是在那一方波涛?偶然的萍水相逢里头,藏着一个天大的必然缘分?萍与萍之间,还有一个最大的优势,那就是平等。水平水平,天下没有比水更平坦的东西了。生在水里的植物,该是最懂得这道理。纵是不懂,水以天然的流动,也教会你懂。平等是一切婚姻的柱石,它不是一种有形的资产,却是长治久安的地平线。在平等的伞下缔结的爱情,少的是不着边际的浪漫,多的是同在一片蓝天下的理智。它们依傍于水,浮沉于水。雨打漂萍的时候,需同舟共济,水涨船高的时候,需宠辱不惊。需要磨合,需要考验,一个平淡的开端,未必不预示着一段肝胆相照的历史,象征着一个美满妥帖的结局。

萍水相逢和一见钟情,真是有些像呢。都是素昧平生,都是相约到老。千万不要把两者搞混啊。在开端的时候,它们像一对孪生姐妹,但女大十八变,渐渐地就有些质的分野了。一个是在瞬间爆炸,一个是徐徐地加温。婚姻的本质更像是一种生长缓慢的植物,需要不断灌溉,加施肥料,修枝理叶,打杀害虫,才有持久的绿荫。

在婚姻的入口处,立着这根四棱的柱子,每一面雕刻着不同的花纹,指示着不同的道路。每一个经过的男人女人,都按照自己的意愿,选择了一条入口。家庭就像单向的铁路,是没有回程票的。我们在婚姻的列车上,铿锵向前。在生命的终点站,有几多夫妇,手牵着手,从容出站?

24. 家问

家是什么?

家会很小很小,螺蛳壳是蜗牛的家。家会很大很大,宇宙是星星的家。

家会很轻很轻,像一粒浮尘,被人一指弹掉,不留一丝痕迹。家会很重很重,像一座铅山,压在肩上,寸步难行。

家会很快乐很幸福,像一眼不老的喜泉。家会很凄凉很悲凉,像一汪深不可测的泪潭。

问年轻人:家是什么?

他们回答:家是粉红色的玫瑰,有刺更有蕾。家是甜蜜的吻、热烈的拥抱、柔情似水的情话和思念时的邮票。

问中年人:家是什么?

他们回答:家是心灵与肉体的港湾,能停泊万吨巨轮也能栖息独木小舟。家是无私的付出和接纳,家是脱去疲劳的热水澡。家是一个苹果,你一大口,我一小口。家是一副重担,我愿这边的力臂短,你那边的力臂长。

问老年人:家是什么?

他们说:家是一种能力,一种学习。我自忖无力从那里毕业,就中途逃亡了。

问无家的人:家是什么?

他们回答:家是黄昏湖边的搀扶,家是灯下互相剪去丝丝白发。家是一件旧风衣,风也是它雨也是它。家是虽非一见钟情却望白头偕老的漫漫旅程。家是墓前的一枝黄菊。

问孩子:家是什么?

他们回答:家是妈妈柔软的手和爸爸宽阔的肩膀,家是一百分时的奖励和不及格时的斥骂。家是可以耍赖撒谎当皇帝,也得俯首听命当奴隶的地方。家是既让你高飞,又用一根线牵扯的风筝轴。

问情人:家是什么?

他们回答:家是舔着伤口的两只狼,家是荷尔蒙的汹涌分泌。家是一日不见,如隔三秋。家是猜忌、争执、思念、指责的杂耍场。家是枕边泪窗前月,家是今夜你会不会来?

问养家的人:家是什么?

他说:家不是勋章,你挂在胸前,别人也看不见。家是一条暗地里逼你不断挣钱的鞭子,直抽得你遍体鳞伤。

问弃家的人:家是什么?

他说:家是羁绊,家是约束,家是熄灭人创造激情的沼泽地,家是一种奢侈的糜费。

问恋家的人:家是什么?

她说:家是树上的喜鹊窝。纵然世界毁灭了,只有家在,依然有一切。

问恨家的人:家是什么?

他说:家是爱情的终点,家是英雄的坟墓。家是累赘,家是负担,家是你挂在你项上的枷锁,家是你自卖自身的契约。

我不知世上还有另外的场所,会如此众说纷纭,褒贬不一。

纵观家庭,是大千世界的缩影。人们在家中卸去重要角色的面具,露出天然嘴脸,最坦率最赤裸。人性的善与丑,方寸之间,纤毫毕现。一代伟人,能治理好一个国家,未必能调理好一个家。能统率千军万马的将军,可能是妇孺裙衩下的败将。

有人认为家是最自由最放任的所在,可以放荡不羁。其实,家是最考验责任感的圣坛。对一个你所挚爱的人,都不忠诚,你还能为世人所信吗?对一个托付终身的人,都无法负起责任,你还能承诺他人的期嘱吗?连自己的一脉血缘都不能照料和抚育,你还能爱国爱民吗?在家中,我们看到了太多的丑恶。对亲人施暴的人,不可能对他人仁慈。在家中阴郁的人,不可能对太阳微笑。在家中诡计多端的人,不可能真诚对待友人。在家中粉饰虚伪的人,不可能直面惨淡的人生。

如果没有准备好,请不要撕下走进家庭的门票。如果没有爱自己也爱别人的能力,请不要构造家庭的地基。

许多人抱着从家庭掠取资源的动机,匆匆为自己寻一个可供汲取能量的后勤仓库,殊不知,家庭不是无中生有变出魔力的黑斗篷。家庭的温暖先要无私无偿地培养和付出,然后才像春草,毛茸茸地生长起来,一旦失去爱情的滋养,再稳固的家也会很快风化。爱的力量,有时很巨大,有时很贫瘠,全看你是否以心血浇灌。

家庭里如果没有神圣感和勇气,请别要孩子。家庭缔结之时,并不是简单男女人数相加,而是诞生了另样的结构,一个崭新的物种。这个物种的花朵和果实,就是孩子。

一花一世界,一家一宇宙,婴儿降临世上,家是包裹他的蛹壳。倘若家中注满健康的爱的花粉,他就吮吸着它,用爱滋养构建着自己的听觉嗅觉知觉,渐渐地酿成心中小小的蜜盏。在爱中长大的孩子,爱是他的羽衣,爱是他的长矛。在爱中蓬勃成长的孩子,他看天下,就比较地明朗。他看人性,就比较地乐观。他看自身,就比较地尊严。他看他人,就比较地客观。他看丑恶,就比较地勇敢。他看前途,就比较地光明。他看事物,就比较地冷静。他看死亡,就比较地泰然。

在纷乱和丑恶的气氛中成长的孩子,是伪劣家庭的痛苦产品。他们在家中最先看到并习得的待人处世经验,是破碎疏离和粗暴残酷。他们是那样幼小,缺乏分辨的能力,以为这就是人世间的模型。当他们走进社会的时候,会不由自主地以不良家庭的模式对待他人。将紊乱与不协传染到更远的范畴。更令人惊惧的是,来自不完美家庭的孩子们,彼此具有病态的吸引力,仿佛冥冥中有一块恶作剧的磁石,牵引性格有缺陷的男女,使他们格外同病相怜,迫不及待地走到一起。病态中建立的家庭,如履薄冰,全是悲剧。如果不能卓有成效地打断铰链,这种会伤人的家庭,就像顽强的稗草,代代相传,贻害无穷。

家可以很单纯,一个人也是一个完整的家。家可以很复杂,整个地球是一个共同的屋顶。

家啊,是理解、奉献、思念、呵护,是圣洁、宽容、接纳、和谐,是磨合、欣赏、忠诚、沟通,是心心相印、浪漫曲折、生死相依、海角天涯。

25. 婚姻有漏

实行计划生育多年,当年的婴孩开始踏上婚姻的红地毯。现在要想找一个家中有兄弟姐妹的配偶,概率已越来越稀少。在法院工作的朋友告诉我,双方都是独生子女的婚姻,离婚率相当高,且从结婚到离婚的时间短,甚至只有几天。我吓了一跳说,为什么?她说,理由当然是各式各样的,但我看,主要是事因有漏。

事情之发生,都有一个原因。这个原因如果不纯粹,就是事因有漏。漏是沙漏的漏,一个缓缓下旋的洞。情感有多少血液,经得住这般从夏到秋夜以继日地漏?一个有漏的婚姻,从一开始就是不结实的。当所有的情感都漏光的那一天,婚姻就瘪了。

那么,婚姻的理由究竟是什么呢?有的人因为世俗的压力,父母的祈盼,舆论的导向,甚至觉得在玩一个有趣的游戏。有的人以为那是一笔投资,一注筹码,一套吃饭的碗筷,一栋半山的豪宅。有的人只是头脑发热荷尔蒙亢奋,更可怕的还有政治与经济的陷阱与阴谋,都会织进婚姻之网。

除了这些以往婚姻中常见的漏,朋友说,独生子女的婚姻漏,最高发的是他们太想找到朝夕相伴的手足(这当然不是错),但是,却缺少和兄弟姐妹亲密相处的经验。他们缺少忍耐。

婚姻是需要忍耐的。长久的持续的充满定力的忍耐。忍耐一个任性的姑娘成长为干练的妻子,忍耐一个办事不牢的小伙子成为坚如磐石的汉子。忍耐孩子在啼哭和不断摔跤中长大,忍耐彼此的白发和倦怠。忍耐性格的摩擦和裂变,忍耐孤独与风寒……

婚姻无漏的理由只有一个,那就是爱。因为有了爱,才会长出茁壮的忍耐。忍耐磨砺着爱的光洁,使它在坚硬的同时润泽而美丽。

26. 成千上万的丈夫

有成千上万的男人,可能成为某个女人的好丈夫。

这句话,从一位做律师的女友嘴中,一字一顿地吐出时,坐在对面的我,几乎从椅子滑到地上。

别那么大惊小怪的。这话也可以反过来对男人说,有成千上万的女人,可以成为你们的好妻子。你知道我不是指人尽可夫的意思。教养和职业,都使我不会说出这类傻话。我是针对文学家常常在作品中鼓吹的那种"唯一",才这样标新立异。女友侃侃而谈。

没有唯一。唯一是骗人的。你往周围看看,什么是唯一?太阳吗?宇宙有无数只太阳,比它大的,比它亮的,恒河沙数。指纹吗?指纹也有相同的,虽说从理论上讲,几十亿上百亿人当中,才有这种可能性。好在我们找丈夫不是找罪犯,不必如此精确。世上的很多事情,过度精确,必然有害。伴侣基本是一个模糊数学问题,该马虎的时候一定要马虎。

有一句名言很害人,叫作每一片绿叶都不相同。我相信在科学家的电子显微镜下,叶子间会有大区别,楚河汉界。但在一般人眼中,它们的确很相似。非要把基本相同的事物,看得大不相同,是神经过敏故弄玄虚。

婚姻是一般人的普通问题，不要人为地把它搞复杂。合适做你丈夫的人，绝非前无古人后无来者的异数。就像我们是早已存在的普通女人，那些普通的男人，也已安稳地在地球上生活很多年了。我们不单单是一个人，更是一种类型，就像喜欢吃饺子的人，多半也热爱包子和馅饼。科学早就证明，洋葱和胡萝卜脾气相投，一定会成为好朋友。大豆和蓖麻天生和平共处。玫瑰花和百合种在一处，彼此都花朵繁茂，枝叶青翠。但甘蓝和芹菜相克，彼此势不两立。丁香和水仙花，更是水火不相容。郁金香干脆会置勿忘草于死地……如果你是玫瑰，只要清醒地坚定地寻找到百合种属中的一朵，你就基本获得了幸福。

当然了，某一类人的绝对数目虽然不少，但地球很大，人又都在走来走去，我们能否在特定的时辰，遇到特定的适宜伴侣，也并不是太乐观的事。

相信唯一，你就注定在茫茫人海东跌西撞寻寻觅觅，如同一叶扁舟想捕获一匹不知潜在何处的鳟鱼，等待你的是无数焦渴的黎明和失眠的月夜。

抱着拥有唯一的愿望不放，常常使女人生出组装男友和丈夫的念头。相貌是非常重要的筹码，自然列在前茅。再加上这一个学历高，那一个家庭好，另一个脾气柔雅，还一个事业有成……女人恨不能将男人分解，剁下各自最优异的部分，由女人纤纤素手用以上零件，黏合成一个美轮美奂的新男人，该是多么美妙！

只可惜宇宙浩淼，到哪里寻找这样的胶水？

这种表面美好的幻想核心，是一团虚妄的灰雾在作祟。婚姻中自然天成的唯一佳侣，几乎是不存在的。许多婚礼上，我们以为天造地设的婚姻，夭折得如同闪电。真正的金婚银婚，多是历久弥新的磨合与默契。

女人不要把一生的幸福，寄托在婚前对男性千锤百炼的挑拣中,以为选择就是一切。对了就万事大吉,错了就一败涂地。选择只是一次决定的机会,当然对了比错了好。但正确的选择只是良好的开端,即使航向对头,我们依然还会遭遇风暴。淡水没了,船橹漂走,风帆折了……种种危难如同暗礁,潜伏航道,随时可能颠覆小船。选择错了,不过是输了第一局。开局不利,当然令人懊恼,然而赛季还长,你可整装待发,蓄势来年。只要赢得最终胜利,终是好棋手。

在我们人生旅途中,不得不常常进入出售败绩的商场。那里不由分说地把用华丽外衣包装的痛苦,强售给我们。这沉重惨痛的包袱,使人沮丧。于是出了店门,很多人动用遗忘之手,以最快速度把痛苦丢弃了。这是情绪的自我保护,无可厚非。但很可惜,买椟还珠,得不偿失。付出的是生命的金币,收获的只是垃圾。如果我们能够忍受住心灵的煎熬,细致地打开一层层包装,就会在痛苦的核心里,找到失败随机赠送的珍贵礼品——千金难买的经验和感悟。

如果执着地相信唯一,在苦苦寻找之后一无所获,或是得而复失,懊恼不已,你就拿到了一本储蓄痛苦的零存整取存单,随时都有些进账可以添到收入一栏里记载了。当它积攒到一笔相当大的数目,在某个孤寂的晚上,一股脑儿齐提出来,或许可以置你于死地。

即使选择非常幸运地与"唯一"靠得很近,也不可放任自流。"唯一"不是终生的平安保险单,而是需要养护,需要滋润,需要施肥,需要精心呵护的鲜活生物。没有比婚姻这种小动物更需要营养和清洁的维生素的了。就像没有永远的敌人一样,也没有永远的爱人。爱人每一天都随新的太阳一同升起。越是情调丰富的爱情,越是易馊,好比鲜美的肉汤如果不天天烧开,便很快滋生杂菌以致腐败。

不要相信唯一,世上没有唯一的行当,只要勤劳敬业,有千千万万的职业适宜我们经营。世上没有唯一的恩人,只要善待他人,就有温暖的手在危难时接应。世上没有唯一的机遇,只要做好准备,希望就会顽强地闪光。世上没有唯一只能成为你的妻子或丈夫的人,只要有自知之明,找到相宜你的类型,天长日久真诚相爱,就会体验相伴的幸福。

女友讲完了,沉思袅袅地笼罩着我们。我说,你的很多话让我茅塞顿开,但是……

但是什么呢?直说好了。女友是个爽快的人。

我说,是否因工作和爱人都不是你的唯一,所以才这般决绝?不管你怎样说,我依然相信世界上存在着"唯一"这种概率。如同玉石,并不能因为我们自己不曾拥有,就否认它的宝贵。

女友笑了,说,一种概率若是稀少到近乎零的地步,我们何必抓住苦苦不放?世上有多少婚姻的苦难,是因追求缥缈的"唯一"而发生啊!对我们普通的男人和女人来说,抵制唯一,也许是通往快乐的小径。

27. 淑女书女

假如刨去经济的因素,比如想读书但无钱读书的女子,天下的女人,可分为读书和不读书两大流派。

我说的读书,并不单单指曾经上过小学中学大学硕士博士,读过一本本的教材。严格地讲起来,教材不是书。好像司机的学驾驶和行车,厨师的红白案和刀工一样,是谋生的预备阶段,含有被迫操练的意味。

我说的读书,基本上也不包括报纸和杂志。虽然它们上头都印有字,按照国人"敬惜字纸"的传统,混进了书的大范畴。那些印刷品上,多是一些速朽的讯息,有着时尚和流行的诀窍。居家过日子的实用性是有的,但和书的真谛,还有些差异。

好书是沉淀岁月冲刷的砂金,很重,不耀眼,却有保存的价值。它是地球上曾经生活过的那些智慧的大脑,在永远逝去之前自立下的思维照片。最精华的念头,被文字浓缩了。好像一锅灼热久远的煲汤,濡养着后人的神经。

书对于女人的效力,不像睡眠。睡眠好的女人,容光焕发。失眠的女人,眼圈乌青。读书的女人和不读书的女人,在一天之内是看不出来的。

书对于女人的效力,也不像美容食品。滋润得好的女人,驻颜有术。失养的女人,憔悴不堪。读书的女人和不读书的女人,在三个月之内,也是看不出来的。

日子是一天天地走,书要一页页地读。清风朗月水滴石穿,一年几年一辈子地读下去。书就像微波,从内向外震荡着我们的心,徐徐地加热,精神分子的结构就改变了,成熟了,书的效力就凸显出来了。

读书的女人,更善于倾听,因为书训练了她们的耳朵,教会了她们谦逊。知道这世上多聪慧明达的贤人,吸收就是成长。

读书的女人,更乐于思考。因为书开阔了她们的眼界,拓展了原本纤细的胸怀。明白世态如币,有正面也有反面。一厢情愿只是幻想。

读书的女人,更勇于决断。因为书铺排了历史的进程,荟萃了英雄的业绩。懂得万事有得必有失,不再优柔寡断贻误战机。

读书的女人,更充满自信。因为书让她们明辨自己的长短,既不自大,也不自卑。既然伟人们也曾失意彷徨,我们尽可以跌倒了再爬起来,抖落尘埃向前。

读书的女人,较少持续地沉沦悲苦,因为晓得天外有天乾坤很大。读书的女人,较少无望地孤独怅惘,因为书是她们招之即来永远不倦的朋友。读书的女人,较少怨天尤人孤芳自赏,因为书让你牢记个体只是恒河沙粒沧海一粟。读书的女人,较少刻毒与卑劣,因为书中的光明,日积月累浸染着节操鞭击着皮袍下的"小"……

"淑"字,温和善良美好之意。好书对于女人,是家乡的一方绿色水土。离了它,你自然也能活。但与书隔绝的日子,心无家园。半生过下来,女人就变得语言空虚眼神恍惚心地狭窄见识短浅了。

淑女必书女。

28. 寻觅优秀的女人

寻觅优秀的女人。

女人占了人类的一半。这个数字是多少？假定人类有六十亿，广义的女人（从垂垂老媪到嗷嗷待哺的女婴）就有三十亿。假如我们把女孩的年龄界定在十五至三十岁，大约占女人总人数的五分之一吧，那也有六个亿了。

望漫天霞霓，俯苍茫人寰，常常想，这其中最优秀的女人该有多少？

优秀的女人首要该是善良的。

之所以把善良排得唯此为大，是因为这个世界残酷太多。权力场，金钱场，情场，战场……到处弥漫着硝烟，到处流淌着血污。在温文尔雅的面纱下，潜伏着充满杀机的眼睛。优秀的女孩负有净化灵魂的使命，她们像明矾一样，使世界变得澄清。她们的血像油一般润滑了年轮，历史艰难地向前滚动。女人的善良是人类温情的源泉。

善良的女人知多少？

这个比例实在是不敢高估。女性其实是极不易保持善良的。她们遭受的屈辱多，她们自身的负担重。在被伤害之后，易滋生出火焰一样的报复。在悲伤之余，常在凄冷的黑夜咬牙切齿，对整个生活发出女巫般的诅咒。

原谅我,女人们。虽然我很想说出一个有关你们善良的高比例,犹如我们面对一块待检的金石,报出它是十足赤金。但事实是,历经磨难而终不改善良本性的女人,像一道穿流污浊仍清澈见底的小溪,其实是很罕见的。苍老的夫人多见狞恶之色,琐碎之色,猥琐之色,就是明证。

优秀的女人其次应该是智慧的。

女人比男人更需要智慧,因为她们是更柔软的动物。智慧是优秀女人贴身的黄金软甲,救了自身才可救旁人。没有智慧的女人,是一种通体透明的藻类,既无反击外界侵袭的能力,又无适应自身变异的对策,她们是永不设防的城市。智慧是女人纤纤素手中的利斧,可斩征途的荆棘,可斩身边的赘物。面对波光诡谲的海洋,智慧是女儿家永不凋谢的白帆。优秀的智慧的女性,代表人类的大脑半球,对世界发生高亢而略带尖锐的声音,在每一面山壁前回响。

但女人难得智慧。她们多的是小聪明,乏的是大清醒。过多的脂粉模糊了她们的眼睛,狭隘的圈子拘谨了她们的想象。她们的嗅觉易在甜蜜的语言中迟钝,她们的脚步易在扑朔的路径中迷离。智慧不单单是天赋的独生女,她还是阅历、经验、胆魄三位共同的学生。智慧是一块璞,需要雕琢。而雕琢需要机遇。

不是每一块宝石都会璀璨,不是每一粒树种都会挺拔。

我是一个保守的农人。面对一块贫瘠土地上的麦苗,实在不敢把收成估计得太好。智慧的女人通常比我们想象的要少。

优秀的女人还需要勇气。在这颗小小的星球上,什么矛盾都不存在了,男人和女人的矛盾依然欣欣向荣。交战的双方永远互相争斗,像绳子拧出一个个前进的螺纹。假如你是一个优秀的女人,无论你朝哪个领域航行,或迟或早你将遭遇这个世界上最优秀的男人。不要奢望有一处干燥的麦秸可供你依傍,不要总在街上寻找古旧的屋檐避雨。当你不如一个男人的时候,他会宽宏大量地帮助你;当你超过一个男人的时候,他会格外认真地对抗你。这不知是优秀女人的幸与不幸?善良的智慧的有勇气的女人,要敢在黑暗的旷野独自唱着歌走路,要敢在没有桥没有船也没有乌鸦的野渡口,像美人鱼一般泅过河。

这个比例有多少?

望着越来越稀疏的队伍,我真不忍心将筛孔做得太大。但女人天性胆小,就像含羞草乐意把叶子合起来一样。你不能苛求她们。

现在,漫长阶梯上行走的女人已经不多了。

最后让我们来说说美丽吧。

在这样艰苦的跋涉之后再来要求女人的美丽,真是一种残酷。犹如我们在暴风雨以后寻找晶莹的花朵。

但女人需要美丽。美丽是女人最初也是最终的魅力。不美丽的女人辜负了造物主的青睐,她们不是世上的风景,反倒成了污染。

何为美丽?一千个人有一千种说法。我只能扔出我的那一块砖。

美丽的女人首先是和谐的。面容的和谐,体态的和谐,灵与肉的和谐。美丽并非一些精致巧妙的零件的组合,而是一种整体的优美。甚至缺陷也是一种和谐,犹如月中的桂影。那不是皓月引发无数遐想最确实的物质基础吗?和谐是一种心灵向外散发的光辉,它最终走向圣洁。

美丽其次应该是柔和的。太辛辣太喧嚣的感觉不是美,而是一种刺激。优秀女人的美丽像轻风,给世界以潜移默化的温馨。当然它也容纳篝火一般的热情。可是你看,跳动的火苗舒卷的舌头是多么的柔和,像嫩红的枫叶,像浸湿的红绸。激情的局部仍旧是细致而绵软的。

美丽的女人应该是持久的。凡稍纵即逝的美丽都不是属于人的,而是属于物的。美丽的女人少年时像露水一样纯洁,青年时像白桦一样蓬勃,中年时像麦穗一样端庄,老年时像河流的入海口,舒缓而磅礴。

美丽的女人经得起时间的推敲。时间不是美丽的敌人,而只是美丽的代理人。它让美丽在不同的时刻呈现出不同的状态,从单纯走向深邃。

女人的美丽不是只有一根蜡烛的灯笼,它是可以不断燃烧的天然气。时间的掸子轻轻扫去女人脸上的红颜,但它是有教养的,还女人一件永恒的化妆品——叫作气质。可惜有的女人很傻,把气质随手丢掉了。

也许可以说,所有美好的女人都是美丽的。

我在女性的群体里砌了一座金字塔。它是我心目中的女性黄金分割图。

这样一路算下来,优秀的女人多乎哉? 不多也。

是不是我的比例过于苛刻? 是不是我对世界过于悲观? 是不是我看女人的暗影太多? 是不是优秀和平庸原不该分得太清?

现代的世界呼唤精品。女士们买一个提包都要求质量上乘,为什么我们不寻求自身的优秀?

优秀的女人也像冰山,能够浮到海面上的只有庞大体积的几十分之一。精品绝不会太多,否则就是赝品或是大路货了。

难道女人不该像拥有眼睛一样拥有善良吗? 难道没有智慧的女人不是像没有翅膀的鸟儿一样无法翱翔? 难道坚韧不拔果敢顽强对于女人不是像衣衫一般重要? 难道女人不是像老妪爱惜自己最后一颗牙齿一样爱惜美丽?

让我们都来力争做一个优秀的女人吧。为了世界更精彩,为了自身更完美,为了和时间对抗,为了使宇宙永恒。

29. 未雨绸缪的女人

有一个游戏,我做过多次。规则很简单,几十人,先报数,让参加者对总人数有个概念(这点很重要)。找一片平坦的地面,请大家便步走,呈一盘散沙。在毫无戒备的情形下,我说,请立即每3人一组,牵起手来!场上顷刻混乱起来,人们蜂拥成团,结成若干小圈子。人数正好的,紧紧地拉着手,生怕自己被甩出去。不够人数的,到处争抢。最倒霉的是那些匆忙中人数超标的小组,你看着我,我看着你,不知谁应该引咎退出⋯⋯

因为总人数不是3的整倍数,最后总有一两个人被排斥在外,落落寡合手足无措地站着,如同孤雁。我宣布解散,大家重新无目的地走动。这一次,场上的气氛微妙紧张,我耐心等待大家放松警惕之后,宣布每4人结成一组。混乱更甚了,一切重演,最后又有几个人被抛在大队人马之外,孤寂地站着,心神不宁。我再次让大家散开。人们聚拢成堆,固执地不肯分离,甚至需要驱赶一番⋯⋯然后我宣布每16个人结成一组⋯⋯

这个游戏的关键,是在最后时分逐一地访问每次分组中落单的人,在被集体排斥的那一刻,是何感受?你并无过错,但你是否体验到了深深的失望和沮丧?引申开来,在你一生当中的某些时刻,你可有勇气坚信自己真理在手,能够忍受暂时的孤独?

我喜欢这个游戏,在普通的面团里面埋伏着一些有味道的果馅。表面是玩耍,让人思维松弛,如同浸泡在冒着气泡的矿泉中,奇妙的领会或许在某个瞬间发生。

我和很多人玩过这个游戏,年轻的,年老的……记忆最深刻的是同一些事业有成的杰出女性在一起。也是从3个人一组开始的,然后是4个人一组。当我正要发布第三次指令的时候,突然,场上的女人们涌动起来,围起了5个人一组的圈子……我惊奇地注视着她们,喃喃自语道:我说了让大家5人一组吗?她们面面相觑,许久的沉默之后回答——没有。我说,那为什么你们就行动起来了?听到了什么?想到了什么?

那一天,就这个问题,展开了激烈的讨论。大家说,我们是东方的女人,极端害怕被集体拒绝的滋味。看到了别人的孤独,将心比心,因此成了惊弓之鸟。既然前面的指令是3人4人一组,推理下来就该是5人一组了。错把想象当成了既定的真实。现实的焦虑和预期的焦虑交织在一起,让我们风声鹤唳。我们是女人,更需要安全,于是就竭尽全力避让风险。至于风险的具体内容,有些是真切确实的,有些只是端倪和夸张。甚至很多人的爱情和婚姻,那出发点也是逃避孤独。

后来,我问过一位西方的妇女研究者,她可曾遇到过这种情形?她说——没有,在我们那里,没有出现过这种情景。也许,东方的女性特别爱未雨绸缪。我不知道这是表扬还是批评。大概,所有的优点发展到了极致,都有了沉思和反省的必要。

30. 好脾气的悖论

记得一位老妈妈曾对我说,要为儿子挑一房好脾气的媳妇。我说,你怎么考查呢?她说,看为娘的脾气就知道女儿的性情了。过了几年,我问老人家,媳妇怎样?她说,啊呀呀,再没那凶的了,属煤气罐的,一点就着!老人又说,轮到给小儿子说媳妇,这回特地挑了一家悍妇的女儿,果然竟是极温顺的。你说这是怎么回事?她瞪着苍老的黄眼珠问我。

我不知道这老妈妈的遭遇具有普遍性,也不认为脾气孬好是恋爱的先决,只是环顾四周的家庭,像这般悖论的情形,似乎还可以找到不少。

一个在充满了爱意的家庭中长大的孩子,却丧失最起码的温情,凶残地对亲人举起屠刀。一个极朴素的母亲,孩子反奢靡成风。钵满缸流的富家子弟,横起杀人越货的贼心。勤俭本分的人的后代,摇身成了江洋大盗。目不识丁的双亲,养育半打硕士博士。荒僻的山野,走出雄才大略的军师。贫寒人一旦发达,挥金如土。富甲天下的豪门,一毛不拔……

家庭通常是一个古老的模具,克隆出与前辈酷似的后代。此等异样情形,实在是一个悖论。设想因为父母脾气躁动,孩童自小在急风暴雨中成长,经受锻炼考验,耐力反倒出众。家长若老好人,四处懦弱逢迎，对孩子也唯命是从，自然易养出暴戾乖张之徒。周围的人手脚不停，操心不止，孩子手到擒来，好端端的惯成特号懒包。爹妈若一觉睡到日头红，孩子必得自我张罗早饭，无意中造就一个勤快人。所以除了正面的培养，有时候不妨利用悖论。

你想得到一个勇敢的孩子吗？月夜里，虽然他年纪幼小，体质孱弱，也让他横刀跃马地走在黑暗中，给你带路。

你想得到一个慷慨的孩子吗？无论你多么富有，不要平白无故地给他金钱。每一分硬币必须让他用汗水兑换，然后不问那钱的去处，给他以完全的支配权。

你想得到一个清洁的孩子吗？看到他肮脏时，千万不要帮他洗涤，坚决袖起你的手，由着污浊下去。直到他自己忍无可忍，动手改变着局面。在新与旧的对比中，觉悟到洁净是一种舒适的状态和文明的美德。

你想得到一个智慧的孩子吗？当他遇到难题请教你的时候，除了给他一本书，什么都不要讲。坚决关住你的嘴巴，这是百发百中的诀窍！在经过几番艰苦的摸索之后，他自然在失败与挫折里坚强起来了。

你想得到一个独立自主的孩子吗？当他求助的时候，狠下心来，置若罔闻地看他哭泣和摸索。千万记得要装傻，如果你有余力，最好再给他捣点乱。孩子便会牢牢记住，世界上最重要的事是依靠自己。

你想得到一个善于倾听虚怀若谷、友好待人的孩子吗？当孩子兴致勃勃地讲话的时候，毫不留情地把他打断，嘲笑他，然后走开，留他在那里孤独地发呆。如是者三，只要他不是一个过分愚钝和麻木的孩子，汲取了反面的教训，就能学会宽容与共享快乐。

你想得到一个不推诿责任，不惊慌失措，在困境中依然沉着坚定的心理健康的现代人雏形吗？当他跌倒时，不要代他埋怨路的不平，不要伸出搀扶的手，甚至在他伤口流血的时候，也让他自我包扎。坚持冷静地作壁上观,孩子便在困境中顽强地爬起来,艰难昂扬地成长。

还可以举出很多看似生冷而盎然的手段。这也是一个悖论。谁又能说这里不溶解着父母更深的养育之爱和良苦的用心锻造呢?

31. 我和瑞恩妈妈的不同

那是1998年的一天,加拿大的6岁男孩瑞恩刚一放学,就急急忙忙跑回家,向妈妈伸出手说,给我70块钱,我要给非洲的孩子修一口井。原来,老师在给一年级的孩子们上课时说,非洲的孩子没有玩具,没有粮食和药品,甚至连洁净的水也喝不上,成千上万的孩子就这样死去了。瑞恩听了非常难过。老师接着告诉大家,一分钱可以买一支铅笔,25分可以买175粒维生素药片,一块钱可以吃一顿饱饭,两块钱可以买一条毯子,而70块钱,可以挖一口井。

6岁的瑞恩下了一个决心:明天我要带来70块钱,我要为非洲的孩子挖一口井。

这说的是故事的由来。对于瑞恩的想法,我倒不觉得奇怪,孩子嘛,基本上都是富有爱心和怜悯之情的,他们常常想入非非。虽然成人世界有很多阴郁,但我们教育孩子的时候,总要以阳光和温暖为主。当我看到这里的时候,倒是为瑞恩的妈妈苏珊捏了一把汗——怎么回答呢?

苏珊是一家娱乐委员会的顾问,丈夫马克是警察。也就是说,他们是加拿大的工薪阶层,家里共有三个男孩,瑞恩是中间的一个。苏珊对瑞恩说,70块钱太多了,我们负担不起。

我松了一口气。是的,要是我,我也这么说。要是孩子的每一个善良的愿望都付诸实施，几乎所有的家庭都能破产。

瑞恩没有放弃自己的请求，只要一有时间，他就向父母重复这个愿望。苏珊和马克不得不认真对待这件事了，他们讨论之后，向瑞恩宣布了一个方案：我们不能白白地给你这些钱，如果你真的想得到，你可以自己去赚。

苏珊在电冰箱上放了一个旧饼干盒子，画了一个积分表，上面有35条线。饼干盒子里每增加两块钱，瑞恩就可以涂掉一个格子。妈妈对眼巴巴的儿子说，你只有做完额外的家务活，才能得到报酬。你以前做的那些不算。

瑞恩答应了。6岁的孩子开始吸地毯，足足干了两个多小时，妈妈验收之后，在饼干盒子里放下了最初的两块钱。瑞恩开始帮邻居捡大风吹落的树枝，从此不再买玩具，别人看电影的时候，他擦窗户……就这样开源节流，整整4个月之后，瑞恩攒够了70块钱。

苏珊托了朋友，多方打听，找到了一个名叫"水罐"的组织，他们负责到非洲打井。苏珊带着隆重地穿上了小西服的瑞恩到了那里，人们告知他们，70块钱只够买一个水泵，挖一口井需要2000块钱。瑞恩说，那好吧，以后我干更多的活儿，攒够这笔钱。

苏珊和马克真是发愁了，就算他们的小儿子再不辞劳苦地干家务，可是他们付不出这笔工资啊。

苏珊的朋友被感动了，用电子邮件把瑞恩的故事传了出去。后来当地报纸登出了这个故事，名字就叫"瑞恩的井"。许多人看了报道，把钱寄给"瑞恩的井"。他的父母为了管理这些钱，专门成立了"瑞恩的井基金会"，在乌干达安格鲁打下了第一口井，现在，这个基金会的筹款已经达到了七十五万加元，正在帮助更多的非洲人实现喝洁净的水的愿望。

瑞恩作为唯一的加拿大人，被评为"北美十大少年英雄"，并得到加拿大总督颁发的国家荣誉勋章。面对着这样辉煌的荣誉，瑞恩今后将何去何从？苏珊说，瑞恩他已经做得够多的了，如果他选择放弃，我们绝不会勉强他。就是说，如果瑞恩决定放弃他的井，他的爸爸妈妈如同当年支持他打井一样，也支持他关井。

不由得想起，如果我有瑞恩这样一个孩子，我该如何应对？

我想首先在瑞恩提出要给非洲的小朋友捐一口喝水的井时，假如我心情不佳，我会不耐烦地挥挥手说，这都是大人们管的事，你还小，操那么多心干什么？快写作业去！

假如我心情不错，也许会拿出一张世界地图，指着非洲对他说，你知道非洲在哪儿？看见了吗？在这里，离咱们十万八千里呢！就算你真有一片爱心，也得等你长大了再说。好了，睡觉去吧，梦中你就能到非洲。

如果我的孩子一定要捐70块用来打井，如果我是一个富人，我会说，好，你来亲亲妈妈的脸，妈妈就给你这70块钱。我的孩子多懂事啊，多么有爱心啊。

如果我手头拮据，我会悻悻地说，你还想做家务挣钱给非洲人，我天天都在家做家务，谁给我钱了？做家务是挣不来这些钱的，你的算盘打错了，有这个时间，你多读点书比什么都好，自己的事情都拉扯不清，连稀粥都快喝不上了，还搭理什么非洲！

如果我的孩子真的不畏艰难，靠自己的努力攒够了70块钱，委托我把它捐到非洲去，我会把它暗暗收起，然后对他说，我已经把钱寄出去了，非洲那地方很远，你别着急，也许很久之后才会有回音呢！当我几乎忘掉此事的时候，孩子问起，我就会支支吾吾地说，哦，那些钱……当然了，是的，寄出去了，你知道非洲离我们万水千山，他们很难和咱们联系得上，总之我相信他们是收到的……当我说这些话的时候，舌头直打结。那笔钱已经变成了红烧凤爪或是一套课辅教材，叫我如何交代得出确切下落。

就算是我没有贪污孩子打井的资助，我也不可能为他设立一个基金会。我会觉得这是多此一举,是没事找事自寻烦恼,我一天为了自家的柴米酱醋盐还掰不开镊子呢,哪里顾得上非洲!也许对当年记挂着亚非拉三分之二受苦难的人民一事印象太深,我现在格外地愿意关注自家。

好了,就算是我为他设立了一个基金会,得到了社会各界的认可和支持,就算我的孩子得到了十佳少年的称号,上报上电视上广播,我和苏珊最大的分歧也将暴露出来。我无论如何也不能让他停下来。哪怕是他疲倦了,我越俎代庖也要鞭策他保持晚节(对这么小的孩子,也许不能说晚节,那就是早节吧)。哪怕是他厌倦了,我就是打着骂着哄着,也要让他在舆论面前惟妙惟肖地表演爱心。哪怕是他兴趣转移,我也要千方百计地敦促他一如既往地维持下去,既然已经走到了这一步,就好比是上了一条金光闪闪的传送带,怎能轻言退下?光环簇拥着,不能善罢甘休。无论如何也要咬牙挺到被保送上了名牌大学,把这个小英雄的内在价值充分利用起来。非洲的井里没有水,在我这个妈妈的心里,是远远比不上孩子的前途和读书重要的。

我并非一个特别自私的特例。当瑞恩和妈妈一道来中国,在我们的电视台做客的时候,观众问的最多的问题是:瑞恩这样关注非洲的井,不会影响到他的学习吗?这个问题被问到的次数之多,连翻译都说不耐烦了。

也许我的孩子和瑞恩没有太大的不同,但我和瑞恩的母亲实在是有很多的不同,这些不同,不仅仅是经济上的差异,还有文化和传统上的不同,比如我们会把一个孩子读书的成绩,看成是唯此为大的事情,相信仓廪足然后知荣辱,以为爱是建筑在物质的富裕之上的奢侈。值得反思的不是我们的孩子,而是我们自己。虽然从时间顺序上看起来是先有了瑞恩的想法,然后才有了支持瑞恩的妈妈的行动,其实,是先有了瑞恩的妈妈,才有瑞恩。不仅是从生理的意义上来说,从思想的意义也是如此。

32. 在北欧游轮上

从芬兰到瑞典,我们乘坐的是维京号游轮。也许是因为泰坦尼克号留下的印象太深刻了,我上船的第一个动作就是鬼鬼祟祟地瞟着船的两舷,想数数救生艇的数目够不够。其实数也是瞎数,谁知道船上有多少人呢?到了吃晚饭的时候,就大概知道有多少人了。晚饭被安排在9点半,即使此刻是北欧的白夜期间,太阳下班很迟,这个时辰吃饭也还是相当晚了。导游跑去联系,试图把我们的吃饭时间提前,未果。游轮方面的答复是:食客众多,只能分期分批地享用大餐,已经安排在这个时间,无法更改。入乡随俗吧。时辰到,进了餐厅,真是蔚为壮观的饕餮大军。自助餐形式,几百个不锈钢的食槽彻头彻尾地敞开心扉,各色食品竭尽全力讨好你的视觉嗅觉,透过它们和你腹中的肠胃打招呼。无数人端着盘子,在美味之中遨游,如同饥饿的鲨鱼。餐厅位于整个游轮的正前甲板处,四周都是玻璃,可以把它想象成行进中的水晶宫,游客们就在这座劈风斩浪的宫殿里,有惊无险地大快朵颐。得知我们能够在维京号游轮上享受美食,送我们上船的芬兰导游不胜羡慕地说,我到芬兰7年了,都还没有乘过游轮。据说船上的大餐会让你一辈子难忘。中国人吃饭好扎堆,有了美景有了美味,当然要有佳客,说说笑笑当佐料,才有滋有味地惬意。伙伴们很快就发现这愿望成了窗外波罗的海一朵泡沫。餐厅能接待的人数有限,一批人抹着嘴巴走出另一批人才能鱼贯而入。吃完的人散居在各处,腾出的位置也星罗棋布。这直接导致了我们虽然获准进入餐厅,但并没有现成的位置候着,全靠见缝插针。没有那么大的缝隙,可以一下子插入这么多中国针,只能化整为零分而治之了。我端着盘子在熙熙攘攘的人流中寻找座位。一处偏僻的位置,一张两人小桌,一个黄种人在独自进餐。男性,个子不高,大约30岁的年纪,服饰整洁。我猜他是一个日本人,也可能是韩国人。说实话,哪怕有一线希望,我也不愿意和一个日本人同桌进餐,但环顾左右,桌满为患,再咽着口水四处游逛,有点像丐帮。我用汉语说,这里有人吗?没指望他能听懂。在海外旅行的经历,我有一个收获:你不会说当地语言也无大碍,大胆地自说土话好了。反正人们萍水相逢之时,能够交流的信息是有限的,配合着手势和表情,大致也能猜个八九不离十。千万不能钳闭双唇什么也不说,那才是真正的闭目塞听一头雾水。我相信以我端着盘子没着没落的样子,他一定能明白我的意思,摇头或是点头就可答复。没想到他非常清晰地用标准普通话回答我说,没有人。你可以坐。我大喜过望。不单是因为有了座位,更是因为在这里遇到了同乡。我如释重负地放下盘碟,说,中国人?他略微迟疑了一下,说,冰岛人。我大吃一惊,说,你一个冰岛人,居然把汉语说得这么好啊。他微笑了一下说,我以前是中国人,十几年前加入了冰岛籍。原来是这样。我说,那你就是冰籍华人了。怎么称呼你呢?他说,你就叫我阿博好了。我坐在阿博对面,开始吃我的很晚的晚餐。动了刀叉之后,才发现这顿大餐并不像想象中那样诱人。不怪游轮上厨子手艺不精,是我失算。单凭目测一见钟情,捡来的食物多半口味诡异。比如一种美若珊瑚的红豆子,每一颗都像宝石放射光芒,我以为是外籍的红豆沙,舀了偌大一勺,抿到嘴里方品出掺了羊油和蜂蜜。平素我不吃羊肉。炸鸡、蔓越莓、番红花鳕鱼、牛蒡扒、惠灵顿牛排、迷迭香、酸辣墨鱼、酪梨、红酒烤肉……你很难猜出色彩艳丽的食物中蕴含着怎样陌生的原料和味道。拣到盘子里就都是菜,不得不通通吃掉,以防服务生对中国人有微词。只是照单全收很辛苦,吃相也不轻松。阿博看出我的窘态,慢慢地等我吃完,说,我和你一道再去添些食物,我知道有一些东西比较合东方人的口味。有了阿博做向导,在食物摊中游弋,好比有了指南针,东西好吃多了,起码入口不再龇牙咧嘴。阿博说,客人来自四面八方,游轮上各种口味的饭菜都有。我说,没有看到中国饭啊。阿博说,他们主要还是接待欧洲人,当然以西餐为主。以后中国人来得多了,他们也会做中餐的。我说,你当年怎么想起到冰岛呢?阿博说,我很想到海外留学,成绩不是很好,美国的学校取不上,英国学费又太贵了,就到冰岛来了。在冰岛学习冰岛语,有奖学金,就这么简单。我说,你喜欢冰岛吗?他说,喜欢。不然我不会入籍。我说,冰岛有什么好处,这样吸引你?阿博说,第一是我喜欢冰岛的水。冰岛是个资源非常丰富的国家,特别是水,简直取之不尽,用之不竭。冰岛人口很少,又有广大的冰川,简直就是一个大水库。第二是我喜欢冰岛的风光,像月亮一样。我有点搞不明白,就问他什么叫像月亮一样?是又大又圆的意思吗?阿博说,我说冰岛像月亮,是指它的美丽和寒冷,还有荒凉。当然了,还有各种宝藏和让人充满了想象的寥廓空间。我说,哦,明白了。第三点呢?阿博说,第三是我喜欢冰岛的姑娘。她们热情豪放,敢爱敢当。如果喜欢你,就狂热似火地和你相爱。不喜欢了,就恩断义绝地同你分手,绝不拖泥带水。如果是你不干了,就直截了当地告诉她,她也不会哭哭啼啼缠着你不放。如果有了孩子,就跟你算清抚养账目,然后痛痛快快地奔自己的前程去了,再不会寻死觅活地找你麻烦。只是冰岛的法律很保护女子和孩子的利益,就算你是个富豪,如果离上几次婚,也就成了穷光蛋。我说,看你对冰岛女子这样倾心,想必一定是娶了当地姑娘。阿博说,曾经有过这样的想法。冰岛出美女,那里的女孩子也很阳光。她是我在一次圣诞节的聚会上遇到的,名叫黛比。我们一见倾心。那一天,正是北极圈内最黑暗的时分,天上出现了美丽的极光,是淡绿色的,横跨整个天穹,好像一匹无与伦比的绸缎,妖娆得令人恐怖。好在两个人在一起,什么都不怕了。那天我们喝了很多酒,分手的时候,彼此恋恋不舍。黛比说,咱们到乡下去吧。我说,这样寒冷,到乡下去岂不要冻死?黛比说,你跟我来,会把你热死。我就和黛比上了路。前几天刚刚下过一场暴风雪,公路上的雪虽然被铲雪机清除了,但两侧的积雪有好几米高,穿行在雪巷中,好像童话世界。我随着黛比到了冰岛首都雷克雅未克郊外的一座别墅。房子几乎被皑皑冰雪掩埋,只有房顶高耸的壁炉烟囱证明这里曾有人居住。冰岛的富人通常在郊外都有这样的住所,主要是夏天时分来游玩,到了冬天,就人迹罕至了。我说,黛比,你有钥匙吗?黛比说,这是我亲戚家的房子,我有钥匙。但是,没带。我说,这不和没有钥匙是一样的吗?黛比说,当然不一样。我有钥匙,说明我有支配这套房屋的权利。我说,权利是一回事,我们进不去,这就是另外一回事了。黛比说,谁说我们进不去呢?我说,没有钥匙你怎么进去呢?黛比说,这太简单了。说着,黛比走到窗户跟前,扒开积雪,用靴子猛地扫了过去,玻璃应声而碎。黛比矫健地跳了进去,然后从里面把房门打开。我大吃一惊,说,你近乎强盗了。黛比笑起来,说,维京人的祖先就是海盗。那一次,我和黛比在乡下的别墅待了三天三夜。屋内储备有很多罐头食品,还有饮用水,我们吃穿不愁。取暖和洗澡也没有问题,设备很齐全。窗外是极其寒冷清澈的星空,身边是极其温暖柔软的姑娘,那种感觉真是欲仙欲死。三天以后,我们回到都市。黛比对我说,咱们到此为止吧。我大吃一惊,说,为什么,我们才刚刚开始。

黛比说,我有男朋友,只是这一阶段他不在。现在他就要回来了,我们就结束了,这就是一切。谢谢你给予我的美好感受。说完就翩然而去。我知道这对黛比很正常,但我难以接受,久久伤感。后来我决定还是找一个中国的传统女性做妻子。文化这个东西,像胃一样,换不掉的。我不希望我的女儿在14岁的时候,就把男孩子领回家。不希望我一推门看到他们在床上做爱,我还要心平气和地说,对不起,打扰你们了,然后镇定地转身离开。我做不到……阿博举起一杯酒,我用手中的矿泉水和他碰碰杯,预祝他早日找到中意的中国新娘。吃罢晚饭,已近深夜。我到船上的免税商店转了转,里面也是熙熙攘攘热气腾腾,人们提着装满酒和化妆品的袋子兴高采烈。还有很多娱乐设施,因为疲倦,听说人也很多,我都没去浏览。

33. 我很重要

当我说出"我很重要"这句话的时候,颈项后面掠过一阵战栗。我知道这是把自己的额头裸露在弓箭之下了,心灵极容易被别人的批判洞伤。

许多年来,没有人敢在光天化日之下表示自己"很重要"。我们从小受到的教育都是——"我不重要"。

作为一名普通士兵,与辉煌的胜利相比,我不重要。

作为一个单薄的个体,与浑厚的集体相比,我不重要。

作为一位奉献型的女性,与整个家庭相比,我不重要。

作为随处可见的人的一分子,与宝贵的物质相比,我们不重要。

当我在国外的一份刊物上看到"一个人的价值胜于整个世界"的口号时,曾大惑不解。

我们——简明扼要地说,就是每一个单独的"我"——到底重要还是不重要?

我是由无数星辰日月草木山川的精华汇聚而成的。只要计算一下我们一生吃进去多少谷物,饮下了多少清水,才凝聚成一具美轮美奂的躯体,我们一定会为那数字的庞大而惊讶。平日里,我们尚要珍惜一粒米、一叶菜,难道可以对亿万粒菽粟亿万滴甘露濡养出的万物之灵,掉以丝毫的轻心吗?

当我在博物馆里看到北京猿人窄小的额和前凸的吻时,我为人类原始时期的粗糙而黯然。他们精心打制出的石器,用今天的目光看来不过是极简单的玩具。如今很幼小的孩童,就能熟练地操纵语言,我们才意识到已经在进化之路上前进了多远。我们的头颅就是一部历史,无数祖先进步的痕迹储存于脑海深处。我们是一株亿万斯年苍老树干上最新萌发的绿叶,不单属于自身,更属于土地。人类的精神之火,是连绵不断的链条,作为精致的一环,我们否认了自身的重要,就是推卸了一种神圣的承诺。

回溯我们诞生的过程,两组生命基因的嵌合,更是充满了人所不能把握的偶然性。我们每一个个体,都是机遇的产物。

常常遥想,如果是另一个男人和另一个女人,就绝不会有今天的我……

即使是这一个男人和这一个女人,如果换了一个时辰相爱,也不会有此刻的我……

即使是这一个男人和这一个女人在这一个时辰,由于一片小小落叶或是清脆鸟啼的打搅,依然可能不会有如此的我……

一种令人怅然以致走入恐惧的想象,像雾霭一般不可避免地缓缓升起,模糊了我们的来路和去处,令人不得不断然打住思绪。

我们的生命,端坐于概率垒就的金字塔的顶端。面对大自然的鬼斧神工,我们还有权利和资格说我不重要吗?

对于我们的父母,我们永远是不可重复的孤本。无论他们有多少儿女,我们都是独特的一个。

假如我不存在了,他们就空留一份慈爱,在风中蛛丝般无法附骥地飘荡。

假如我生了病,他们的心就会皱缩成石块,无数次向上苍祈祷我的康复,甚至愿灾痛以 10 倍的烈度降临于他们自身,以换取我的平安。

我的每一滴成功,都如同经过放大镜,进入他们的瞳孔,摄入他们心底。

假如我们先他们而去,他们的白发会从日出垂到日暮,他们的泪水会使太平洋为之涨潮。

面对这无法承载的亲情,我们还敢说我不重要吗?

我们的记忆,同自己的伴侣紧密地缠绕在一处,像两种混淆于一碟的颜色,已无法分开。你原先是黄,我原先是蓝,我们共同的颜色是绿,绿得生机勃勃,绿得苍翠欲滴。失去了妻子的男人,胸口就缺少了生死攸关的肋骨,心房裸露着,随着每一阵轻风滴血。失去了丈夫的女人,就是齐斩斩折断的琴弦,每一根都在雨夜长久地自鸣……面对相濡以沫的同道,我们忍心说我不重要吗?

俯对我们的孩童,我们是至高至尊的唯一。我们是他们最初的宇宙,我们是深不可测的海洋。假如我们隐去,孩子就永失淳厚无双的血缘之爱,天倾东南,地陷西北,万劫不复。盘子破裂可以粘起,童年碎了,永不复原。伤口流血了,没有母亲的手为他包扎。面临抉择,没有父亲的智慧为他谋略……面对后代,我们有胆量说我不重要吗?

与朋友相处,多年的相知,使我们仅凭一个微蹙的眉尖、一次睫毛的抖动,就可以明了对方的心情。假如我不在了,就像计算机丢失了一份不曾复制的文件,他的记忆库里留下不可填补的黑洞。夜深人静时,手指在按了几个电话键码后,骤然停住,那一串数字再也用不着默诵了。逢年过节时,她写下一沓沓的贺卡。轮到我的地址时,她闭上眼睛……许久之后,她将一张没有地址只有姓名的贺卡填好,在无人的风口将它焚化。

相交多年的密友,就如同沙漠中的古陶,摔碎一件就少一件,再也找不到一模一样的成品。面对这般友情,我们还好意思说我不重要吗?

我很重要。

我对于我的工作我的事业，是不可或缺的主宰。我的独出心裁的创意，像鸽群一般在天空翱翔，只有我才捉得住它们的羽毛。我的设想像珍珠一般散落在海滩上，等待着我把它用金线串起。我的意志向前延伸，直到地平线消失的远方……

没有人能替代我，就像我不能替代别人。

我很重要。

我对自己小声说。我还不习惯嘹亮地宣布这一主张，我们在不重要中生活得太久了。

我很重要。

我重复了一遍。声音放大了一点。我听到自己的心脏在这种呼唤中猛烈地跳动。

我很重要。

我终于大声地对世界这样宣布。片刻之后，我听到山岳和江海传来回声。

是的，我很重要。我们每一个人都应该有勇气这样说。我们的地位可能很卑微，我们的身份可能很渺小，但这丝毫不意味着我们不重要。

重要并不是伟大的同义词，它是心灵对生命的允诺。

对于一株新生的树苗，每一片叶子都很重要。对于一名孕育中的胚胎，每一段染色体碎片都很重要。甚至驰骋寰宇的航天飞机，也可以因为一个油封橡皮圈的疏漏而凌空爆炸，你能说它不重要吗？

人们常常从成就事业的角度，断定我们是否重要。但我要说，只要我们在时刻努力着，为光明在奋斗着，我们就是无比重要地生活着。

让我们昂起头，对着我们这颗美丽的星球上无数的生灵，响亮地宣布——

我很重要。

34. 海盗的诗

关于冰岛,所知是那样稀薄。

去之前了解就很少,仅有的印象来自一本有关北欧旅游的书籍。和丹麦、瑞典、挪威、芬兰比起来,冰岛所占的篇幅最少。冰岛人自嘲地说,北欧是五国,但人们常常脱口而出"北欧四国",连近邻都把冰岛疏忘。

飞机在冰岛机场降落时,我们还穿着从丹麦哥本哈根起飞时的短裤长裙。机翼下工作人员鲜艳的羽绒服,毫不留情地昭示着此地的寒冷。一下飞机,我们忙不迭地在候机厅里把所有的衣服套在了身上。

其实冰岛给我们的见面礼并不准确,那只是因为来自北极的寒风突然掠过。"冰岛"的名字让人很易产生错觉,好像是万古不化的永冻之地。实际上,冰岛是一片冰与火的交汇地带,有丰富的地热,是火山在冰川下爆发后凝聚成的岛国。冰岛的地形很特殊,在这个七万平方公里的岛上,有两百多座火山,其中三十多座为活火山。全岛四分之三为海拔四百公尺以上的高原,八分之一为冰川,除此之外,岛上还有大量冰川、热泉、间歇泉、冰帽、苔原、冰原、雪峰、火山岩荒漠、瀑布及火山口,是世界上独一无二的地域环境。放眼看去,土地为狰狞的火山熔岩覆盖,仿佛到了月亮背面。

在冰岛的日子始终处在惊奇和快乐之中。回家之后,到一家著名的图书大厦,央告小姐帮我查找关于冰岛的图书(店内的图书查询系统外人不可独自操作)。

电脑运行一番之后,售书小姐告诉我有关冰岛的书籍只有小说集《冰岛渔夫》,还有一些有关冰岛建筑的图片,收在北欧建筑的合集中,此外就是我已经买过的观光手册。关闭查询系统时,小姐很好心地补充了一句:《冰岛渔夫》只剩下两本了,你赶快买吧。

我当即把一位"冰岛渔夫"请回了家,当晚一口气看完。书是好书,关于海洋的描写堪称一绝,只可惜这书既不是冰岛人写的,写的也不是冰岛人。所谓的"冰岛渔夫",指的不过是在靠近北极海面打鱼的法国人。

在相当长的一段时间内,我见面就问别人有没有关于冰岛的文学作品。我固执地以为,要想真正熟悉一个民族和地域,要去读本土的人所写的小说和诗。比如我们要想了解18、19世纪的俄国和法国,你是看一些当时国民生产总值的数字,还是读托尔斯泰和巴尔扎克呢?想必除了专门的研究家和学者,都会选择后者。

我不是专家,只能走俗人这条路。

沦于百般失望之后,终于有一个朋友告诉我说,她的朋友有一本繁体字本的冰岛诗集,据说这是冰岛古诗唯一的中文译本。我欣喜若狂地借来,指天画地答应一定完璧归赵,又是一口气读完。也许真正的诗人会笑我这种不求甚解的方法,但我饥不择食先睹为快。

为什么对冰岛的文字这般感兴趣?因为冰岛是海盗们开辟的疆土。他们多喜好冒险,勇猛顽强,冲动起来不计后果。

那么,这些海盗们究竟写下了怎样的诗歌?想象中,是横刀跃马劈风斩浪的虎啸龙吟。

北欧的古代文学经典,据说是汗牛充栋。为什么用了"据说"

这个词,好像很不肯定似的,不是怀疑北欧有没有那么多的经典,而是我们看到的实在太少,译成中文的更是寥若晨星。

为什么北欧古代的文学经典,译成汉语的那样少呢?盖因为那些文章,都是用非常艰涩难懂的古冰岛文字写成的。

现代冰岛文字实系北欧挪威、瑞典、丹麦的古文,也近似于许多西欧国家的古代文字,比如古德文、古英文、古荷兰文等等。一千多年以来,北欧和西欧许多国家的语言和文字都发生了翻天覆地的变化,但冰岛文就像苍老的恐龙,仍在火山岩堆积的大地上穿行。

我手中这部著名的诗集,冰岛文的译名是《高者之言》。高者是谁呢?是北欧神话中的主神奥丁,相当于希腊神话中的宙斯或是罗马神话中的朱庇特,也约略相当于咱们神话中的玉皇大帝了。诗集的中译名叫作《海寇诗经》。

海寇就是海盗。

什么是海盗呢?一提到"盗",我们就会非常鄙夷,但在古希腊那个遥远的年代,欧洲人通常把下海寻求生计的男子称为"海盗",并把当海盗同从事游牧、农作、捕鱼、狩猎并列为五种基本谋生手段。"海盗"一词在当时并无什么贬义,海盗活动也不被认为可耻,《荷马史诗》中对此有十分明确的记载。

《海寇诗经》形成于公元700年至900年之间,相当于我们的唐朝。是当年北欧海盗在漫长而艰险的大海航行中,奉为座右铭的精神食粮。在漫漫无际的大海上,正是这些箴言教导给海盗们带来了勇气和智慧,鼓舞着他们冲破重重险阻,层层骇浪,去寻求一个又一个的新大陆。

这些诗于是被称为"冰诗",反映了海盗们的人生观和宇宙观。好了,说了这么许多题外之话,还是直接录下难得的冰诗吧。

> 浅薄受人讥,
> 智慧得人敬。
> 居家万事易,
> 出门知重轻。
> 相处世人中,
> 多智多光明。

这首诗的名字就叫作《见世面》,看来当年的海盗们是把见世面当成人生的必修课了。

> 嘉宾若进门,
> 排座不可轻。
> 位置偏而远,
> 不乐怀闷情。
> 上座促膝谈,
> 主雅客来勤。

这首诗的名字就叫作《如何待客》。本以为海盗们是不懂礼貌的窃匪,不想还是如此注重礼节的雅盗。或者说也许海盗们在实践中执行起来会走样,但起码在教育中还是一丝不苟的。

再如:

求知诗

> 知识是海洋,
> 宴席亦课堂。
> 用耳细听取,
> 用眼学榜样。

君子慎言语，
聆教乃有方。

智者天下行，
钱财存脑中。
愚者行囊重，
困时无所用。
穷汉有头脑，
力量胜富翁。

看来，海盗们还是非常尊重知识并且热爱学习的。想来也是，做一个优异海盗不是一件容易的事情。在许多国家，把"维京人"称作"海盗"的代名词。一千多年前，维京人驾驶着他们的龙头船，手持矛、剑、战斧等各种武器，以山呼海啸般的猛烈攻势，攻掠从英格兰到苏格兰、爱尔兰、比利时、荷兰、意大利、西班牙、葡萄牙、法国、俄罗斯直至君士坦丁堡的广大地域。维京人体格高大英俊，通常满面虬髯，胆识过人。他们常年漂流在海上，波涛汹涌气候恶劣险象环生，如果他们没有广博的关于天文地理气候人文等等方面的知识，大海就成了他们最天然的坟场。所以，在贪财、勇猛、喜欢冒险的天性之外，在他们的血液里非常强烈的征服嗜好之中，也一定注入了对科学知识滚烫的渴求。

很喜欢这样一首诗：

独立

人生幸福事，
受人宠与赞。
人生不幸事，

处处得依赖。
为人不独立，
沦为小奴才。

有一首诗名叫《不良之举》：

赴宴总唠叨，
话多头脑贫。
瞪眼呈傻态，
说话语不清。
酒盈蠢相露，
枉做文明人。

窃以为以不良之举作为原材料入诗比较少见，北欧海盗大大方方地咏叹起来，透露出他们原本就是不拘常态自成体系的人。特别是被翻译成了咱们的五言绝句式样，看着有趣。

有一首诗，名为《永恒的友谊》，录在这里，和大家共享。

宝剑酬壮士，
霓裳赠佳人。
华服显友谊，
乡里美言频。
礼尚来而往，
至情万年春。

有一首诗，名字叫《知道命运》：

> 天才多早夭，
> 聪明适中好。
> 命运顺自然，
> 强求是徒劳。
> 内心明事理，
> 安然到老耄。

有一首诗实在聪慧，叫作《三人知，全民知》：

> 巧妙应答问，
> 人视为聪明。
> 秘密若分享，
> 最多只一人。
> 泄露三人知，
> 绝密传全民。

此诗高明处就在于——当我们强调保密的时候，一般是主张"一个都不告诉"。这在理论上当然对于保守秘密是最上策的了，但可惜的是极少有人能做得到。秘密在适宜的温度下，有时会像发酵的面团，如果找不到一个适当的出口，它们会把盛面的盆子掀翻，面粉流淌一地。秘密的力量之大，超乎我们的想象。所以，尽管有那么多的指天盟誓，还是差不多有同样数目的泄露和背叛。寻找一个情感的出口，告知一个朋友，就不会把享有重大秘密的人憋炸了，这是很有策略的方法。

人各有所长

> 瘸子善骑马，

独臂能牧羊。
聋子勇于战,
眼盲有思想。
身死悲无用,
残者却无妨。

名誉

人死万事空,
唯名传四方。
万灵谁无死,
长生求无望。
存世流美誉,
不朽万年长。

　　好了,原谅我就暂且引用到这里。也许朋友们会发问,这些古冰诗为什么都是五言六句啊?有没有其他的格式呢?据翻译者王超先生在冰岛首都雷克雅未克所写,《海寇诗经》的韵律,是按照北欧古代诗歌的韵律所成的。每节诗由六行组成,前两行诗以押头韵的方式连在一起。

　　那什么叫押头韵呢?就是指的后一行诗重复前一行诗中的重音节的元音或辅音。若大声朗读起来,诗句余音袅袅,就像有回音似的。译者特别指出,北欧古诗的韵律,若能大声朗诵,才能更好地体会到它的奥妙,清脆悦耳。因为一是押了头韵之后,回音的效果跌宕起伏极富节奏感。二是押了头韵之后,重音节和非押韵的重音节形成了抑扬顿挫的效果。

　　可惜我们不懂古冰岛的原文,也未曾有幸听到人这样吟诵《海寇诗经》,只能在这里以文字来揣摩海寇们的智慧和风采了。

最后,让我以一首海盗们吟咏智慧的诗来作为本文的结束。

论智慧

以火点他火,
两柴共燃烧。
以智启人智,
相磋出高招。
顾步知识浅,
谦虚心智昭。

想不到吧?海盗们的诗竟然是这般温文尔雅笑容可掬。既不像英雄史诗,也不像神话传奇,充满了谆谆教诲,甚至有些仿佛处世格言。也许,由于他们攻城略地在行动上自有取之不尽的剽悍与残酷,轮到诉诸文字流传千古的时候,反倒是波澜不惊的从容和安宁了。这在心理学上,叫作"补偿"。温和的民族诗歌中多愤懑和幽怨,真正的勇士们反倒全力彰显柔和。

不同国度和时空的智慧共同燃烧,这也就是旅游和阅读的快意了。旅游使我们虚心,阅读使我们安静。行路和读书的美丽杂糅一处,即使是在地老天荒的冰岛,即使是在海盗们的诗行中。

35. 丹麦的独腿锡兵

安徒生童话里,我喜欢《卖火柴的小女孩》,喜欢《海的女儿》,最喜欢的是《坚定的锡兵》。有的人把这篇童话的名字翻译成《坚强的锡兵》。相较之下,我还是更偏向"坚定"二字,那种对爱情奋不顾身的投入,还有死心塌地的一厢情愿,让人唏嘘。

童话里的锡兵只有一条腿,真不知道他是如何通过了当兵的体检,成了一名肩扛毛瑟枪的勇士。书里给了我们一个解释,说是这个锡兵是最后一个被生产出来的,原材料不够用了,所以只有一条腿。按照这个解释,锡兵就是先天性残疾了。锡兵历经种种磨难,从未改变对一位纸做的"小舞蹈家"的爱情,直到最后在火中凝结为一颗锡做的心。

当年读这篇童话的时候,就萌生了一个小小的愿望——得到一个小小的锡兵。那时候想得简单,以为既然是个著名的童话人物,就该到处有得卖,就像如今的唐老鸭米老鼠。屡屡搜索未果,才明白这锡兵是个小人物,并不芳草天涯。看来,要找锡兵,只有到他的老家丹麦了。

到了丹麦,先去看的是海的女儿塑像。雕像矗立在哥本哈根海滨公园的浅海处,身高一点二五米。注意啊,不是说美丽的美人鱼身高只有这么矮小,而是因为她取了一个屈腿侧身的坐姿。如果站起来,就是个高大的美女。再提供一个数字:据说塑像的体重是一百七十五公斤,今年已经有九十三岁了。

九十三岁的小美人鱼,丝毫不改婀娜多姿的体态,青铜色的"她"坐在一块礁石上,容颜清丽,美丽的发辫垂在腰间,在身后紧贴礁石处,有一条仿佛还滴着水珠的鱼尾。美人鱼周围能容人站立的地方很狭窄,礁石上又覆满了青苔,又湿又滑,稍不小心就会跌入海水,让你来个不情愿的海水浴。我们很规矩地排着队,依次跳上岩石,迎着光照相。噼噼啪啪乱响了一阵之后,突然有人说,这样照法,美人鱼最重要的部分就丢了。

照过的人吓了一跳,马上反驳说,你看,海水啊蓝天啊美人鱼啊,还有我啊,都照上了,什么都不缺的,肯定没丢掉任何东西。没照过的人就停下了上苔藓的脚步,眼巴巴地等候着下文,以防自己辛辛苦苦地蹦跳过去,反倒做了无用功。

发难的那位说,美人鱼啊美人鱼,你们只照了美人没有照上鱼。正面好取景,好看是没的说,可惜没有尾巴。没有尾巴的美人鱼,人家还以为是一尊普通的欧洲少女像呢!

呵呵,尾巴!是的,美人鱼最重要的身份证就是她的尾巴。尾巴里藏着她全部的秘密和痛苦,当然,也有奉献和快乐。

于是大家重新来过。

听说这座美人鱼雕像,早已不是丹麦雕塑家爱德华的原作。美人鱼曾多次遭到破坏,身首异处。政府为防悲剧重演,现在用的是仿制品,原作早被国家博物馆收藏。

听说每年有超过一百万的游客和美人鱼合影,有的游客还爬到美人鱼的身上,做出不雅的动作。政府准备把美人鱼的塑像搬到深海去,这样游客们只能远远地眺望美人鱼的身姿,呆呆地面朝大海,从海风的呼啸中,去想象美人鱼所经受过的刺骨寒冷的锥心痛苦和致命浪漫。

记得小时候给孩子们讲《海的女儿》,孩子对坚贞的爱情似乎不大能体察,只是为美人鱼不能说话而万分苦恼。孩子问,美人鱼没上过学吗?

我说,这和上学有什么关系呢?

孩子说,就算美人鱼嗓子哑了说不出话来,可以写一个字条给王子啊,王子一看不是全都明白了?

我张口结舌,只好说,海底是没有学校的。

孩子穷追不舍,说,那她爸爸可以教她啊。她爸爸不是国王吗?国王肯定会写字的,要不怎么能当国王?

我急中生智,总算想到了一个解释,我说海底王国和人间使用的不是同一种文字,是外语。就算是美人鱼给王子写了纸条,王子也不认识⋯⋯

惊出了一身汗,才把这段公案应对过去。想想看,如果至善至美的小美人鱼都可以是文盲,早就厌学的孩子们,一定更多了理由和狡辩。

看完了海的女儿,就该去看她爸爸的雕像了。美人鱼的爸爸不是海底的国王,而是丹麦伟大的文学家安徒生。

丹麦到处都有安徒生的雕像,我最喜欢的是哥本哈根市政厅南侧那尊青铜像。早知道安徒生相貌不佳,做好了看到一张难看的脸的准备,但这座塑像一点都不丑。晚年的安徒生表情安详,头戴一顶18世纪流行的绅士高筒礼帽,挂着一根手杖,有一种若隐若现的沉思和羞怯,据说这是按照1875年安徒生七十岁时的样子设计的。游客们纷纷爬上台阶,和铜制的安徒生合影。因为塑像高大,一般的人站在那里,只能到达安徒生的腰际。据说摸到"安徒生"的手、膝盖或是裤脚和鞋子,都可以沾到大师的灵气。常常被游客汗手所摩挲的地方,油亮而紫红,好像这些部位镶上了红色的补丁。

这位把童话作为献给全世界儿童最好礼物的大师,自己始终不曾有过孩子,几度情场失意。十五岁那年他来到哥本哈根,一生中的大部分时光都是在哥本哈根度过的。

看完了塑像之后,就是寻找安徒生的故居。据说安徒生在哥本哈根住过不下二十个地方,现在只把一部分开辟出来供游人参观,最具盛名的是在新港。

新港其实并不新了,早在1673年,当时的丹麦国王哈丁古斯二世为了实现"要让哥本哈根成为跟世界做贸易的城市"的诺言,下令开凿运河将朗厄里尼海的水引进哥本哈根。而在丹麦语中,哥本哈根就是"商人的港口"或者"贸易港"的意思。只是哈丁古斯二世国王并没能想到他的这一纯粹的为了发展经济而进行的开凿,最终却成就了哥本哈根这座城市的诗情以及安徒生的那些充满了幽默和幻想的童话。

新港狭长的港湾里停满了五颜六色的游艇和帆船,樯桅林立帆影摇曳。运河两岸伫立着当年码头工人以及琥珀商人和海员们居住的房子,每栋房屋的颜色都不相同,亮蓝、粉红、金黄、春草绿……在夕阳的余晖里,这些已有几百年历史的五颜六色的老房子不可思议的年轻。街边是一排排支着太阳伞、座无虚席的露天酒吧,游人鼎沸。

坐在运河边长长的木头上,听着优雅的爵士乐,看穿梭在运河里的游船,一下子分不清到底是在21世纪还是在19世纪。据说因为施行严格的保护措施,这里的建筑和两百年前没有丝毫区别。

这条街是安徒生的心灵栖息地。在街的路口有一尊安徒生雕像,雕像的铭牌上记载着安徒生曾分别于1834年至1838年间以及1848年和1875年相继在这条街的20号、67号和18号居住并写作。在这里,他得到过戏剧家、诗人、贵族乃至国王的帮助和垂青,渐渐声名鹊起。只是不巧,20号故居正在修整,我们无法入内参观。在门口和林立的脚手架合影之后,我不停地向对岸眺望。我在寻找房屋与房屋连接的拐角处,我记得在《卖火柴的小女孩》中,那个可怜的小女孩冻饿交加,就是在一处房角划完了她所有的火柴。我想安徒生写作这篇童话的时候,一定想起了窗外的这些楼房。他坐在窗前,倾听着运河上叽叽鸣响的木帆船的摇橹声,看着河边酒吧里扯着嗓子不停地举着酒瓶子正在寻欢作乐的海员,想象着一把火柴像火炬一样燃烧……

在丹麦的街头徜徉,我还是念念不忘那个独腿锡兵。

我向导游述说心愿,问在哪里可以买到一个锡兵?导游说,克伦古堡。从此心中一直默念克伦古堡……克伦古堡……好像小孩子买酱油醋,在走向商店的路上不停地嘟嘟囔囔,生怕忘却。

克伦古堡,位于哥本哈根北面海滨,建筑在岩石上,半截身子探进海中。几百年来,它一直是守卫哥本哈根的要塞,至今还保留着当时的炮台和兵器。

克伦古堡位于丹麦与瑞典之间最狭窄的海域,扼住了波罗的海的入口处,名字的意思是——皇冠之堡。这个古堡不仅因为战略地位重要而闻名,更因为它是莎士比亚名剧《王子复仇记》的发生地。历史上真实的"王子复仇记",是丹麦内陆的故事,莎翁玩了个"乾坤大挪移",将它搬到了这里。

为什么要移花接木?因为当年的克伦古堡之豪华雄冠北欧。早在15世纪,当时统治全北欧(包括丹麦、瑞典、挪威、芬兰和冰岛的"斯堪的纳维亚联合王国")的丹麦国王艾力克便看中了赫尔辛格这个极具战略性的瓶颈地带,在此筑堡,向来往北海和波罗的海的商船征税,收取买路钱,约略等同于现今的高速公路收费站。北欧的海上贸易非常活跃,艾力克和他的继承人财源滚滚而来。赫尔辛格遂从一座渔村一跃成为名震欧洲的海港重镇。后来,丹麦国王费德力克二世娶了年仅十五岁的表妹苏菲。为了给新王后提供一个舒适的居住环境,国王斥资把阴森湿冷的中世纪式样的克伦堡,改建成文艺复兴式的豪华行宫。2000年,克伦堡被联合国教科文组织列入世界古迹名单中。

然而,走进城堡,感受到主体风格依然是阴暗和压抑的,虽然屋外阳光灿烂。跟着导游,可在古堡的四翼参观丹麦王族当年的会客厅、起居室、寝室等等,看到皇室名贵的家具、摆设、日用品和餐具。古堡的庭院里还有一座精致的小教堂,以供王室成员之用。

比较振奋而有生气的是武士大厅,据说当年是费德力克国王为了讨好酷爱跳交际舞的苏菲而建造的舞厅。全长六十三米,为当时全欧洲最长的大厅,金碧辉煌,极负盛名。就是今天看起来,也还有不可一世的奢华之气。

堡内除了大厅宽阔之外,到处都很幽暗,的确是发生幽怨故事和血腥政变的好地方。

导游特别提示要留意墙上的七张挂毯。初看起来,这些挂毯除了规模较大之外,并没有非常特别的地方。可是中国人对"大",是有很强免疫力的,单凭体积来讲,还不足让我们惊奇。挂毯的主色调是咖啡色的,不知是因为年代久远掉了色还是皇室就喜欢如此黯淡的风格。在一派昏暗之中,在任何角度都可以看到丝毯中的某些部分在闪闪发光。据说这是金线的光芒,它们是用真正的纯金丝编织而成。

丝毯的主题基本上是人物,为丹麦历代国王和王室成员。当年无数人工不停劳作了整整四年,一共编织出了四十三张丝毯,每张的面积都是十二平方米(3×4)。这些价值连城的挂毯,只有十四张保存至今——哥本哈根的国立博物馆和克伦堡各藏一半。

在《王子复仇记》里,有一段弄臣波洛涅斯躲在"帘"后,结果被哈姆雷特误杀的情节。有学者猜测,莎翁所说的"帘子",其实指的就是这种挂毯。听到了这个说法,再看那些黯淡的挂毯,就有些悚然。

克伦堡因莎士比亚而得大名,但只在城堡的外围,有一尊小小的莎士比亚像,令人有些费解。如果没有莎士比亚,没有《王子复仇记》,克伦城堡能有今天这样显赫的声名吗?查了一下资料,在世界十大著名古堡中,克伦城堡并未列在其中。如今在人们的心里,它毫不逊色地跻身于世界上最著名的城堡之列,恐怕不是因为并不算很大的武士大厅,也不是因为那些容颜沧桑的挂毯,而是因为一位作家的一支笔。

好在每年8月间,克伦堡都会举行与莎士比亚相关的一系列活动。听说从上世纪初起便几乎年年举行《王子复仇记》的公演;许多著名的影剧演员如罗伦斯·奥利华、费雯丽和肯尼夫·布莱纳等,都曾在这里演出过。克伦堡里,有他们演出的巨幅剧照,很多游人在此合影。

在克伦城堡,可以远眺四公里外的瑞典小镇海兴堡。有段城墙很像哈姆雷特徘徊叩问的场景,不知他是不是在这里看到了鬼魂?这样一想,纵然是在烈日下,也生出阵阵寒意。今天丹麦和瑞典很友好,渡轮码头都不设海关,人们可自由来往。但在15世纪至17世纪之间,两国为了争夺波罗的海巨额利益的霸权,锲而不舍地打了两百年仗。最残酷的海上战场,就在这里。

听导游说,莎士比亚自己也演过《王子复仇记》。我们忙问他莎翁扮演的是谁?导游说,猜猜看?有人猜是哈姆雷特,有人说估计莎翁没有那样高大英俊,可能演的是弑兄霸嫂的叔叔,还有人说他不会男扮女装演了美女或是皇后吧?看大家猜得辛苦,导游索性解开谜底:莎翁在戏中演的是鬼魂。

大家就笑起来,城墙就不恐怖了。

到现在为止,我还没有买到锡兵,甚至连一个锡兵的影子也没见到,不由得暗暗焦急。导游让大家自由活动,对我说,你跟我走吧。

下窄窄的楼梯,台阶之险峻,估计在数百年的历史里,一定把若干宫女摔得鼻青脸肿。好不容易走到一处旅游商品销售点,推开门一看,我不由得欢呼起来。

无数的锡兵列队站在玻璃橱窗中,个个雄赳赳气昂昂,好像在接受检阅。导游说,你挑吧。然后放下我,回去照顾大家。

这些锡兵都是朴实无华的金属色,仿佛暴雨前厚重的阴云。大的有一拳高,小的只有一厘米。戴着头盔,长满络腮胡子,目光炯炯。虽然形态不一,但每一个都精神饱满,荷枪实弹,随时准备上战场的架势。

我说,我要一个锡兵。

售货大妈(真的不能称为小姐,足有五十岁了)拿出一个手持盾牌的锡兵,那张盾牌上刻着海扇贝的族徽图案,很是骁勇。

我摇头说,No。

她又拿出了一个锡兵,这个锡兵没有拿盾牌,改成了一柄长剑,寒光凛凛。

导游已经走了,语言不通,我用手势比画着告知她,也不是这个。

大妈脾气不错,思忖起来。我指指锡兵的武器,然后做了一个射击的动作。她看懂了,拿出了第三个锡兵。

这次对了。这个锡兵不是戳着盾牌,也不是舞着长剑,而是提了一支枪。

可惜的是,这不是毛瑟枪,而是一支花里胡哨的短枪。

毛瑟枪是德国人毛瑟发明的一种长枪,在安徒生那个时代,一种新鲜兵器,类乎今天的手提式导弹吧?安徒生发给锡兵一支毛瑟枪,除了他紧跟世界潮流之外,也说明安徒生实在是很喜爱锡兵,给他装备了最先进的杀伤性武器。

大妈再次思忖,我拼命比画,夸张地表现着枪支的长度,简直快把毛瑟枪形容成了大炮。大妈心领神会,终于从锡兵阵营中,拎出了一个肩扛长枪的锡兵。

哈哈,终于大功告成了。这就是那个坚定的锡兵,扛着毛瑟枪,等待着他如火如荼的爱情。

大妈也很高兴,拿出一个精致的小盒子,要把锡兵打包。这时我突然发现了致命的错误——这个锡兵是健全的!也就是说,他的两条腿都完好无缺!这个锡兵——不是那个锡兵!

我急忙阻止了大妈的进一步包装,急赤白脸地说,我要一条腿的锡兵!

看着她茫然的神色,我知道她完全猜不透我的意思了。我急中生智,来了个金鸡独立。把自己的一条腿尽量地藏起来,晃晃悠悠地站在那里。以我的老胳膊老腿,完成这个动作并不轻松,踉踉跄跄几乎跌倒。

大妈终于恍然大悟,口中发出呜呜的声音,表示她完全明白了我的要求。我以为这一次大功告成了,但老人家拿出来的还是零件周全的锡兵,嘴里还不停地说着什么,脚下还摆动着。

可惜我听不懂,也不知道再如何表演才能得到独腿锡兵。正在百般为难之际,导游来找我,这才听懂了大妈的告白。原来游人们都喜欢买一条腿的锡兵,店里刚好断档了,最快也要几天后才能供货。目前,只能向我提供两条腿的锡兵。

怎么办呢?好失望啊。要么,就永远留下这个遗憾,让那个一条腿的锡兵活在记忆中。要么,就买下肢体健全的锡兵。

大妈冲着导游说着什么,导游却不忙着翻给我,频频点头。我问导游,她在说什么?

导游说,她还在推销两条腿的锡兵。

我说,她具体说了些什么呢?

导游说,她说,真正的一条腿的锡兵其实并没有完成他的爱情理想,还在进行中。完成了爱情的锡兵,已经不存在了,和他心爱的人一道化成了一颗锡心。在人们心里,他就是个健全的锡兵。

　　我不知道这是不是一个非常成功的推销词,总而言之我被它打动。是的,一条腿的锡兵,只是他刚刚被制造出来时的模样,之后他就面目全非了。锡兵最完美的时刻在他融化的瞬间。

　　我最后买下了一个手脚健全的锡兵,肩扛着毛瑟枪。他是那锡勺子做成的二十四个完整的锡兵中的一员,我猜想在他的心中,一定怀念着那个同根生的兄弟,虽然他已经变成了一颗小小的锡心。

36. 曼德拉的铅笔

女友自南非旅游归来,送我两件礼物。第一件,花锡箔包着,缎带系着,体积圆圆,若二两重的芝麻烧饼。我说,这是什么?南非特产?该不是送我这样大的一块钻石吧?

她轻声道,比钻石还要宝贵。

看女友轻柔的样子,好像锦盒之中藏着一只冬眠的蝴蝶。很想把这份神秘感带回家,隔山买牛细细猜测。但时下西风东渐,兴的是当面锣对面鼓地敲开礼物,然后受礼者做出兴奋得昏过去的模样,夸张地赞叹,于是主客皆大欢喜。

只好将美丽的包装撕开。一坨晶莹剔透的玻璃芯,果真有一种未知物的标本,静静地潜伏在胆内。绿灰色,丝缕状,螺旋形,有依稀的纤维纹路浮现着,仿佛一圈华贵的水藻,凝固于北极寒冰中。

无法判断它的属性。急翻背面的说明签,看到一行触目的英文——BULLSHIT!

无论怎样顾及礼貌,我还是难以掩饰大惊失色。我们常常在电影斗殴里,听到一句粗口,它的大致含义是——粪便!

朋友说,这是野生的非洲大象粪便。由于象群越来越少,它也成为奇特的纪念品。大象这种地球陆地上最庞大的动物,只因为牙的精美,被人们无穷无尽地猎杀,陷于灭顶之灾。据说,大象为了维护自身的安全,它们的牙已缩得越来越短。不知道造化的法则能否给象族以足够的时间,使它们在人类的枪口击毙最后几对象夫妇之前,让祖传的长牙完全消失?那虽然顿减壮美,好歹保下种群的延续。可怕的是,也许到了下一个世纪,我们的后代会对着这盒标本说,哈!这是什么……不可能!哪一种动物会有如此粗大的排泄物?必是外星人遗下的无疑!

物种的生命之链,比钻石要宝贵千倍啊。

朋友又拿出一沓照片,指点着给我讲南非的桌山和迷城,讲原名叫作"风暴角",后来为了讨吉利改叫"好望角"的非洲最南端,讲曼德拉所在的总统山和他曾被监禁的鲁宾岛……你看,这就是总统府啊,很平和的样子,是不是?曼德拉上班的时候,就把一面南非国旗从办公室窗户里探出来,表示他正在此处理公务,老百姓要是有什么事,可以约了去见他。如果国旗不飘了,说明曼德拉这会儿暂时不在……喏,我把一支曼德拉铅笔送给你。

我接过第二件礼物。它没有包装,裸着身子,外观同所有铅笔一样,纤细挺秀,掂在手里,却颇有几分重量。前半部很普通,木质包裹着石墨芯,常规模样。后半截却与前半部相异,改成塑料的中空管,管里灌满了南非岩石的碎渣,五颜六色,绚丽多彩。一块小小的橡皮头,堵住了塑料管开口处,既是塞子,又可涂擦纠错,保留了古典铅笔的功能。

我捏着铅笔,赞道:很好的纪念品。

女友说,其实这种铅笔最大的价值,在于保护树木。要知道,没有人能把一支传统的铅笔,从头用到尾,分毫不剩。发明了铅笔帽,可能好一点,但还是没法百分之百地利用铅笔。无数木材,就这样被短短的铅笔头吞噬掉了。人们对这个问题置若罔闻了几个世纪,森林越来越少,今后再不能继续下去了。曼德拉铅笔既实用,又有保存价值,而且可以举一反三地仿照。比如我们塔克拉玛干大沙漠的沙子,青海盐湖的晶盐,喜马拉雅山的石子儿,陕北的黄土……搜集来装进塑料管,是多么好的制造铅笔的原料和思乡的礼品啊!

分手的时候,女友讲了个小小的细节让我猜。

在南非最大的自然保护区——克鲁格国家公园,我们坐着车观赏野生动物。莽原上出没着犀牛、狮子、大象和豹,是猛兽的天堂。我们被严令告知,万不可擅自下车,并签了生死自负的文书。车在广漠的高原行进,不时听到狮吼,一种远古的恐惧,嗖地袭上心头。我看剽悍的导游手持长枪,略略放下心问他,如果我们被猛兽抓到,你会开枪吗?

会。他简短有力地答复。

紧接着,导游又补充了一句话。你猜说的是什么。女友问我。

这如何猜?你还是告诉我吧。我说。

那导游说道,当你被猛兽捕获,为免你遭受更大的痛苦,我们将开枪将你打死。我们规定,不得射杀动物。

37. 生命之序

　　一位患"非典"的香港心脏科医生住进了医院的"深切治疗部"。"深切治疗"这个词是温煦的,但缝隙间有幽幽的冷风散了出来,让人感到病情的重笃。医生脱险后接受采访,记者问,一个人孤独地住在病房里,想了些什么?医生沉吟了一会儿说,想的最多的是,要把人生中最重要的事和一般的事儿分开,先做那些重要的事情。记者当然追问,你生命中最重要的事是什么?医生答,和我的家人在一起。

　　几天后,我又见到一位脚夫老人。大家都熟悉的陕北民歌《赶牲灵》,就是脚夫们走沟穿壑在高原上吼出的。他说"活着做遍,死了无怨"。意思是人活着的时候,把你想做的事都做了,就一生完满,活得够本,可以安然就死了。

　　医生是留洋博士,脚夫满面黄尘苍凉。不同层面的人,异曲同工的话,于是在突出其来的瘟疫背后,就有了哲学的味道。人是脆弱的,种种意外的蛰伏,使得能上天入地能让电脑每秒钟运算若干亿次的现代人,却无法估算出每人大限到来的时刻。面对永恒困境,只剩下一个可行的方法,就是把那些我们以为最重要的事,抓紧做完。简言之,你要给生命排一个序。

　　什么是生命中最重要的事呢?夜深人静月朗星稀之时,每个人心平气和地想想：也许是事业有成，也许是周游世界，也许是孝顺父母，也许是舍己为人，也许是永远探索，也许是安分守己……我相信每个人都会得出自己的答案。

寻找最重要的事情，其实就是寻找生命价值——它是我们立下的宏愿，是你选定的主牌。有了它，一应事务的顺序就排出来了。现代人陷入日常的忙碌，无数细小而琐碎的事件，缭乱了我们的双眼，模糊了我们的视线，凝滞了我们的脚步，壅塞了我们的襟怀……现在，"非典"这个小小但却凶狠的病毒，抑缓了陀螺转动的速度，让我们被迫停步眺望。于是无数人像那位香港医生，在病榻的阴影下，情不自禁地思考起了顺序和意义。

无论"非典"还将肆虐多久，相信它必被遏制。但人类对于自己生存状态的判断，却永不会终结。把你杂乱的牌阵理出顺序，把你最重要的事情放在首位，无论怎样邪恶的病毒，也扰乱不了我们澄清的心。

38. 比树更长久的

人们对于生命比自己更长久的物件,通常报以恭敬和仰慕。对于活得比自己短暂的东西,则多轻视和俯视。前者比如星空,比如河海,比如久远的庙宇和沙埋的古物。后者比如朝露,比如秋霜,比如瞬息即逝的流萤和轻风。甚至是对于动物和植物,也是比较尊崇那些寿命高渺的巨松和老龟,而轻慢浮游的孑孓和不知寒冬的秋虫。在这种厚此薄彼的好恶中,折射着人间对于时间的敬畏和对死亡的慑服。

妈妈说过,人是活不过一棵树的。所以我从小就决定种几棵树,当我死了以后,这些树还活着,替我晒太阳和给人阴凉,包括也养活几条虫子,让鸟儿在累的时候填饱肚子,然后歇脚和唱歌。我当少先队员的时候,种过白蜡和柳树。后来植树节的时候,又种过杨树和松树。当我在乡下有了几间小屋,有了一块属于自己的小园子之后,我种了玫瑰和玉兰,种了法桐和迎春。有一天,我在路上走,看到一截干枯的树桩,所有的枝都被锯掉了,树根仅剩一些凌乱的须,仿佛一支倒竖的鸡毛掸子。我问老乡,这是什么?老乡说,柴火。我说,我知道它现在是柴火,想知道它以前是什么。老乡说,苹果树。我说,它能结苹果吗?老乡说,结过。我不禁忿然道,为什么要把开花结果的树伐掉?老乡说,修路。

公路横穿果园,苹果树只好让路。人们把细的枝条锯下填了灶坑,剩下这拖泥带土的根,连生火的价值都打了折扣,弃在一边。

　　我说,我要是把这树根拿回去栽起来,它会活吗?老乡说,不知道。树的心事,谁知道呢?我惊,说,树也会想心事吗?老乡很肯定地说,会。如果它想活,它就会活。

　　我把鸡毛掸子种在了园子里。挖了一个很大的坑,浇了很多的水。先生说,根须已经折断了大部,根本就用不了这么大的坑,又不是要埋一个人。水也太多了,好像不是种树,是蓄洪。我说,坑就是它的家,水就是它的粮食。我希望它有一份好心情。

　　种下苹果树之后的两个月,我一直四处忙,没时间到乡下去。当我再一次推开园子的小门,看到苹果树的时候,惊艳绝倒。苹果树抽出几十枝长长短短的枝条,绿叶盈盈,在微风中如同千手观音一般舞着,曼妙多姿。

　　我绕着苹果树转了又转,骇然于生命的强韧。甚至不敢去抚摸它紫青色的树干,唯恐惊扰了这欣欣向荣的轮回。此刻的苹果树在我眼中,非但有了心情,简直就有了灵性。

　　当我看到云南个旧市老阴山上的文学林的时候,知道自己又碰上了一群有灵性的树。1983年的春天,丁玲、杨沫、白桦、茹志鹃、王安忆等二十多位作家,在这里种下了树。二十一年过去了,我看到一棵高高的杉树,上面挂着一个铭牌,写着"李乔"。李乔是位彝族作家,已然仙逝。我没缘分见到他本人,但我看到了他栽下的树。以后当我想起他的时候,记不得他的音容笑貌,但会闪现出这棵高大的杉。李乔已经把生命的一部分嫁接到杉的枝叶里,这棵杉树从此有了自己的名姓。

　　也许是考虑到每人一棵树,不一定能保证成活,也不一定能保证多少年后依然健在,这次聚会,栽树的仪式改为大家同栽一棵树。这是一棵很大的树,枝叶繁茂。我也挤在人群中扬了几锹土,然后悄悄问旁人,这是一棵什么树?

是棕树的一种,国家二类保护树种呢!工作人员告诉我。

这棵树能活多少年呢?我又追问。

这个……不大清楚。想来,一百年总是有的吧。工作人员沉吟着。

我看着那棵新栽下的棕树,心想不管它的寿命多么长久,总有凋亡的那一天。也许是被雷火劈中,也许是被山洪冲毁,也许是被冰霜压垮,也许是被盗木者砍伐……总之,一棵树也像一个人一样,有无数种死法,总之是不会永远常青的。

在栽树的时候,去谋划一棵树的死亡,这近乎是刻毒了。我不想诅咒一棵树。鉴于一个人总是要死的,人们寄希望于那些比个体生命更悠远的事物。但一棵树也是会死的,即使像我捡来的苹果树那样顽强且有好心情的树,也是会死的。既然树木无望,我们只有寄托于精神的不灭。

一个人是活不过一棵树的,然而再古老的树也有尽头。在所有的树的上面,飞翔着我们不灭的精神,而文学是精神之林的一片红叶。

39．艾滋之椅

旧金山佩奇街二百七十三号。禅宗临终关怀中心。一座宁静的建筑物，在居民区内。门口没有任何标志，只有高高的台阶。甚至连普通公共场合均有的残疾人坡道和盲道，这里也没有。我和安妮迟疑了半天。我们不能确定要拜访的专门和死亡打交道的这个中心，是不是这里？想象中，该是一座独立的白色建筑，有葱茏的绿树和不败的鲜花。这里，没有。起码是在外面看不到任何迹象，一如平凡的民宅。

进了门，在没有见到任何人之前，就认定是这里了。是空气告诉我们的。空气中弥漫着奇异的香气，让人有微微的麻醉和眩晕之感，但心的悸动就在这种奇特的香氛当中，平缓到迟慢。

禅宗临终关怀中心的布莱德先生慢慢地走过来，接待我们。他说话的语调也是慢慢的，举手投足也是慢慢的。慢，是这里不变的节奏。单是这一点，就已让人足够的惊奇。在现今的社会里，你还能找到一间不是因为拖沓而是有意识缓慢办公的公司吗？在商业的交往中，你还听得到一个如泠泉般天然的女孩声音吗？越是发达的社会，那频率就越是不可思议的快，直到我们目不暇接地整体晕眩了。

相反，在这个一切都缓慢的房间内，我的精神异乎寻常地警醒了。

布莱德先生告诉我们,这家机构完全是慈善性质的,建立于一九八七年。这里有十位工作人员,还有一百五十名义工。这个中心是没有医生的,也不用任何药物,它的主要工作,就是帮助人们安详地死去。

布莱德先生慢慢地说,死亡是需要学习的。临死的时候,很多人不知所措。没有人教授这种知识,当死亡到来的时候,人们一无所知。我们就是要帮助大家,当然,也是在帮助自己。只有懂得生命意义的人,才有勇气探讨死亡。只有对死亡有了更深入的了解,人才可能更深刻地把握生命。死亡,其实就是一切事物的本质。

这些话,有些玄了,不过倒是和这弥漫着奇异香氛的雅室相配。房间高大,布置得很有宗教气息,有一种空旷感。我说,这是什么香?

布莱德先生说,这是从印度带来的藏香,能够安抚人的神经。

我问,什么人才能住进这间中心来?

布莱德先生说,谁都可以住进来,只要你提出申请。我们的工作人员会到申请者的家中去看望他们,和他的家人谈话,以最后确定他是否可以来,什么时候来。因为这里是不做任何治疗的,只是接受如何面对死亡的训练。如果病人还有救治的希望,就不会接受他们到这里来。

我听得从内心向外沁冷,说,死亡的训练是怎样的呢?我很想知道。

布莱德先生说,当给予适当的条件的时候,人们是很愿意讨论死亡的。特别是当死亡迫在眉睫的时候。刚来的人,大都是比较紧张的,对死亡不了解,不知道自己将怎样迈向死亡。我们让他接受冥想训练。其核心就是当生命的最后瞬间,只有你一个人,你将如何走向死亡。这真是一个很有效能的训练。当反复训练终于完成之后,病人就不再害怕死亡了。我们把最后的时刻简称为"在床边"。因为死神是在床边领走我们。那种时候,往往是你一个人。当然,我们这里是二十四小时都有人值班,但我们不能保证你"在床边"的时候,旁边一定会有人。所以,每个人都要练习独自一个人"在床边",在那种时刻,保持最后的平静。

我说,经过训练,病人"在床边"的时候,都能保持平静吗?

布莱德先生说,大部分病人都能做到平静。特别是入院时间较长的病人,基本上都是平静的。如果入院的时间太短,病人可能还未能完全训练好,有的人也依然在惧怕中逝去。这和每个人的情况不同有关,有的病人有太多未了的心事,还未学会放下。死亡是一个过程,我们对它要有准备。其实,就是突如其来的死亡,比如飞机失事或是外伤等等,如果不可避免,平静就是最好的应对……

正说到这里,一名女士悄悄地走进来,在布莱德先生耳边说了一句话,布莱德先生站起身来,说,不好意思,有一件急务,需要我出去一下,很对不起,请稍等。

我们等了一会儿,又等了一会儿,布莱德先生还是没有回来。一位长得很秀丽的女士走进来说,布莱德先生还要等一会儿才能回来,你们不妨先在各处参观一下。

我和安妮蹑手蹑脚地在中心内部缓慢走动着。悄悄推开一扇门,雪白的床单下,一个黑人男子,瘦到骇人的程度,用骨瘦如柴这样的形容词,对他都是夸奖,简直就是几根紫铜丝拧成的轮廓,无声无息。如果不是他那大如鸭蛋的眼睛上的睫毛有微微的颤动,看不出一点生命的迹象。

我们逃也似的离开了这间屋子。

这是一个艾滋病人。这两天,他就要"在床边"了。秀丽的女士说。

楼边有一个小小的花园,有一些绿色的植物,因为已是秋天,没有想象中的葱绿,几片黄叶悄然落下,也是缓缓的,仿佛电影中的慢镜头。有一把椅子,角度放得很巧妙,正好对着花园里最美丽的一角。我说,我可以坐在上面吗?

秀丽的女士说,当然可以。我们这里经常住进艾滋病人,当他们还没有丧失最后的活动能力的时候,他们很愿意坐在这张椅子上看看风景。

哦,原来这是一张艾滋之椅。

我坐在上面,椅子很舒适,风景也很好。我看着面前的树叶,心想,这几片叶子,也许曾给若干位艾滋病人带来过安抚和宁静。如今,它们还在秋阳下焕发着最后的绿色,但那些触抚过它们的视线,已然被土壤掩埋。泥土中的视线,一定也还残留着丝丝绿色吧。

我请安妮给我照了一张相,在这张椅子上。

照完之后,我对安妮说,我也给你照一张吧。

安妮说,毕老师,我不照。我的手脚现在都是冰凉的。一会儿从这家中心走出去,我要立即进一家咖啡店,用滚烫的水暖暖我的胸膛和大脑。

我问秀丽的女士,这个中心自建立以来,一共有多少人从这里走向终极?

秀丽的女士说,她来这里工作的时间并不很长,关于具体的数目,不是很清楚。但她可以告诉我们一个数字,自建立中心以来,截止到今天,这里一共在一千二百六十七天中有人逝世。有时是一人,有时是多人。

正说着,布莱德先生回来了。他说,很抱歉,但是,没有办法。南希去世了,就在刚才。我到了她的床边,她很平静。

我说,南希是谁?

布莱德先生说,南希是我们这里的一个病人。患乳腺癌,人很年轻,只有四十四岁。她在这里住了四周,刚住进来的时候,人非常紧张,非常恐惧。经过训练,她变得很平静了。刚才离世的时候,十分安详。

我们静默,脖颈处像卡着一块冰。想到就在我们方才漫步的时候,一条生命正向空中遁去,心中充满茫然。仿佛看见南希的灵魂正在这屋顶上,宁静地看着我们。

布莱德先生说,每当有病人去世,我们都会在他的床边,举行一个小小的告别仪式。现在,我马上就要到南希的床边去,我们只能就此结束了。

秀丽的女士说,她的亲人就是在这里去世的。她来到这里,喜欢这里舒缓的气氛。亲人去世后,她就要求到这里来工作了。这里的特点就是宁静,在现代社会,找到这样一个宁静的地方是不容易的。这里的宁静,是很多的人,用心血营造出来的。她最后说。

怎样一个人独立地走向死亡?所有走过的人,都不会告知我们有关的经验教训。"在床边",是一个新鲜的课题。我觉得,人在容光焕发精力充沛的时候,不妨花点时间琢磨琢磨这件事,真到了垂垂老矣气息奄奄之时,考虑起来就太艰苦了。平常日子,脑子转的速度不必那样快,步子的频率不必那样高,声音的分贝不必那样强,睡眠的时间不必那样晚……

40. 心中的死结

我很小的时候,大约四五岁吧,有一次看到人们抬着一个奇怪的箱子在走。我问别人,箱子里是什么?旁人随口回答,那是棺材,里面有一个死人。我又问,他们要把他抬到哪里去?人家回答,抬到土里去。

这就是我对死亡最初的理解,觉得很不舒服。我想一个人躺在土里,鼻孔里会有蚯蚓在爬,眼皮里夹满了沙子,饿了吃不到饭,冷的时候,虽说有箱子盖挡着风雪,也会冻得打战。

后来我成为医学院的学生,解剖尸体是必修课。我因为来自高原,算是经历了艰苦的考验,大家希望我能做个表率。我也不愿意被人家说女孩子胆小,就装作无所畏惧的样子,要求第一个开始操作。那种在死人身上动刀的恐惧经验,刻骨铭心。(你切开一个人,他却不出血。你不知道他究竟是人不是人)表面上还要装作从容镇定谈笑风生,心中的感觉更是骇异。

特别是我所解剖的那具尸体,是一个死刑犯,当天上午处死他之前,还让他站在车上游了街。当时我站在路边,车子驶得很快,人脸晃过都很模糊。在解剖的时候,我不能确定自己早上是否看到过他(因为同时执行死刑的还有其他人),就不由自主地仔细察看他的脸和表情,觉得他痛苦而狰狞,在恨我。他的灵魂盘踞在充满福尔马林气味的解剖室里,威胁着我。

(当我此时写到这里的时候,心跳急剧加快,呼吸感到十分紧迫,好像有什么爪子扼在喉咙处。)

后来我当了实习医生,我医治的第一个病人是位中年妇女,肾功能衰竭,已到晚期。她的死亡来得十分急骤,那天晚上别人都去看电影了,老医生也不在。我正在写病程记录,护士突然报告说病人呼叫我。我赶到她身边,她死死地抓住我的手,说:"小皮(她是南方人,总把毕说成皮)医生,我好难受啊……"我急忙听诊,她的胸腔里,已是无边无际的沉默。我开始抢救,但采取的所有急救措施都宣告无效。后来老医生来了,看了记录,说我很恰当地实施了一个医生的职责,干得不错,但我还是非常沮丧。

她的丈夫那天晚上看电影回来,放声痛哭,急着问:谁最后在她身边?我说,是我。他又问,她最后留下的一句话是什么?我本来想如实相告,但又一想,那位丈夫因为妻子逝去时,不在她身边,已充满内疚,如果我再转述了他妻子临终时很痛苦很难受的遗言,是不是他会终生谴责自己?于是我咬着牙说,你妻子走得很安详,她什么也没说。

多少年来,我为自己当时的处置忧虑,不知道自己是否得体?也许,让一个挚爱自己妻子的丈夫,得知她诀别人世的真实情况,应该是更重要的选择。

后来,我当了许多年的医生,看到了无数死亡,已经可以做到心如枯井处变不惊。但我自知关于死亡的恐惧和忧虑,并无缓解或消失。它们像冬眠的蛇,潜伏在我意识最深的地窖里,等待惊蛰。

大约八年前,我的父亲得了骨髓癌,这是一种极为恶性的疾病,治愈率为零。当我确知这一诊断结果的时候,只觉得天塌地陷。父亲以为我是医生,可以治好他的病。我承受着巨大的压力,还要不断对父亲做出光明的许诺。作为戎马一生的军人,父亲有极强的洞察力,我想他是知道一切的,但他从来没有叙述过自己的痛苦,他在最后的苦难中,对我说的是——他很幸福。

为了保护母亲和家里人,我一个人独自面对医生,把日趋一日恶化的各种化验报告仔细地粘贴,来回分析。我知道父亲的生命已一天天消失,再无法挽回,我能做的只是减轻他临终的痛苦,让全家人特别是母亲,减少一些重创的剧痛。

父亲是叫着我的名字,死在我的面前……

多年来,我无法回忆这一惨痛的时刻,我无法与任何人谈起,只有深锁心底。(同母亲谈,会勾起她的痛苦。同弟妹谈,会使他们难过。同朋友谈,一般的安慰对我无效)我曾寄托于无往不胜的时间,以为它会渐渐冲淡我的痛苦。但我似乎错了,长久的时间过去了,那创伤依旧绽裂着,流血不止。只要一想起父亲,无论何时何地,我都会泪流满面。

(此刻,滚滚而下的泪水,已将计算机的键盘打湿。)

父亲的丧礼过后,我使劲吃饭,总也吃不饱。我知道自己心理上出了毛病。因为父亲的病最初被发现,就是从体重无缘无故减轻开始。那样强壮的人,最后被疾病摧残得虚弱无比。潜意识里,我觉得吃饭似乎可以抵挡病魔,竟以体重的不断增加为安全。

我开始恐惧医院。哪怕是极要好的朋友病了,我只肯到家里探望,绝不敢进医院的门。因为父亲逝世前一个月,我天天守在病房,寸步不离,神经对白色过敏并厌恶,我再也不想见到病床和药瓶了。

我不能参加追悼会。哪怕是极尊敬的前辈去世,家属发来治丧函,邀我参加遗体告别仪式,我都以种种理由推托,或者干脆就不给回音,让对方觉得很无礼貌。我无法面对那种氛围,恐自己失态放声痛哭。

甚至我的弃医从文，也和这段经历有很大关系。我觉得医生太无奈了，充其量只能预报病情恶化的时间，却无能为力挽救生命。我虽然可以承认这是新陈代谢的规则，但再也无法从容对待病人和家属满怀期望的眼神。我要逃避这种对视。

对于死亡的思索，使我有了《预约死亡》、《红处方》这一类以生命为题材的作品，但我知道自己要超越生死，对死亡有一种更达观更理性的认识，还有很长的路要走。我希望自己能够摆脱"死"这个结的困扰。

41. 一百万年之前

我不爱看山。因为少时去过珠穆朗玛、喀喇昆仑、冈底斯三山交界的高原,摸过万山之父的脑门,便对其他的山都看得淡了。对于漓江那种纤巧若断的石柱,虽觉秀美,却不敢在山的范畴里恭维。窃以为一个人若真没见过魁伟峻拔的大峰大壑,以为这石林就是山的精髓了,实在是山也是人的悲哀。

但是白面山你却是非该看不可的。广西柳州的朋友说。因为那山里有座白莲洞。

洞也不看。我决绝地说。我知道每一个供参观的石灰岩洞穴,都被千篇一律的霓虹灯分割得支离破碎,无知的岩柱被强行赋予牵强的想象。亿万年的枯寂被纷沓的脚步扰乱,我们既丧失了远古也丢掉了现实。在看了许多大同小异的洞穴之后,我不愿再浪费时间。

白莲洞是中国唯一的洞穴博物馆,是古人类"柳江人"生活的地方。朋友郑重告知。

那一瞬,凛然一震,好像有个声音在九霄之上呼唤。人们对于祖宗有一种天然的敬畏。我走上白面山。

白面山位于柳州东南十二公里,海拔二百多米。(好矮!)山中有个岩厦式的洞穴,就是白莲洞。洞下有水洞,暗河汇入柳江。

白莲洞十分宽敞,上下共分六层。空气从看不见的空隙流动,好像北京通风设备良好的地铁车站。据一九八四年柳州环境保护所进行的大气监测,当时洞外的二氧化硫和氮氧化物的浓度接近二级,而洞内则为一级。也就是说,洞内的空气比外面新鲜了一倍。这原因大概是奇妙的石灰岩像滤纸一样过滤了空气中的杂质,使空气如蒸馏水般洁净。据说预备在洞里建一个疗养院,专门治疗气管炎、高血压,疗效显著。

有据可查的是抗日战争时柳州沦陷,一万多难民避于白莲洞内。日本人用辣椒烧成烟,呼呼地往洞里灌,想逼着人们出来就范。没想到白莲洞内的空气四通八达,难民们连个喷嚏都没打。

洞内有幽深的溪水,听说栖息着盲鱼,因为深不见底,且没有捕捞的工具,所以我们无缘得见这种因久居地下而失明的水中动物。

浏览路程长达一千七百八十米,途经大名鼎鼎的蝙蝠厅。那厅高大得如同礼堂,导游一道闪电般的光柱打上去,只见天花板上悬挂着无数黑色的灯罩。灯光惊扰了它们,成千上万的蝙蝠愤怒地拍打着岩壁,倒悬着发出老鼠一般诡谲的叫声。一群群的蝙蝠扭结在空中的形象丑恶而恐怖,我在惊愕之后,想到的是马上逃开。

这样我就脱离了大队人马,独自一个人在幽暗的石洞中徘徊。

四周静籁,听得见地下水从石灰岩乳头上滴落的声音,要好久好久才会听到一声,细碎得如同地球深处的叹息。

我在白莲洞口的一侧,看到了古人类生活过的遗址,那是尖锐的人齿化石、像年轮一般的灰烬残骸,以及光滑的打制石器片段……最使人感到亲切的是,在未燃尽的篝火四周,有一片遗留的空螺蛳壳。古人也像我们一样爱吃这种美味的小食品……

我站在那里,有轻风像羽毛一般从鬓边刮过。洞口的光亮和背后的蝙蝠的鸣叫使我的思绪忽明忽暗。我想这番景色一定进入过一位祖先的眼帘,他或者她身材矮小但是步履矫健。他们高耸的眉骨像屋檐一样遮挡着南国频发的雨水,深陷的眼窝里闪动着褐色的坚毅……他们一定有过恐惧也一定有过欢欣,他们一定也曾希冀也曾懊丧。他们一定痛恨过蝙蝠却又驱逐不去,他们一定喜欢过太阳却又无法将它摘下来保存。他们一定在吃螺蛳的时候不断开动脑筋,才有了今日街上脍炙人口的螺蛳粉。他们一定代代口耳相传,才编织成白莲洞的美丽传说……他们一定在猎杀的劳累后思索过明天的衣食,他们一定在饥饿的痛苦中幻想过无忧无虑的享受,他们一定面对骤逝的同伴惊叹生命的无常,他们一定眺望苍茫的旷野意识到宇宙的永恒……

突然感到刮骨疗毒般的震颤——我到过这个洞穴,我曾在这里生活。

我站立过我此刻站立的这块石头,我呼吸过这种略带清甜的气息,我看到了亿万年前我留下的透明的脚印,我像看幻灯似的追踪着以往走过的痕迹。

我曾做过树我曾做过鸟。我曾做过金色的麦穗和蓝色的矢车菊。我做过乌云铁青色的边缘,我做过鲤鱼水泡似的眼睛……在巨大的循环中,古迈的柳江人的问号,始终像闪亮的金属,沉淀在物质的原子核里,围绕着星群盘旋。

我们每一个人,不过是生命链条中精致的小环。我们的利益已经极大的丰富,我们的思索像钻头似的开凿着世界之谜,比起遥远的古人,究竟又深入了多少?

我沉默着,觉得自己是一只小船,从遥远的洪荒驶来,把树叶一样的繁多的疑问,一代代传下去。

后面的同伴跟了过来,他们说:这里是多么美丽的风景,可以办一处洞穴旅馆,请人们来穴居,尝尝一百万年前旧石器时代做人的滋味。

　　我抱着双肩,望着远山,什么话也没有说。一百万年以前,我们是什么?那时候的天空一定比现在要清爽得多,像刚刚磕出的蛋清。我们已经比当年的柳江人多知晓了许多事情,但昔日袭击过他们的苦恼,依然像蚕茧将我们包绕。他们憧憬过的一切已凝固在头骨化石中,成为永恒的密码。我们只有敲敲自己的头颅,听它发出钟乳石一般激越的响声。但人类思辨的浪花永不会停息,它们会溅湿每一颗睿智的额头……

　　终于有一天,我们也将成为化石,唯有精神的财富驾着翅膀在洞穴中穿行。

42. 让死亡回归家庭

美国新奥尔良临终关怀医院的布朗女士,有着成熟的山西大枣样的肤色,眼睛也是大而棕的,一种湿润的温和蕴藏在里面,让人一见之下,就感到可以依傍。

依傍感是一种奇怪的东西。男人给人的可依傍感,通常来自高大的体态和宽阔的肩膀。一个柔和的女性,在完全不具备强壮体魄时,也一举让人感到深刻的信赖,这是眼神的魅力。

她的眼神有一点神秘,一点哀伤,更多的是宁静和清凉。她告诉我,以前从事一份普通的职业。因为父亲去世,得到了临终关怀医院的照料,父亲走后,就加入到这个行列之中。

我到过国内的临终关怀医院,那里有很多密闭的小屋和淡蓝的窗纱。在新奥尔良,我以为也会看到这些,但是,没有。临终关怀医院完全是一所办公机构的模样,明亮的灯光,闪动的电脑,彩印的宣传资料……没有白色的大衣,没有药品的味道。

墙上挂着一幅巨大的新奥尔良城区全图。很多红色的圈点,使这张图有了某种战争的气息,好像到处潜藏着特殊的碉堡。

谈话从斑点开始。

我问,这是什么?

布朗女士说,那些明显的圆环,是有急救能力医院的位置。那些微小的点,是我们目前负责的临终关怀病人。

我问,医生呢?为什么看不到他们?

布朗女士说,医生都到病人那里去了。他们按照地图上面分布的区域,各自负责照料若干病人,一大早,8点30分,就去巡诊了。挨家挨户地转,要花费很多时间。所以,这个机构里,是很少看得到医生的。

我们是为生命晚期的病人服务的。评价病人疼痛程度的工作,就有5位医学博士专门负责。教会病人把疼痛的程度分为10分,确切地描述自己的疼痛,以取得适量的药物,达到基本上无痛。还有资深的护士,走访病人家庭,为病人提供止痛服务。有专业人员指导病人的家属怎样给病人洗澡漱口,并有宗教人士提供帮助。除此以外,还有二百多名义工,提供帮助病人到商店买东西、晒晒太阳或是理发等服务。

我问,什么人才能住进这个医院呢?

话一出口,我就意识到这个问题不准确。没有病人住在这里。

布朗女士说,我们的口号是让死亡回归家庭。衰老后的死亡是一件很正常的事情。人们并不觉得成熟的麦子变得枯黄,然后倒伏在地,是多么恐怖和不可思议的事情。那是大自然的必然。旧的麦秸不回归土地,就没有新的麦株的繁荣。在上个世纪以前,人的死亡是司空见惯的事情。孩子们从很小的时候,就看见和体验到生命的消失,他们会认为那是很正常的事情,是世界一个必须和不可避免的环节。但是,本世纪以来,由于技术的进步和医学的发达,人们把死亡的地点,由传统的家庭转移到了陌生的医院。死亡被排除出视野,死亡被人为地隔绝了。一位老人,哪怕他从来没有进过医院,哪怕他再三表明自己要死在家里,却没有人理睬他。人们渐渐认为只有死在医院里才是正常的,才算尽到了责任。如果谁死在了家里,舆论会认为他没有得到良好的照料。

现代化剥夺了人死在自己熟悉的安全的家里的权利。现在，是回归的时候了。让死亡回归家庭。让濒临死亡的人，享有最后的安宁与尊严。他们将在自己的家里和亲人的包绕之下，平静地远行。我们奉行的观念是——不必抢救死亡。死亡是不应该进行抢救的。因为死亡并不是一种失败。既不是医生的失败，也不是病人的失败。让病人安详舒适地死去，正是医生神圣的责任所在。我们的座右铭是——"尊严地死去"。这包括他是怎样洁净地来到这个世界上，他也要怎样洁净地离开这个世界。我所说的洁净，并不仅仅指的是尘土和污垢，而是指在死者的身上，不要遗留有人工的化学的放射的等等强加给他的痕迹。常常有这种现象，医院里，人已经去世了，他的身上还插着很多条管子，输液的输氧的……还有放射和电击的痕迹。那是很不人道的。

我们的医生每周每人出诊28次，很辛苦。他最多照顾7个病人。因为如果照看的病人太多了，对医生的压力就太大了。当医生发出病人垂危的判断之后，我们的护士就会24小时守候在病人的身旁，为他提供必要的支持。当然，也对病人的家属提供有效的支援，陪伴他们一道走过生命中的难关。

1978年，路易斯安那州首创了此种类型的临终关怀医院。除了止痛治疗之外，并不施行额外的延长病人生命机能的医学方面的治疗。现在新奥尔良共有15所这样的临终关怀医院，共帮助了25万死者在家中从容地离去。

我问，那么谁来决定一个人什么时候可以进入这个医院？

布朗女士说：那要由医生开证明，证明病人的生命已不足6个月时，才可以在我们这里登记入住，因为服务费用是由州政府的医疗保险计划支付。

我问，那有没有医生的判断出了某种偏差，病人在半年以后依然生存的？布朗女士说，有。那就要由医生重新做出评估，才可继续享受这种服务。

我们正谈着,一位名叫索菲的护士出诊回来了。她神采飞扬,精神抖擞,并没有丝毫我想象中的疲惫和倦怠。

索菲告诉我们,她从事这个工作已经3年多了。当医生诊断病人的生命有可能在24小时内终止的时候,索菲就抵达病人家中,和他的亲人一道守候在他身旁,一直陪伴到病人最后的呼吸。

我问索菲,你大约看到了多少位临终的病人?

索菲很认真地想了想,然后很抱歉地说,真的记不得了。大约,总有几百位了吧。

我便对面前的索菲肃然起敬,也有一点隐隐的畏惧。我看着她的手,心想,不得了,这双手送走过无数的人,也许具有一种非凡的魔力吧。临走的时候,我一定要好好地握握她的手。

我问索菲,你害怕吗?比如在漆黑的夜里?风雨交加时?

索菲说,不害怕。我以前就是一个护士。我喜欢帮助别人,我现在从事的这种工作,让我有最大的成就感。其实,人们害怕死亡,是很没道理的事情。死亡是一件积极和充满神秘的事情。它是我们每个人的最后归宿。对一个正常的事件害怕,这才是不正常的事呢。

我说,索菲,临终的病人通常会对你说什么话吗?

索菲陷入了思索,说,他们通常是不说什么话的。之前,他们会对我致以谢意。最后,有时会留下一些莫名其妙的话,我猜那是他们看到了一些只属于死亡的画面。比如,我刚送走了一位病人,他最后说的话是:来了一辆金马车……

我说,你近日还有可能有在24小时内垂危的病人吗?

索菲说,有啊。

我说,如果方便,我能去看看他或她吗?

我并非有什么窥见死亡的嗜好,而是很想把更多更具体的所见所闻带回我的祖国。

索菲毫不犹豫地说,那是不可能的。死亡是一件很隐私的事情,在没有得到垂危者和他的家属的同意之前,我没有权利把陌生人带到他的身边。虽然他可能是完全昏迷了,什么也感受不到了,但仍要尊重他。

我点点头。这一点就让我学习到了很多。

布朗女士最后同我谈到了死亡之后,对死者家属的支持。

我们会在13个月内同死者的家属保持密切的联系。我们会通过各种信息,将最近有亲人亡故的人,组织到一起,成立一个小组。把因同样的病症,比如都是癌症而故去人的亲属,组成小组,效果会更好。我们的社会工作者每隔3个月就同逝者家属有一次谈话,体察他们的哀思,提供尽可能的帮助。

13个月之后,就改成每年一次随访。

我忍不住问道,为什么是13个月,不是12个月或14个月呢?

布朗女士说,因为亲人逝去周年和其后的一些日子,对逝者家属来说,是非常伤感的时刻。在这个时候提供必要的援助,非常重要。那种情绪的波动和孤苦的感觉,在逝者周年时将达到顶峰。同样的季节,同样的景色,都会强烈地触景生情。这是一个充满危机的时间段。如果能有人陪伴着,会好很多。

我立刻想起父亲逝去的日子,正是深秋,那种刻骨铭心的冷啊!从此,漫长的岁月里,每一个秋天都比冬天更寒凉。那时,多么渴望有这样关切的眼神,对痛彻骨髓的哀伤轻轻抚摸。

布朗女士说,不知道中国是怎样照顾临终人士的?如果有可能,我愿意到中国去,无偿地义务地帮助中国的临终者。

我向她表示最诚挚的谢意。

让死亡回归家庭的理念,让人激荡。

我们原来是死在家里的。后来,由于科学的昌明,我们把死亡搬到了医院里。于是人类最后的温热眷恋,在雪白的抢救帷幕的包裹中,被轻易地剥夺了,遗留下另一种现代的残忍。

　　死亡再次回归家庭的时候,不是简单地复古和重复,而是对人类自身更多的珍爱和体恤。死亡回归家庭,是对逝者的福音,是对生者的挑战。它意味着需要更艰巨的工作,更庄严的承诺,更严谨的责任和更充沛的勇气。

　　告辞的时候,我紧紧地握了索菲女士的手。她的手很软,很小,根本没有想象中力拔山河的力度。但我确知,曾有无尽的温暖,从这双柔若无骨的手中,流向另一个世界。

43. 人生有三件事不可节省

无论世界变得如何奢华,我还是喜欢俭省。这已经变得和金钱没有很密切的关系,只是一个习惯。我这样说,实在是因为俭省的机会其实很廉价,俯拾即是遍地滋生。比如不论牙膏管子多么丰满,但你只能在牙刷毛上挤出 1.5 到 2 厘米的膏条,而不是 1 尺长。因为你用不了那么多,你不能把自己的嘴巴变成螃蟹聚会的洞穴。再比如无论你坐拥多少橱柜的衣服,当暑气蒸人的时候,你只能穿一件纯棉的 T 恤衫。如果把貂皮大衣捂在身上,轻者长满红肿热痛的痱毒,重了就会中暑倒地一命呜呼。俭省比奢华要容易得多,是偷懒人的好伴侣——用最直截了当的方式和最小的花费直抵目标。

然而有三件事你不能俭省。

第一件事是学习。学习是需要费用的,就算圣人孔子,答疑解惑也要收干肉为礼。学习费用支出的时候,和买卖其他货物略有不同。你不知道究竟能得到多少知识,这不单决定于老师的水平,也决定于你自己的状态。这在某种情况下就有点隔山买牛的味道,甚至比股票的风险还大。谁也不能保证你在付出了学费之后一定能考上大学,你只能先期投入。机遇是牵着婚纱的小童,如果你不学习,新娘就永远不会出现在你人生的殿堂。

第二件事是旅游。每个人出生的时候都是蝌蚪,长大了都变作井底之蛙。这不是你的过错,只是你的限制,但你要想法弥补。要了解世界,必须到远方去。旅游是需要花钱的,谁都知道。旅游的好处却不是一眼就能看到的,常常需要日积月累潜移默化地蓄积。有人以为旅游只是照一些相片买一些小小的工艺品,其实不然。旅行让我们的身体感悟到不同的风和水,我们的头脑也在不同风情的滋养下变得机敏和多彩。目光因此老辣,谈吐因此谦逊。

第三件事是锻炼身体。古代的人没有专门锻炼身体的习惯,饥一顿饱一顿全无赘肉。生存的需要逼得他们不停奔跑狩猎,闲暇的时候就装神弄鬼,在岩壁上凿画,在篝火边跳舞,都不是轻体力劳动,积攒不下多余的卡路里。社会进步了,物质丰富了,用不完的热量成了我们挥之不去的负担。于是要人为地在机器上跋涉,在充满氯气的池子里浮沉,在人造的雪花和冰面上打滚,在矫揉造作的水泥峭壁上攀爬……这真是愚蠢的奢侈啊,可我们没有办法,只有不间断地投入金钱,操练贫瘠的肌肉和骨骼,以保持最起码的力量和最基本的敏捷。

有没有省钱的方法呢？其实也是有的。把人生当作课堂,向一切人学习,就省了上学的钱。徒步到远方去,就省了旅游的钱。不用任何健身器械,就在家里踢毽子高抬腿做广播体操……就省了健身的钱。

然而,这也是破费,因为我们付出了时间。

44. 阅读是一种孤独

阅读的感觉难以比拟。

它有些像吃。对于头脑来说,渴望阅读的时刻必定虚怀若谷。假如脑袋装得满满当当,不断溢出香槟酒一样的泡沫,不论这泡沫是泛着金黄的铜彩还是热恋的粉红,都不宜于阅读,尤其是阅读名著。

头脑需嗷嗷待哺,像荒原上觅食的狼。人愈是年轻的时候,愈是贪吃。随着年龄的增长,我们吃得渐渐地少了,但要求渐渐地精了。我们知道了什么于我们有益,什么于我们无补。我们不必像小的时候,总要把整碗面都吃光,才知道碗底下并没有卧着鸡蛋。我们以为是碗欺骗了我们,其实是缺少经验。有许多长寿的人,你问他常吃什么食品,他们回答说:什么都吃,并无特殊的禁忌。但有许多东西他们只尝一口,就能尖锐地判断出成色。我想寿星老儿的胃一定都是很坚强的,只有一个坚强的胃才能养活得了一个聪明的脑。读书也是一样,好的书,是人参燕窝熊掌,人生若不大快朵颐,岂不白在世上潇洒走过一回?坏的书,是腐肉砒霜氰化物,浪费了时间贻误了性命。关于读什么书好的问题,要多听老年人的意见,他们是有经验的水手。也许在航道的选择上有趋于保守的看法,但他们对于风暴的预测绝对准确。名著一般多是经过了许多年代的考验,是被大师们的智慧之磨研磨了无数遭的精品。读的时候,像烈火烹油的满汉全席,为大家享乐。

它有些像睡。我小的时候,当我忧愁,当我病痛,当我莫名其妙烦躁的时候,妈妈总是摸着我的头说,去睡吧,睡一觉也许就好了。睡眠中真的蕴藏着奇妙的物质,起床的时候我们比躺下时信心倍增。阅读是一种精神的按摩,在书页中你嗅得见悲剧的泪痕,摸得着喜剧的笑靥,可以看清智者额头的皱纹,不敢碰撞勇士鲜血淋淋的创口……当合上书的时候,你一下子苍老又顿时年轻。菲薄的纸页和人所共知的文字只是由于排列的不同,就使人的灵魂和它发生共振,为精神增添了新的钙质。当我们读完名著的最后一个字时,仿佛从酣然梦幻中醒来,重又生机盎然。

它有些像搏斗。阅读的时候,我们不断同书的作者争辩。我们极力想寻出破绽,作者则千方百计把读者柔软的思绪纳入他的模具。在这种智力的角斗中,我们往往败下阵来。但思维的力度却在争执中强硬了翅膀。在读名著的时候,我常常在看上一页的时候,揣测下一页的趋势。它们经常同我的想象悬殊甚远。这种时候我会很高兴,知道自己碰上了武林中的高手。大师们的著作像某一流派掌门人的秘籍,记载着绝世的功法。细细研读,琢磨他们的一招一式,会在潜移默化中悟出不可言传的韵律。只是江湖上的口诀多藏深山之密室,各个学科大师们的真迹却是唾手而得。由于它的廉价和平凡,人们常常忽视了它的价值。那是古往今来人类最智慧的大脑留给我们的结晶啊!我一次次在先哲们辉煌的思辨与精湛的匠艺面前顶礼膜拜,我一次次在无与伦比的语言搭配之下惊诧莫名……我战胜自己的怯懦不断地阅读它们,勇敢地从匍匐中站起。我知道大师们在高远的天际微笑着注视着后人,他们虽然灿烂却已经凝固。他们是秒表上固定了的记录,是一根不再升高的横杆。今人虽然暗淡,但我们年轻。作为阅读者,我们还处在生命的不断蜕变之中,蛹里可能飞出美丽的天鹅。在阅读中,我们被征服。我们在较量中蓬勃了自身,迸发出从未有过的力量。

阅读是一种孤独。几个人共看一本书,那只是在极小的时候争抢连环画。它同看电影看录像听音乐会是那样的不同。前者是一块巨大的生日蛋糕可以美味地共享,后者只是孤灯下的一盏清茶,只可独啜,倾听一个遥远的灵魂对你一个人的窃窃私语。它在不同的时间对不同的人说过同样的话,但你此时只感觉它在为你而歌唱。如果你不听,它也不会恼,只会无声地从书页里渗出悲悯的叹息。你啪地合上书,就把一代先哲幽禁在里面。但你忍不住又要打开它,穿越历史的灰尘与它对话。

阅读名著不可以在太快乐的时光。人们在幸福的时候往往读不进书。快乐是一团粉红色的烟雾,易使我们的眼睛近视。名著里很少恭维幸运的话语,它们更多是苦难之蚌分泌的珍珠。

阅读名著也不可在富裕的时刻。阅读其实是思索的体操,富裕的膏脂太多时,脑子转动得就慢了。名著多半是智者饿着肚子时写成的,过饱者是不大读得懂饥饿的文字的。真正的阅读,可以发生在喧嚣的人海,也可以在冷峻的沙漠。可以在灯红酒绿的闹市,也可以在月影婆娑的海岛。无论周围有多少双眼睛,无论分贝达到怎样的嘈杂,真正的阅读注定孤独。那是一颗心灵对另一颗心灵单独的捶击,那是已经成仙的老爷爷特地为你讲的故事。

45. 今世的五百次回眸

佛说，前世的五百次回眸，才换来今生的擦肩而过。顿生气馁，这辈子是没的指望了，和谁路遇和谁接踵，和谁相亲和谁反目，都是命定，挣扎不出。特别想到我今世从医，和无数病患咫尺对视。若干垂危之人，我手经治，每日查房问询，执腕把脉，相互间凝望的频率更是不可胜数，如有来世，将必定与他们相逢，赖不脱躲不掉的。于是这一部分只有作罢，认了就是。但尚余一部分，却留了可以掌握的机缘。一些愿望，如果今生屡屡瞩目，就埋了一个下辈子擦肩而过的伏笔，待到日后便可再接再厉的追索和厮守。

今世，我将用余生五百次眺望高山。我始终认为高山是地球上最无遮掩的奇迹。一个浑圆的球，有不屈的坚硬的骨骼隆起，离太阳更近，离平原更远，它是这颗星球最勇敢最孤独的犄角。它经历了最残酷的折叠，也赢得了最高耸的荣誉。它有诞生也有消亡，它将被飓风抚平，它将被酸雨冲刷，它将把溃败的肌体化作肥沃的土地，它将在柔和的平坦中温习伟大。我不喜欢任何关于征服高山的言论，以为那是人的菲薄和短视。真正的高山不可能被征服的，它只是在某一个瞬间，宽容地接纳了登山者，让你在他头顶歇息片刻，给你一窥真颜的恩赐。如同一只鸟在树梢啼叫，它敢说自己把大树征服了吗？山的存在，让我们永葆谦逊和恭敬的姿态，知道在这个世界上,有一些事物必须仰视。

今生,我将用余生一千次不倦地凝望绿色。我少年戍边,有十年的时间面对的是皑皑冰雪,看到绿色的时间已经比他人少了许多。若是因为这份不属于我选择的怠慢,罚我下辈子少见绿色,岂不冤枉死了?记得在千百个与绿色隔绝的日子之后,我下了喀喇昆仑山,在新疆叶城突然看到辽阔的幽深绿色之后,第一反应竟是悚然,震惊中紧闭了双眼,如同看到密集的闪电。眼神荒疏了忘却了这人间最滋润的色彩,以为是虚妄的梦境。就在那一瞬,我皈依了绿色。这是最美丽的归宿,有了它,生命才得以繁衍和兴旺。常常听到说地球上的绿地到了××年就全部沙化了,那是多么恐怖的期限。为了人类的长盛不衰,我以目光持久地祷告。

今生,我将一万次目不转睛地注视人群。如果有来生,我期望还将成为他们之中的一员,而不是其他的什么动物或是植物。尽管我知道人类有那么多可怕的弱点和缺陷,我还是为这个物种的智慧和勇敢而赞叹。我做过一次人类了,我知道了怎样才能更好地做人。做人是一门长久的功课,当我们刚刚学会了最初的运算,教科书就被合上。卷子才答了一半,抢卷的铃声就响了,岂不遗憾?

把自己喜欢的事一一想来,我还要看海看花,看健美的运动员看睿智的科学家,看慈祥的老人和欢快的少女当然还有无邪的小童,突然就笑了。想我这余生,也不用干其他的事了,每天就在窗前屋后呆呆地看山看树看人群吧,以求个来世的擦肩而过。这样一路地看下去,来世的愿望不知能否得逞,今生的时光可就白白荒废了。于是决定,从此不再东张西望,只心定如水,把握当前。

不为虚缈的擦肩而过,而把余生定格在回眸之中。喜欢山所表达的精神,就游历和瞻仰山的英拔和广博,期望自己也变得如许坚强。喜欢绿色和生命,喜爱人的丰饶和宝贵,就爱惜资源,尊重自己也尊重他人。

46. 病中读书谱

病床是一个独立的区域。那里的居民和平时的我们,发生了不可忽视的变化。

虚弱了。平日能站着或是坐着读书的身体,现在只有横在那儿,像遗在轨道外面的枕木。卧姿读书的最大特点是——随时都可昏昏入睡。这就对书的选择和要求苛刻起来,好像虚弱的脾胃,渴求营养但又要挑柔软好吃的食物。

脾气变坏。严重到不肯姑息和格外暴躁,原先对书中的毛病,凡非尖锐硬伤,比如错别字和无聊的噱头,包括作者的某种虚荣和愚蠢,都可散淡处之。但自身的种种不适,尖锐地降低了对书中不良倾向的容忍标杆。病使我们血气方刚,不再原谅,不再敦厚,不再费厄泼赖。怒火中烧的后果是把一些平日尚可接受的书,永远打入了冷宫。

病增敏感。平日忙碌粗疏,书读得很快,不敢说一目十行,瞟它三四行总是有的。疾患销蚀了灵巧,动作徐缓,仿佛太空人。擎书的艰难和翻页的迟钝,令书上的字迹深深定格脑幕,好像元宵节悬挂过久的灯谜,被人忘了取下。于是所有禁不起推敲的细节和词语,矫饰与虚伪,都在太长的注视下露出破绽。被人愚弄的焦躁,如同酵母般膨胀。幸好敏感的刃是双重的,剥夺的同时也有赠予。令人清醒的情景和美好的人物,因了这份平日疏远的细致,空前地放大了,活泼生猛,给病榻上的我们带来感动和生机。

　　病使耐性衰减。平时很难忍,前一百页书不好看,不精彩,兴趣并无大的顿挫。我们记得好戏还在后面,包子有肉不在褶上等一系列少安毋躁的常识,说服自己绰绰有余。但病魔在摧残体力的同时,顺手牵羊带走了耐心。疾病使人清晰地听到了生命之钟的倒计时,不愿把宝贵的光阴和药物抵御病痛换来的片刻安宁,给予啰唆乏味离题千里的卖弄者。就算他在厚厚的面团中潜藏了些许肉丁,急躁的病人也等不及了,弃它远行。

　　于是病中的阅读,就成了一件比女人挑选时装更啰唆的工程。

　　太紧张激烈的书不读。心脏和神经,在白色帷幕重重包围中,如惊弓之鸟,易受招惹。为了长治久安,还是徐徐图之好。

　　太晦涩的书不读。病中的迟钝,大约有目共睹。四处弥漫的消毒水气息,处心积虑和灰色的理论相克,当你一思索,它就放烟雾。我相信"场"的力量,医院是一个让人弱智的地方。

　　阴暗丑恶的书不读。这种书,平日也不愿读,但读书也像神农尝百草似的,并不能完全以自己的口感定夺,阅读是工作的一部分。病床上,我给自己放个暑假。那些糟糕的又不可不读的书,留着身手矫健意气风发的时辰对付吧。

　　太缠绵悱恻的书不读。臆造的美丽故事,带着人世间的夸张虚幻,惹得病中之人发笑。病使情感识别系统高速旋转,那些琐碎的卿卿我我,铁屑一样令眼球不适。也许是离死亡近了,看爱情就更纯正永恒。大的爱也如大的死一般,是宽广和柔软的,云雾似的包容天地。

　　除了以上这些禁忌,还有格外的技术性挑剔。比如精装书不能读,华美外壳,难以卷折,双臂镂空,不一会儿手酸胳膊麻。开本太大的杂志不能读,侧卧在床,无法长久地保持固定姿势,巨如案板的面积,使掌握稳定的阅读距离变得艰难。太沉重的大部头著作不能读,理由不言自明,概因不是抓举运动员。太肮脏残破的书不乐意读,日日消毒打针滋生出洁癖,觉得旧页上爬满细菌。这后一条纯属心理障碍,但有什么办法呢?人以病为豁免,时有不讲理,健硕的人只好不一般见识。

前一段我有幸获得这种特权,除了被重重管子套牢在监护室的日子,病床上终日以书为伴。这也不喜读,那也不爱看,家人最后烦起来,说这样吧,给你带些童话来吧。

于是,童话来了。它们款款地融进医院森严的白色,在温暖的阳光里蒲公英般降落。轻淡的,柔软的,温和的,善良的。阅读它们,就像赤脚走在埋着金砂的河滩,恬淡地踱着,无意中会捡到一颗钻石。数不清的童话,就像洁白的羽绒,安宁地掩盖着脆弱的灵魂,伴随它平稳地度过玄关。

也许每个人都有自己病中的阅读谱,就像食谱的流食半流食一样,针对自己羸弱了的神经,需要补充和增加。不知道童话是否对他人有益?出院后,朋友教我一招黑鱼炖山药,说是补血补气,一试,果然有效。于是不揣冒昧地将自己病中的读书谱写出来,不敢比黑鱼山药的浓郁,就相当于侉炖鲫鱼瓜子的清汤吧。

47. 从伊甸园带走的礼物

亚当和夏娃从伊甸园离开的时候,带走了两样礼物。这是两样什么东西呢?我考过一些人。有人说,是树叶吧?夏娃既然已经穿在身上了,当然要带着走。有人说,是那个唆使他们吃了智慧树上的果子的坏蛋,为了报仇雪恨。要不然凡世间为什么会有各式各样的毒蛇?还有人说,一定是个苹果核。夏娃既然吃了果子,觉得香甜可口,肯定要把种子偷偷掖在了身上……

正确的答案是:上帝震怒,要把亚当和夏娃赶出伊甸园。亚当俯视了一眼人寰,看到万千磨难险象环生,怕自己和夏娃凄苦煎熬,恳请上帝慈悲,送他们几种消灾免难的法宝。上帝想了一下,说,好吧,就送你们两样东西吧。一个是休息日,另一个是眼泪。于是,亚当和夏娃携带着上帝最后的礼物,从温暖美丽的伊甸园堕入水深火热的人间。

初次听到这个故事的时候,我还年轻。觉得上帝实在小气,休息是自己的,眼泪也是自己的,还用得着您老人家馈赠吗?完全可以自产自销。累了,就躺倒休息;伤心了,就放声哭泣,这有什么难的?如何能算礼物呢?太简陋寒酸了,不如送来更浓的芬芳和更脆甜的瓜果。

年岁渐长,又做了心理医生,从自己的苦恼和他人的困惑中,才悟出休息和眼泪真是无与伦比的宝贝。

休息是什么呢？是山高路远跋涉其间喝茶的闲暇,是无所事事坐看星辰秋风落叶的散淡,是百无聊赖的伸长懒腰和迷迷瞪瞪的困倦,是三无死党鸡零狗碎的游走和闲逛……这指的是懈怠的休息,还有一种更奋不顾身的休息。到高处攀登,到深海潜藏,从苍穹坠落,与猛兽同眠……求的是冷汗涔涔的刺激,收获的是惊世骇俗的风险,甚至搭上了性命也在所不惜。无论休息的外套怎样千变万化,有一个共性永存其中——那就是它真的什么也不创造,除了快乐。它什么都消耗,最主要的是时间和金钱。

再说说眼泪吧。人可以因为各种原因流眼泪,包括大喜过望和义愤填膺的时刻。眼泪是几乎除了大小便,我们能主动排泄的唯一体液了。不信你试试,如果不是火热的劳动和过度的紧张,你想命令自己出汗,并非易事。

眼泪是从最靠近我们大脑的双眼之穴涌流出来的,单单这一点,就让人充满了奇妙和敬畏。眼泪可以把我们恶劣的心境和强烈的情感,溶解在其中,将那些毒素排出,而将圣洁和宁静沉淀下来还给我们。泪水冲刷洗涤着昏暗的双眸,让它们恢复清洁和明亮。它是心灵火山爆发的岩浆,苦涩之水前仆后继的滴落,需要大量新鲜的血液涌流入大脑。脉管喷张血流澎湃,就像黄河水漫灌了苦旱的平川地,于是万物复苏草木葱茏,思考的藤蔓随之萌芽延展。

现代人放弃休息鄙夷眼泪,他们以为这是不值一提的废物,如同办公室里被粉碎了的过期纸渣。将休息从自己的日程表中放逐,其实是一种慢性自杀。号称从来也不流一滴眼泪的硬汉子,说的悲惨点,就是被阉割了情感的怪物。

让我们在该休息的时候,休息。在该流泪的时候,哭泣。这不是上帝送给亚当和夏娃的礼物,而是你自己传给自己的生命秘籍。

48. 像烟灰一样松散

常常觉得射击这个运动挺有意思。在现实生活中极具杀伤力的举动,在运动场上却是很平和的。你可以根本不知道你的对手是谁,也不知道他打了多少环。你只是和你自己作斗争,你要最大范畴地调动你自己的能力,打出你的好成绩。当然,最终的比分要在对比中产生,但你最主要的对手始终是你自己。

有时候想,如果六十发子弹,打出了六百环的世界纪录,那么,这项赛事还要不要继续比试下去?答案可能是——还要。因为除了准确以外,还有快速。

记得我当新兵实弹射击,九发子弹打了八十一环,勉勉强强算个优秀。我第一发子弹就打偏了,是个七环。打完后看到靶纸,那个七环的位置,正好是在人像头部太阳穴附近,我说,哎呀,我这枪法尚可嘛,这一枪打过去,便可以致敌死命,为什么只给七环?连长说,你瞄的是哪里?我说,是胸膛,连长说,你瞄的是胸,却打到了脑门上,给你个七环就不错了。

近年结识了一位警察朋友,好枪法。不单单在射击场上百发百中,更在解救人质的现场,次次百步穿杨。当然了,这个"杨"不是杨树的杨,而是匪徒的代称。我问他从哪里来的这份神功,他答非所问说,我从来不参加我学生的葬礼。我以为他是怕伤感,便自以为是地说,参加自己学生的葬礼,就有白发人送黑发人的凄楚吧。他听了我的猜测,很不屑地说,不是那个意思。你既然当了我的学生,就不应当死在歹徒的枪下。所以,我不参加学生的葬礼,原因有二,一是他们之中至今还一个都不曾死;二是如果他们死了,就不是一个好射手,我不认他做学生。

我笑着说,以我的枪法,肯定就在第一枪的时候就被杨树打死了。于是我向他请教射击的要领。他说,很简单,就是极端的平静。我说这个要领所有打枪的人都知道,可是做不到。他说,记住,你要像烟灰一样松散。只有放松,全部潜在的能量才会释放出来,协同你达到完美。

他的话我似懂非懂,但从此我开始注意以前忽略了的烟灰。烟灰,尤其是那些优质香烟燃烧后的烟灰,非常松散,几乎没有重量和形状,真一个大象无形。它们懒洋洋地趴在那里,好像在冬眠。其实,在烟灰的内部,栖息着高度警觉和机敏的鸟群,任何一阵微风掠过,哪怕只是极清淡的叹息,它们都会不失时机地腾空而起驭风而行。它们的力量来自放松,来自一种飘扬的本能。这些本身没有结构,没有动力,可以说是微不足道的粉末,在某一个瞬间却驾驭能量,飞向远方。

松散的反面是紧张。几乎每个人都有过由于紧张而惨败的经历。比如,考试的时候,全身肌肉僵直,心跳得好像无数个小炸弹在身体的深浅部位依次爆破。手指发抖头冒虚汗,原本记得滚瓜烂熟的知识,改头换面藏起来,原本泾渭分明的答案变得似是而非,泥鳅一样滑走……面试的时候,要么扭扭捏捏不够大方,无法表现自己的真实实力,要么口若悬河躁动不安,拿捏不准问题的实质,只得用不停的述说掩饰自己的紧张,适得其反……嗨,恕我就不一一列举悲惨的例子了,相信每个人都储存了一大堆这类不堪回首的往事。

原因清楚了,就是因为紧张。前段日子看歌手大奖赛的素质考核,有的问题真是很简单,我相信歌手如果不紧张,是一定可以回答出来的,可排解不掉的紧张毁了他。频频听到那位笑容可掬的考官说:你是太紧张了,如果你放松一点,就好了,就可以回答出来了。

谁都知道放松,可又有几个人能够收放自如？于是种种研究放松的方法层出不穷,但越来越多的人依然生活在紧张之中。社会是紧张的,节奏是紧张的,生活是紧张的,对话是紧张的,步伐是紧张的……现代的人们在紧张中已然迷失得太久,忘记了放松是一份怎样的惬意。

放松其实不仅仅是惬意,更是一种智慧高度发达的表现。伟大的弗洛伊德最重要的发现,是找到了我们灵魂的地下室,那就是强大的潜意识。你不仅是在清醒的理智的状态下意识到的那个"你",你更是祖先无数经验的整合,你的肌肉你的神经,你的牙齿你的骨骼,你的感官你的血脉,都有源远流长的记忆和潜能。它们是谦逊和寂寞的,如果你强大的理性君临一切,它们就卑微地匍匐着,喑哑了自己的声音。只有在高度放松的时刻,注意啊,这种放松可不是放任不管,而是一种运筹帷幄的淡定,是一种对自我高度信任的沉静,大智若愚无为而治,你的潜能就秣马厉兵地活跃起来。它们默契地配合着,如同最精准的仪器,迅速地整合模糊混乱的信息,去粗取精去伪存真,风驰电掣地得出一个最佳的组合,然后不由分说地付诸实施。

于是我明白了,我的警察朋友在瞄准杨树的时候,就是处在这样的幽远而辽阔的松弛之中——烟灰一样松散。不久,我给他找了个有异曲同工之妙的伙伴。

德国最近发生了一桩血案。一个十九岁的小伙子,二〇〇一年没能通过毕业考试而留级一年。二〇〇二年二月,因为伪造医生的假条以逃避期末考试,被校方发现,把他开除了。他满腔怒火,一心要报复学校。二〇〇二年四月二十六日上午,他戴着恐怖的面具,一手握着一支手枪,一手拎着连发猎枪,闯进学校,见人就打,主要是瞄准老师,他觉得是他们让他蒙受了羞辱。在二十分钟的疯狂射击中,他的手枪共打出了四十发子弹,将十七人打死,其中有十三名老师。他还有大量的子弹,足够把数百人送进坟墓。这时候,他的历史老师海泽先生走过来,抓住他的衬衣,试图同他说话。这个血洗了母校的学生认出了他的老师,他摘掉了自己的面具。海泽先生叫着他的名字说,罗伯特,扣动你的扳机吧。如果你现在向我射击,那就看着我的眼睛!那个杀人杀红了眼的学生,盯着海泽先生看了一会儿,缓缓地放下了手枪,说,先生,我今天已经足够了。

后来海泽先生把凶手推进了一间教室,猛地关上了门,上了锁。此后不久,凶手在教室里饮弹自杀。

这是另一个有关射击的故事,凶险而血腥。我惊讶那位海泽先生的勇敢,更惊讶他在这种千钧一发之际时说的话。

请看着我的眼睛扣动扳机。海泽先生对自己的眼光,一定有着充分的自信。在手无寸铁的情况下,他使用了自己的眼光。如果是我,可能会躲起来,即使是站出来阻止,也会挥舞着门板或是桌椅之类的掩体……总之,我可能会有一千种方式,但我想不到会说——请你看着我的眼睛。

我猜这是海泽先生常说的一句话。在课堂上,在校园里,在万分危急的时刻,海泽先生不是说教也不是声色俱厉,只是轻轻地说了一句在课堂上常说的话。就是这句话,唤起了凶手残存的最后一丝良知,停止了暴行。海泽先生像烟灰一样松散的话语,让整整一校的无辜师生免了肝脑涂地。

在最危急的时刻,能保持极端的放松,不是一种技术,而是一种修养,是一种长期潜移默化修炼提升的结果。我们常常说,某人胜就胜在心理上,或是说某人败就败在心理上。这其中的差池不是指在理性上,而是这种心灵张弛的韧性上。

没事的时候,看看烟灰吧。它们曾经是火焰,燃烧过沸腾过,但它们此刻很安静了。它们毫不张扬地聚精会神地等待着下一次的乘风而起,携带着全部的能量,抵达阳光能到达的任何地方。

放松不仅仅是生活的常态,更是物种进化的链条。人们啊,需要常常提醒自己,像烟灰一样放松。放松不是无所事事,不是听天由命,不是随波逐流。放松是一种高度的自信,放松是一种磨炼之后的整合,放松是举重若轻玉树临风。当你放松的时候,你所有的岁月和经验,你所有的勇气和智慧,便都秣马厉兵集合于你内心,情绪就会安然从容,勇气就会源源不断。你不一定能胜利,但你能竭尽全力去参与过程。

49. 每只小狗都有一个目标

有一对夫妇有两个孩子,一个叫莎拉,一个叫克里斯蒂。当孩子还小的时候,父母决定为他们养一只小狗。小狗抱回来以后,他们想请一位朋友帮忙训练这只小狗。他们搂着小狗来到朋友家,安然坐下,在第一次训练前,女驯狗师问:"小狗的目标是什么?"夫妻俩面面相觑,很是意外,他们实在想不出狗还有什么另外的目标,嘟囔着说:"一只小狗的目标?那当然就是当一只狗了。"女驯狗师极为严肃地摇了摇头说:"每只小狗都得有一个目标。"

夫妇俩商量之后,为小狗确立了一个目标——白天和孩子们一道玩,夜里要能看家。后来,小狗被成功地训练成了孩子的好朋友和家中财产的守护神。

这对夫妇就是美国的前任副总统阿尔·戈尔和他的妻子迪帕。他们牢牢地记住了这句话——做一只狗要有目标。推而广之,做一个人也要有目标。

在现实生活中,却有太多太多的人,没有目标。其实寻找目标并不是一件太难的事,关键是你要知道天下有这样一件唯此唯大的事,然后尽早来做。正是你自己需要一个目标,而不是你的父母或是你的老师或是你的上级需要它。它的存在,和别人的关系都没有和你的关系那样密切。也就是说,它将是你最亲爱的伙伴,其血肉相连的程度,绝对超过了你和你的父母,你和你的妻子儿女,你和你的同伴和领导的关系。你可能丧失了所有的财产和所有的亲人,但只要你的目标还在,你就还有一个完整的系统存在,你就并不孤独和无望。

我们常常把别人的期待当成了自己的目标,在孩童的时候,这几乎是顺理成章的事情。但是,你会渐渐地长大,无论别人的期望是怎样的美好,它也不属于你。除非有一天,你成功地在自己的心底移植了这个期望,这个期望生根发芽,长成了你的目标。那时,尽管所有的枝叶都和原本的母本一脉相承,但其实它已面目全非,它的灵魂完完全全只属于你,它被你的血脉所濡养。

我们常常把世俗的流转当成自己的目标。这一阵子崇尚钱,你就把挣钱当成了自己的目标。殊不知钱只是手段而非目标,有了钱之后,事情远远没有结束。把钱当成目标,就是把叶子当成了根。目标是终极的代名词,它悬挂在人生的瀚海之中,你向它航行,却永远不会抵达。你的快乐就在这跋涉的过程中流淌,而并非把目标攫为己有。从这个意义上说,钱不具备终极目标的资格。过一阵子流行美丽,你就把制造美丽保存美丽当成了目标。殊不知美丽的标准有所不同,美丽是可以变化的,目标却是相当恒定的。美丽之后你还要做什么?美丽会褪色,目标却永远鲜艳。

有人把快乐和幸福当成了终极目标,这也值得推敲。快乐并不只是单纯的快感,类乎饮食和繁殖的本能。科学家们通过研究,发现最长远最持久的快乐,来自于你的自我价值的体现。而毫无疑问,自我价值是从属于你的目标感,一个连目标都没有的人,何谈价值呢!

一棵树的目标也许是雕成大厦的栋梁,也许是撑一把绿伞送人阴凉,也许是化作无数张白纸传递知识,也许是制成一次性筷子让人大快朵颐……还有数不清的可能性,我们不是树,我们不可能穷尽也不可能明白树的心思。我们是人,我们可以为自己确立一个目标,这是做人的本分之一。

50. 变化的哀伤

变化无穷。从蛹到蝶,从蚕到蛾,从矿石到金属,从少年到成人。从一个地方到另一个地方,从一个行业到另一个行业。从目不识丁到学富五车,从一个人到两个人到三个人以至更多,从卑微到高尚到倾国倾城青史留名。从乡村到城市,从神州到世界……

变化是一个过程,其间充满危险。小时逮过知了的幼虫,就是民间俗称的"马猴",黑褐板结的外壳,锋利的脚爪,佝偻着,苍老丑陋。傍晚,我把它扣在盆子里,清晨打开,看到一只晶莹剔透的蝉,绉纱般的羽翼正由鹅绿飘向清咖啡色,一旁抛着它僵硬的袈裟。我很想看到蝉从壳中钻出的一刹那,第二日,克制着困倦,以一个少年最大的忍耐,在半夜三点的时候,猛地打开了陶盆。蝉正艰难地蜕变着,挣扎着,脊背开裂,折叠的翅膀如同尚未发好的豆芽,湿淋淋蜷曲着。我动了恻隐之心,用手指撕开蝉的外壳,帮助它快些娩出……之后我心满意足地去睡觉了。早上当我以为能看到一名不知疲倦的流行歌手时,迎接我的是枯萎的尸体。

变化是一个过程。哪怕它曾是我们久久的渴望,都携带着深深的哀伤。因为我们旧有的熟悉的一部分,在变化中无可挽回地丢失了,遗下点点血迹,如同我们亲手截断了自己的一臂。我们只有用留下的那只温热的手,执着渐渐冷却的手,为它送行。一个稚嫩的我们不熟悉的新肩膀,正艰难地植入我们的躯体。伤口在出血,磨合很苦涩,但生机勃勃的变化就在这寂静和摩擦中不可扼制地绽放了。

我们在变化中成长。如果你拒绝了变化,你就拒绝了新的美丽和新的机遇。变化使我们成熟。但它首先使我们痛苦。人生中最重要的变化,一定伴随着大的焦灼和忧虑,甚至可以说,如果没有蚀骨销魂的痛,变化就不够清醒和完整。

痛苦是变化装扮的鬼脸——一个无所不在的先锋。

51. 最单纯的生活必需品

迪斯尼版的《森林王子》,描写一个人类婴孩,偶入大森林,被野狼阿力一家收养,在大熊巴鲁、黑豹巴希拉等动物的呵护与培养下,成为友善、勇敢、智慧、快乐的少年。描绘了一幅人与动物在大自然的怀抱中,和谐相处的图画。

片中各种动物的造型和举止,颇符合物种个性的特征,险而不惊。特别是蟒蛇与巴克利的斗智斗勇,美妙的搏斗场面,既让人想起蛇那溜光水滑阴险狡诈的秉性,被它的盘旋晕得眼花缭乱,又让人在紧张中怡情,充满了机警的悬念。大熊巴鲁为了拯救巴克利,与森林王老虎谢利展开了殊死搏斗,以致昏倒在地。黑豹巴希拉误以为它已阵亡,心情激动地致了一段感人肺腑的悼词。大熊巴鲁慢慢苏醒后躺在地上,一动不动地倾听着,在庄严肃穆中,引出人们啼笑皆非的泪水。

巴鲁苏醒之后,开始教导人类的孩子巴克利,如何在大自然中生活。那只载歌载舞的憨厚大熊,反复吟唱着一句话——"让我们,得到,最单纯的生活必需品……"

真是令人拍案叫绝的真理——最单纯的生活必需品——由一只熊告诉我们。

人想活着,就必然有一些必不可少的物件陪伴左右。几年前,我见到一个乡下孩子和一个城里孩子在做游戏。一张卡片,正面写着问题,背面写着答案。双方看着问题回答,对与不对,以卡片为准。那题目是——生命存活的三大基本要素是什么?

城里的孩子说,这还不简单吗,就是脂肪、蛋白质和碳水化合物呗!

乡下的孩子说,啥叫脂肪?不就是猪大油吗?人没有猪油那些荤腥吃,能活。蛋白质是啥?不就是鸡蛋吗?人吃不上鸡蛋也可以活的。碳水化合物是啥东西,俺不知道。俺只知道人要活着,最要紧的是要有水、火柴和粮食!

那张硬硬的精美卡片后面的答案,判定城市孩子的回答正确。但说心里话,我更认为乡下孩子的答案率真和智慧。

纵观人类的历史,我们的生活必需品的名录,就像银行信用卡恶意透支的黑名单,是越来越长了。一千年前,假如我们外出,真如那个乡下孩子所讲,只需带上水和干粮,再携一把火镰,就可走遍天下。现在呢,要有旅游鞋休闲装,盆碗帐篷净水器,驱蚊油防晒霜,卫星电视电话机……

这应该算是进步吧?只是大自然不堪重负了。养育一个现代人的物资,足够当初养活一百个一千个原始人。

大熊的箴言里,还有一个含义——单纯。单纯是一种很真实、很透明的东西,我们已经在进化中将它忽略和玷污。比如水吧,人体的细胞所需要的,是纯净的自然之水,而绝不是啤酒、可口可乐和掺了色素的某种浑浊液体。人们先是把水弄得很复杂,然后再把脏水过滤。当人饮着这种再生的清水时,沾沾自喜,以为是文明的进步,其实比古代人的饮水质量,还差着档次。

再如空气,人的肺所需要的,是凛冽的清新的山谷森林之风,而绝不是被汽车吞吐了千百次的工业废气。人们聚集在城市里,在空气中混淆进数不清的杂质,然后摇摇头说,这样的地方,太不利于健康了。于是就开着汽车,满世界地找青山绿水的地方,心安理得地住下来,把新的污染带给那里。

人们本来应该简洁明确地表白自己的内心,这样会避免多少误会,节约多少人生,增进多少了解,加快多少速度啊!但是,不。人们变得虚伪客套声东击西云山雾罩,并尊称这些技术技巧为礼仪和外交,让世界变得遮遮盖盖又诡谲莫测。于是无数人在这面无法超越的黑斗篷前终生猜谜,并以此形成许多新的职业和窥探的癖好。

也许我们可以对自己精神和物质生活中所需物品的庞大分子分母,来一个约分。本着单纯和必需的原则,把太繁多的精简,把太复杂的摒弃。必需的东西越少,我们的脚步就越轻捷。佛家有一句话,叫"无挂碍物者无恐怖",不妨借用来,少需要物者少烦恼。因为必需少,所以受限轻。人就获得了更快的行走,更高的飞翔。

单纯这件事,说起来简单,做起来不容易。因为世界上有许许多多的杂质,无时无刻不在腐蚀着单纯。人们往往以为单纯只存在于童贞,如果你在晚年还保有单纯,如果不是太傻,就是天赐的一种好运气,保佑你未曾遭遇污浊侵袭,所以依旧清澈。其实,最有力量的单纯,是历练过复杂之后的九九归一,以不变应万变,自身有过滤化解和中和澄清的功能。任你血雨腥风,我自静若处子。心永远清清的,呼吸永远是轻轻的……

52. 第二志愿

人们常常把所有的注意力,都集中在第一志愿。这些年,随着考试严酷性的不断升级,关于填报志愿的说法,也越来越霸道了——那就是,全力以赴关注你的第一志愿。某些大学的录取人员公开宣布,我们是不会录取第二志愿的学生的。因为你的热爱不够专一,录来也学不好的。

高考形势特殊,僧多粥少,对于学校的取舍,旁人不好议论是非。但我以为,如果把高考报志愿的经验推而广之,把第一志愿至上,扩散成人生选择的一大信条,就有商榷的必要了。

人生的选择绝少是唯一的。

听一位美国心理学家讲座,谈到男女青年挑选恋爱对象时,他说,如果你在读大学的时候,一眼扫去,本班级上的异性,有三分之一以上可以成为你的配偶候选人,那么……

讲到这里,说是悬念也好,说是征询民意也好,他成心留出一个长长的停顿,用苍蓝色的眼珠扫视全场。台下发出汹涌的低语声,均说:"那他就是一个神经病!"

异国的心理学家抖抖肩膀说:"喏!那他或她,就是一个心理健康的人。"

这观点有点好玩,也有点耸人听闻,是不是?当然,他指的寻找伴侣,是在大学校园内,智商和背景有大的相仿,并不能波及整个社会,说某个男人觉得与世上三分之一的女人都可成眷属,才属正常。

但这一论点也可以说明,既然结为夫妻这样严重的问题,都不妨有一手或是几手打算,那么,在其他场合的选择,当有更大的弹性。

当孤注一掷地把自己的命运押在某个"唯一"头上的时候,我们实际上处于自我封闭和焦灼无序的状态,内心流淌的是自卑和虚弱。以为只有这狭窄的途径,才是抵达目的地的独木桥,无法设想在另外的情况下,还有道路尚可通行。某些人的信念虽执着但脆弱,难以容忍自己的不成功。由于太惧怕失败的阴影,拒绝想象除胜利以外,事态还同时存有一千种以上暗淡的可能。他们能够采取的自卫措施,就是放下眼帘。以为只要不去想,不良的结果就可能像鬼魅,只能在暗夜中游走,不会真的在太阳下现身。

于是每当选择的关头,我们可以看到那么多鸵鸟似的奋不顾身,色厉内荏地跑跳着。到了没有退路的时候,就把小小的脑袋埋入沙荒。他们并不仅仅骗别人,首先的和更重要的,是用这种虚张的气势,为自己打气加力。他们拒不考虑第二志愿,觉着给自己留了退路,就是懦夫和逃兵。甚至以为那是一个不祥的兆头,好像夜啼的猫头鹰,早早赶走方平安。他们竭力不去前瞻那潜伏着的败笔和危险,好像不带粮草就杀入沙漠的孤军。即使为了应付局面多做准备,也是马马虎虎潦潦草草,虚与委蛇地写下第二、第三志愿……不走脑子,秋水无痕。不敢一针见血地问自己,假若第一志愿失守,能否依旧从容微笑?

可惜世上的事情,不如愿者十之八九。当冰冷的结局出现时,很多人就像遇到雪崩的攀援者,一落千丈。

此刻,你以前不经意间随手填写的第二志愿,就像保险绳一样,在你下坠的过程中,有力地拽住了你,还你一方风景。

惊魂未定的你,此时心中百感交集。被第一志愿抛弃的巨大失落,使百骸俱软,无暇顾及和珍视第二志愿的援手。你垂头丧气地望着崖下,第一志愿的游魂还在碎石中闪着虚光。有人恨不能纵身一跳,以七尺之躯殉了那未竟的理想。即便被亲人和世俗的利害,劝得暂且委曲求全,那心中的苦郁悲凉,也经久不散。

第二志愿如同灰姑娘,龟缩在角落里,打扫尘埃,收拾残局,等待那不知何日才能莅临的金马车。

其实人的才能是多方面的,守节般的效忠第一志愿,愚蠢不说,更是浪费。候鸟是在不断的迁徙当中,寻找自己的最佳栖息地,并在长途艰苦的跋涉中,锻炼了羽翼。在屋檐下盘旋的鸟,除了麻雀,还能想起谁?

寻找第二志愿的过程,实质上是对自己的一次再发现。除了那最突出最显著的特点之外,我还有什么优长之处?第一志愿和第二志愿之间,可否像两位相得益彰的前锋,交互支援?我还有哪些潜藏着的特质,有待发掘和培养?平日疏忽的爱好,也许可在失落中渐渐显影?

第二志愿的考虑和填写,也许比第一志愿更取舍艰难。惟妙惟肖地预想失败,直面败后的残局和补救的措施,绝非乐事,但却必需。尝试着在出征前就布置退却和迂回的路线,并在这种惨淡经营的设计当中,规划自己再一次崛起的蓝图,是一种经验,更是勇气。

也许是因为害怕面对这种挫折的演习,有人惊鸿一瞥般地拟下第二志愿,并不曾经历大脑深远的思考。他们以为这是勇往直前背水一战的魄力,殊不知暴露的只是自己乏于坚韧和气血两虚。

不可搪塞第二志愿。它依旧是人生重要的选择,是你面对逆境的备份文件。它是进可以攻退可以守的支撑点,它是无惧无悔的屏障，它是一个终结和起跑的双重底线。

或许有人以为，有了第二志愿第三志愿……人就易颓败，多疏乐。这是一个谬论。亡命之徒不可取，它使人铤而走险，一旦失利，便是绝望与死寂。不妨想想杂技演员。有了保险绳的时候，他们的表演会无后顾之忧，更精妙绝伦。

在填写第一志愿的时候，把其后的每一份志愿也都认真地考虑，这是人生不屈不挠的法门之一。

53. 悄声

中国人在公共场合讲话的大嗓门,几乎和随地吐痰一样,成了国际上对我华族的诟病。舆论一边倒,好像都是文明教养的问题,其实有些不公平。我在美国,听到一位对语言学颇有心得的女士说,外文的单词,口唇的运动是连续而轻微的,所以很适宜细语,大家就可明白。但汉语的构成,是以字为单位,各"字"为战,每个字都有特定的意思,一个个拉着手往外蹦,各司其职,马虎不得。单兵作战,每个都要咬得清清亮亮,其中的失态和语气,非得音调高低起承转合地相配,所以操汉语的人,讲话的声音就不由自主地要大。这对于不同的语言来说,只是表达方式的不同,并无高下贵贱之分。如果把音调的差异,人为地打上"高雅"、"低俗"的戳记,其实既不科学也不公平。

我佩服这种见解,考虑到我们的国情,不必跟在外人身后一个劲儿瞎起哄,好像只要说话的声音大了点儿,就是类人猿的亲戚了。这更多是一个语言发音的技术问题,而不是文明进化和教养的问题。抓住不放,就有文化沙文主义之嫌。

还是要提倡在公共场合的悄声。尤其是手机这种东西的普及,也让语言噪声大大地普及了。一次我在地铁上,近旁一位小伙子大概和女朋友吵架了,先是不可一世地狂哮,然后是奴颜婢膝地讨饶。可怜了一车厢乘客,都被迫成了一幕蹩脚广播剧的听众。车厢里特热特挤,加之凶暴斥责和谄媚求情的噪声,让众人生理心理备受煎熬。

手机响了,通常是要接的,这是礼貌也是配备手机的用意所在。但在公众场合,就要有所节制。我怕在公共场合听到老板对下属的指令那种威严,让近旁的人也不由得打个冷战;也怕听到下属对上级的那种略带阿谀的服从,觉得有损人的平等和尊严。我不喜欢听嗲声嗲气的撒娇,觉得这属专有隐私,你有保护的义务,我也有不受骚扰的权利;我更不喜欢大声喧哗颐指气使,总觉得有虚张声势的炫耀和色厉内荏的浮躁。当然了,我也能充分理解回话人特殊的处境和语境,比如姑娘小伙正在热恋,一语不和就要分手,那刻不容缓地挽救,也属十万火急。上司的命令,当然要马首是瞻,不然好不容易找到的工作就可能被炒。凡此种种,有情可原。在我等外人看来是过分的语调,也许正是一种必须。这可怎么办?公共的礼仪需要照顾,但个人的需求也应满足。

首先想到手机要进一步提高质量,让任何微小的语音变化都可以清晰地传达,考虑到汉语传音的特色,要有更利于悄声说话的工具,才能减低分贝,共享空间的宁静。再者很希望手机有一个新的设置,当铃声骤然响起时,如果是在不宜答复或是长话需短说的公共场合,受话方只需轻轻一点,就能自动发出讯号,让对方得知此间还有无干人员,难以用惯常的身份口吻回话。公众的利益大于个人的利益,受话人的声音需符合公共规范,请发话人给予理解和体谅。

悄悄地说,希望能成为一种约定俗成。从此,我们更清静更从容。

54. 你站在金字塔的第几层

美国心理学家马斯洛有一段名言："如果你有意地避重就轻，去做比你尽力所能做到的更小的事情，那么我警告你，在你今后的日子里，你将是很不幸的。因为你总是要逃避那些和你的能力相联系的各种机会和可能性。"每逢读到，我总是心怀战栗的感动。

一个人就像是一粒种子，天生就有发芽的欲望。只要是一颗健康的种子，哪怕是在地下埋藏千年，哪怕是到太空遨游过一圈，哪怕被冰雪封盖，哪怕经过了鸟禽消化液的浸泡，哪怕被风剑霜刀连续宰杀，只要那宝贵的胚芽还在，一到时机成熟，它就会在阳光下探出头来，绽开勃勃的生机。

现代心理学有很多精彩的论证，这些论证不能像实证的物理化学，拿出若干铁一般的证据，心理学的很多假说，建立在对人的行为的推断和研究之上，被千千万万的人所证实。

马斯洛先生所创建的人的基本需要的"金字塔"理论，就是这样一个伟大的学说。它研究了很多人行为和动机，特别是那些自我实现程度很高的人，之后得出了一个结论。简言之，就是在我们人类的精神内核中，存在着一个内在需要的金字塔，分成了五个台阶。

在第一个台阶上，是我们的温饱需要——最基本的生存之道。

饥肠辘辘,你今晚吃什么饭?是人的第一考虑。寒冬腊月的,你今夜睡在哪里?是火车站的长凳还是马路上的水泥管?这都是头等大事。当这个需要满足之后,紧接着就是安全的需要了。你有了吃有了住,你今天的生命是有了保障了,可是如果你被其他的人或是动物或是自然界的恶劣条件所侵犯,你远期的生命就陷在水深火热之中了。因此,一旦温饱不成问题之后,人马上就考虑安全系数。这一点,如果你不相信,尽可以放眼看去。马上能看到富人区森严的保安和世上风行的形形色色的自卫器械。当你从一个熟识的环境换到一个新环境,那不安和紧张,与陌生人交谈时的畏葸和不自在……都从另一个方面证实了安全对人的重要性。

现在我们已经到了金字塔的第三阶梯。在这个阶梯上大大地写着"爱"。这不仅是男女之爱,亲子之爱,手足之爱……这些源于血缘和繁衍的爱意,还有同伴之爱、集体之爱、祖国之爱、民族之爱、文化之爱……总之,这里所提到的"爱",有着宽泛的含义,但它是那样不可或缺,是人类精神活动的高级需要。我们常常说,一个不懂得爱的人,是灰暗和孤独的。就是说人的精神需要如果不能完成这种超越和提升,就是包含瑕疵的半成品。

爱之高处,就是尊严感了。人是一种特殊的动物,人是有尊严感的。一条虫子可以没有尊严,一株树木可以没有尊严,但是一个人,不是这样,如果丧失了尊严感,那就不是一个完整的人了。中国的古话里有"不吃嗟来之食",有"士可杀,不可辱",有"君子一言,驷马难追"等等,讲的都是尊严的问题。

在金字塔的最高点,屹立着自我价值的体现和追求。什么是自我价值的最高体现——那就是充满了创造性的劳动。我以为劳动是有高下之分的,不是指在价值层面上,而是指在带给人的由衷喜悦程度上。你可以想象并同意一个科学家,在得不到任何报酬的情形下,不倦地研究某一个与现实相隔十万八千里的学术问题,比如"哥德巴赫猜想",为自己换不到一块窝头,但毫无疑问陈景润乐在其中。你基本上不能同意一位老农在得知三年没人收购麦子的情况下,除了自己够吃之外还会不辞劳苦地广撒麦种。在前者,创造性的劳动里面蕴含着强大的挑战和快乐,在后者,则充斥着重复性劳动的艰辛和疲惫。

人类精神需要的金字塔,在某种意义上讲,是一种铁律,几乎不可逃避。

当然,我们不能想象一个人在自己的温饱都得不到保障的时候,能够像斯蒂芬·霍金那样去研究宇宙大爆炸这样的问题。这也就是鲁迅先生所说的:年轻人,一是要生存,二是要发展。有一个顺序,有孰先孰后的问题。在解决了温饱和安全这些最基本的生存需要之后,你必定要不满足,你必定要有新的追求。人类精神发育的法则你是绕不过去的。你吃得饱了,你睡得暖了,你有大房子了,你安居乐业了,你就有安全的保障了。可是,我敢说,你的心底最深邃的地方,有火焰一样的躁动,如果无法满足它,你就没有恒久的快乐。

让我们回到本文开端所引用的马斯洛的那段话。你以为你逃避了风险,你以为你躲避了责任,你以为你成功地掩饰了自己的才华,你以为你心甘情愿地收敛包裹自己,你就可以在人们的艳羡之中,安安稳稳地过此一生了吗?我相信你可以用奢华的装备和风流倜傥的举止,成功地欺骗几乎所有的人,包括和你至亲至爱之人,但是,每每月朗星稀之时,你永远欺骗不了的一个人,就会在你独处的时候,顽强地站在你的面前,拷问你、鞭挞你、谴责你、纠正你……这个人不是别人,正是你自己!由于每一个人都是那样的与众不同,由于你所具有的内在生命力一直在熊熊燃烧,所以,当你完成了自己人生的台阶之后,你就要向上攀登。你只有在这种不倦的探索中,才能丰富自己的人生,才能得到生命的欢愉,才感到自己内在的充实和价值。

人是追求创造性快乐的动物,如同飞越大洋的候鸟的脑内罗盘,掌握着我们的一系列选择和决定。你一生将成为怎样的人?在你的价值体系里,是怎样的顺序?这些看起来很浩大很空茫的标准,实际上很细致地决定着我们的工作学习生活的各个层面。

记得我在北大讲演的时候,递上来一个纸条,上面写着:"我智商很高,从小到大一直是班干部,考上北大更证明了我的实力。只要我愿意,继续读硕士和博士都不成问题。你说我选择金钱作为我一生奋斗的大目标,你看怎样?"

我把这个纸条念了。我说我很感谢这位同学对我的信任,我说人生的价值是多元的,以金钱为自己终生的奋斗目标,也大有人在。但我以为,金钱只是手段,在它之后,还有更为深层的目标在导引着你。如果你唯钱是图,那么,你的周围将没有真正的朋友。因为古往今来,已经无数次地证明了,在金钱的旗帜下,会聚拢来很多无耻小人。同时,你很可能得不到真正的爱情。因为爱情可以被金钱所出卖,却不可被金钱所购买。那个爱上你的人,有可能不是爱你本人,而是爱上了你的信用卡。如果你把金钱当成了证明你的自我价值的工具,我要说,除了单一和狭隘,还有一种盲从。你用世俗的标准代替了内在的准星。

我翻阅了几期《华融之声》,看到华融人的志气和理想。谈到从工商行调到华融来的理由,最主要的是期望自己的能力得到更好的发展。我觉得这是很好的理由,是内心和外在的统一,是朝着自我实现路上的迈进。当然了,自我实现的路,绝不会是一帆风顺的。我们常常会遭遇到挫折和失败。但人生的价值并不在于永远是胜利和成功,而在于这个过程当中,我们得到了独一无二的属于自己的体验。

在生存之道解决之后,在工作中得到乐趣,就是一个极好的选择。要知道，我们每个人，一生用于工作中的时间，大于七万个小时。可不要小瞧了这七万个小时，如果你是在快乐和创造中，你是在自我寻找价值的挑战中，你的人生就会过得很充实。如果你只是为了更多的钱，更宽敞的房子，更多的应酬和名声上的虚荣，你将在七万个小时甚至更多的时间里，委屈着自己，扼杀着自己，毁灭着自己的自由。

我在美国印第安人的保留地，遇到一位印第安族的心理学家。她说，在我们古老的印第安人那里，有一个风俗，即使是自己的温饱没有解决，我们也会用自己的食物拯救他人。因为，对我们来说，帮助别人是精神的传统。

她说，我并不是要挑战马斯洛，我只是说，精神有时比肉体更重要。这是那位印第安族心理学家最后留给我的话。

55. 教养的证据

教养是个高频词。时下，如果说某人没教养，就是大批评大贬义了。如果说一个女人没教养，简直就如同说她是三陪小姐了。

什么叫教养呢？辞典上说是"文化和品德的修养"，但我更愿意理解为"因教育而养成的优良品质和习惯"。

一个人可以受过教育，但他依然是没有教养的。就像一个人可以不停地吃东西，但他的肠胃不吸收，竹篮打水一场空，还是骨瘦如柴。不过这话似乎不能反过来说——一个人没有受过系统的教育，他却能够很有教养。

教养不是天生的。一个小孩子如果没有人教给他良好的习惯和有关的知识，他必定是愚昧和粗浅的。当然，这个"教"是广义的，除了指入学经师，也包括家长的言传身教和环境的耳濡目染。

教养和财富一样，是需要证据的。你说你有钱不成，得拿出一个资产证明。教养的证据不是你读过多少书，家庭背景如何显赫，也不是你通晓多少礼节规范，能够熟练使用刀叉会穿晚礼服……这些仅仅是一些表面的气泡，最关键的证据可能有如下若干。

热爱大自然。把它列为有教养的证据之首，是因为一个不懂得敬畏大自然，不知道人类渺小的人，必是井底之蛙，与教养谬之千里。这也许怪不得他，因为如果不经教育，一个人是很难自发地懂得宇宙之大和人类的微薄的。没有相应的自然科学知识,人除了显得蒙昧和狭隘以外,注定也是盲目傲慢的。之所以从小就教育孩子要爱护花草,正是这种伟大感悟的最基本的训练。若是看到一个成人野蛮地攀折林木,通常人们就会毫不迟疑地评判道——这个人太没有教养了。可见教养和绿色是紧密地联系在一起的。懂得与自然协调地相处,懂得爱护无言的植物的人,推而广之,他多半也可能会爱惜更多的动物,爱护自己的同类。

一个有教养的人,应该能够自如地运用公共的语言,表达自己的内心和同他人交流,并能妥帖地付诸文字。我所说的公共语言,是指大家——从普通民众到知识分子都能理解的清洁和明亮的语言,而不是某种狭窄的土语俚语或者某特定情境下的专业语言。这个要求并非画蛇添足,在这个千帆竞发的时代,太多的人,只会说他那个行业的内部语言,只会说机器仪器能听懂的语言,却不懂得和人亲密地交流。这不是一个批评,而是一个事实。和人的交流的掌握,特别是和陌生人的沟通,通常不是自发产生的,是要通过学习和练习来获得的。一个没有受过教育的人,他所掌握的词汇是有限和贫乏的,除了描绘自己的生理感受,比如饿了、渴了、睡觉以及生殖的欲望之外,他们对于自己的内心感知甚为模糊,因为那些描述内心感受的词汇,通常是抽象和长于比兴的。不通过学习,难以明确恰当地将它表达出来。那些虽然拥有一技之长,但无法精彩地运用公共语言这种神圣的媒介,来沟通和解读自我心灵的人,难以算是一个有教养的人。技术是用来谋生的,而仅仅具有谋生的本领是不够的,就像豺狼也会自发地猎取食物一样,那是近乎无需教育也可掌握的本能。而人,毫无疑问地应比豺狼更高一筹。

一个有教养的人,对历史有恰如其分的了解,知道生而为人,我们走过了怎样曲折的道路。当然,教养并不能使每个人都像历史学家那样博古通今,但是教养却能使一个有思考爱好的人,知晓我们是从哪里来,要到哪里去。教养通过历史,使我们不单活在此时此刻,也活在从前和以后,如同生活在一条奔腾的大河里,知道泉眼和海洋的方向。

一个有教养的人,除了眼前的事物和得失以外,他还会不由自主地想到他远大的目标。教养把人的注意力拓展了,变得宏大和光明。每一个个体都有沉没在黑暗峡谷的时刻,当你跋涉和攀援时,虽然伤痕累累,因为你具有的教养,确知时间是流动的,明了暂时与永久。相信在遥远的地方,定有峡谷的出口,那里有瀑布在轰鸣。

一个有教养的人,特别是女人,对自己的身体,有着亲切的了解和珍惜之情。知道它们各自独有的清晰的名称,明了它们是精致和洁净的,身体的每一部分都有着不可替代的功能,并无高低贵贱的区别。他知道自己的快乐和满足,有很大的一部分是建筑在这些功能灵敏的感知上和健全的完整上的。他也毫无疑义地知道,他的大脑是他的身体的主宰。他不会任由他的器官牵制他的所作所为,他是清醒和有驾驭力的。他在尊重自己身体的同时,也尊重他人的身体。在尊重自我的权利的同时,也尊重他人的权利。在驰骋自我意志的骏马时,也精心维护着他人的茵茵草地。

一个有教养的人,对人类种种优秀的品质,比如忠诚、勇敢、信任、勤勉、互助、舍己救人、临危不惧、吃苦耐劳、坚贞不屈……充满敬重敬畏敬仰之心。不一定每一个人都能够身体力行,但他们懂得爱戴和歌颂。人不是不可以怯懦和懒惰,但他不能把这些陋习伪装成高风亮节,不能由于自己做不到高尚,就诋毁所有做到了这些的人是伪善。你可以跪在泥里,但你不可以把污泥抹上整个世界的胸膛,并因此煞有介事地说到处都是污垢。

有教养的人知道害怕。知道害怕是件有意义有价值的事情。

它表示明了自己的限制,知道世上有一些不可逾越的界限。知道世界上有阳光,阳光下有正义的惩罚。由于害怕正义的惩罚,因而约束自我,是意志力坚强的一种体现。

有教养的人知道仰视高山和宇宙,知道仰视那些伟大的发现和人格,知道对于自己无法企及的高度表达尊重,而不是糊涂地闭上眼睛或是居心叵测地嘲讽。

教养是不可一蹴而就的。教养是细水长流的。教养是可以遗失也可以捡拾起来的。教养也具有某种坚定的流传和既定的轨道性。教养是一些习惯的总和,在某种程度上,教养不是活在我们的皮肤上,而是繁衍在我们的骨髓里。教养和遗传几乎是不相关的,是后天和社会的产物。教养必须要有酵母,在潜移默化和条件反射的共同烘烤下,假以足够的时日,才能自然而然地散发出香气。教养是衡量一个民族整体素质的一张 X 片子。脸面上可以依靠化妆繁花似锦,但只有内在的健硕,才经得起冲刷和考验,才是力量的象征。

56. 婴孩有不出生的权利

假如我是一个婴儿,我有不出生的权利。世界,你可曾听到我在羊水中的呐喊?

如果我的父母还未成年,我不出生。你们自己还只是一个孩子,幼嫩的双肩怎么可能负载另一个生命的重量?你们不可为了自己幼稚而冲动的短暂欢愉,而将我不负责任地坠入仍未做好准备的人间。

如果我的父母只是萍水相逢,并非期待结成一个牢固的联盟,我不出生。你们的事请你们自己协商解决,纵使万般无奈,苦果也要自己嚼咽。任何以为我的出生会让矛盾化解、关系重铸的幻象,都会让局面更加紊乱。请不要把我当成一个肉质的筹码,要挟另一方进入婚姻。

如果我的父母是为了权利和金钱走到一起,请不要让我出生。当权利像海水一样退去,你们可以驾船远去,只有我孤零零地留在狰狞的礁石上飘零。对于这样的命运,我未出生已噤若寒蝉。当金钱因为种种原因不再闪光,你们可以回归贫困,但我需要最基本的生活条件。如果你们无法用自己的双手来保障我的生长,请不要让我出生。

假如我的父母结合没有法律的保障,我不出生。我并不是特地地看重那张纸,但连一张纸都不肯交给我的父母,你们叫我如何信任?也许你们有无数的理由,也许你们觉得这是时髦和流行,但我因为幼小和无助,只固执地遵循一个古老信条——如果你爱我,请给我一个完整巩固的家。我希望我的父母有责任感和爱心,我希望有温暖的屋檐和干爽的床。我希望看到家人如花的笑颜,我希望能触到父母丝绸般的嘴唇和柔软的手指。

我的母亲,我严正地向你宣告——我有权得到肥沃的子宫和充沛的乳汁。如果你因为自己的大意甚至放纵,已经在我出生之前,把原本属于我的土地,让器械和病毒的野火烧过,将农田荼毒到贫瘠和荒凉,我拒绝在此地生根发芽。如果我不得不吸吮从硅胶缝隙中流淌出的乳汁,我很可能要三思而后行。我的父亲,我严正地向你宣告——如果你有种种的基因和遗传的病变,请约束自己,不要存在任何侥幸和昏庸。你不应有后裔,就请自重和自爱。人类是一个恢宏的整体,并非狭隘的传宗接代。如果你让我满身疾病地降临人间,那是你的愚蠢,更是我的悲凉。并非所有的出生都是幸福,也并非所有的隐藏都是怯懦。

我的祖父祖母外祖父外祖母,我要亲切地向你们表白。我知道你们的希冀,我也知道血浓于水的传说。我不能因为你们昏花的老眼,就模糊自己的人生目标。我应该比你们更强,这需要更多的和谐更多的努力。不要把你们种种未果的幻想,五花八门地涂抹在我的出生计划书上。如果你们给予我太多不切实际的重压和溺爱,我情愿逃开你们这样的家庭。

我的父母,如果你们已经对自己的婚姻不抱期望,请不要让我出生。不要把我当成黏合的胶水,修补你们旷日持久的裂痕。我不是白雪,无法覆盖你们情感的尸体。你们无权讳疾忌医,推诿自己的病况,而把康复的希望强加在一个无言的婴儿身上。那是你们的无能,更是你们的无良。

我的父母，我并非不通情达理。你们也可能有失算和意外，我不要求永恒和十全十美。我不会嫌弃贫穷，只是不能容忍卑贱。我不会要求奢华，但需要最基本的生存条件。我渴望温暖，如果你们还在寒冷之中，就缓些让我受冻。我羡慕团圆，如果你的梦不曾走出分裂，就不要让我加入煎熬的大军。

我的父母，请记住我的忠告：我的出生不是我的选择，而是你们的选择。当你们在代替另外一条性命做出如此庄严神圣不可逆反的决定的时候，你们可有足够的远见卓识？你们可有足够的勇气和坚忍？你们可有足够的智慧和真诚？你们可有足够的力量和襟怀？你们可有足够的博爱和慈悲？你们可有足够的尊敬和敬畏？

如果你们有啊，我愿意走出混沌，九炼成丹，降为你们的儿女。如果你们未曾有，我愿意静静地等待，一如花蕊在等待开放。如果你们根本就无视我的呼声，以你们的强权胁迫我出生，那你们将受到天惩。那惩罚不是来自我——一个嗷嗷待哺的赤子，而是源自你们千疮百孔的身心。

57. 爱怕什么

爱挺娇气挺笨挺糊涂的,有很多怕的东西。

爱怕撒谎。当我们不爱的时候,假装爱,是一件痛苦而倒霉的事情。假如被别人识破,我们就成了虚伪的坏蛋。你骗了别人的钱,可以退赔,你骗了别人的爱,就成了无赦的罪人。假如别人不曾识破,那就更惨。除非你已良心丧尽,否则便要承诺爱的假象,那心灵深处的绞杀,永无宁日。

爱怕沉默。太多的人,以为爱到深处是无言。其实,爱是很难描述的一种情感,需要详尽的表达和传递。爱需要行动,但爱绝不仅仅是行动,或者说语言和温情的流露,也是行动不可或缺的部分。我曾经和朋友们做过一个测验,让一个人心中充满一种独特的感觉,然后用表情和手势做出来,让其他不知底细的人猜测他的内心活动。出谜和解谜的人都欣然答应,自以为百无一失。结果,能正确解码的人少得可怜。当你自觉满脸爱意的时候,他人误读的结论千奇百怪。比如认为那是——矜持、发呆、忧郁……

一位妈妈,胸有成竹地低下头,做出一个表情。我和另外一位女士愣愣地看着她,相互对视了一下,异口同声地说:你要自杀!她愤怒地瞪着我们说:岂有此理!你们怎么那么笨?!我此刻心头正充盈温情!愚笨的我俩挺惭愧的,但没等我们道歉的话出口,那妈妈恍然大悟道:原来是这样!怪不得我每次这样看着儿子的时候,他会不安地说:妈妈,我又做错了什么?你又在发什么愁?

爱是那样的需要表达,就像耗竭太快的电器,每日都得充电。重复而新鲜地描述爱意吧,它是一种勇敢和智慧的艺术。

爱怕犹豫。爱是羞怯和机灵的,一不留神它就吃了鱼饵闪去。爱的初起往往是柔弱无骨的碰撞和翩若惊鸿的引力。在爱的极早期,就敏锐地识别自己的真爱,是一种能力,更是一种果敢,爱一桩事业,就奋不顾身地投入。爱一个人,就斩钉截铁地追求。爱一个民族,就挫骨扬灰地献身。爱一桩事业,就呕心沥血。爱一种信仰,就至死不悔。

爱怕模棱两可。要么爱这一个,要么爱那一个,遵循一种"全或无"的铁则。爱,就铺天盖地,不遗下一个角落。不爱就抽刀断水,金盆洗手。迟疑延宕是对他人和自己的不负责任。

爱怕沙上建塔。那样的爱,无论多么玲珑剔透,潮起潮落,遗下的只是无珠的蚌壳和断根的水草。

爱怕无源之水。沙漠里的河啊,即使不是海市蜃楼,波光粼粼又能坚持几天?当沙漠袭来的时候,最先干涸的正是泪水集聚的咸水湖。

爱怕假冒伪劣。真的爱也许不那么外表光滑,色彩艳丽,没有精致的包装,没有夸口的广告,但是它有内在的质量保证。真爱并非不会发生短路和损伤,但是它有保修单,那是两颗心的承诺,写在天地间。

爱是一个有机整体,怕分割。好似钢化玻璃,据说坦克压上也不会碎,可惜它的弱点是宁折不弯,脆不可裁。一旦破碎,就裂成了无数蚕豆大的渣滓,流淌一地,闪着凄楚的冷光,再也无法复原。

爱的脚力不健,怕远。距离会漂淡彼此相思的颜色,假如有可能,就靠得近一点,再近一点,知道水乳交融亲密无间。万万不要人为地以分离考验它的强度,那样你也许后悔莫及。尽量地创造并肩携手天人合一的时光。

爱像仙人掌类的花朵,怕转瞬即逝。爱可以不朝朝暮暮,爱可以不卿卿我我,但爱要铁杵磨针,恒远久长。

爱怕平分秋色。在爱的钢丝上不能学高空王子,不宜做危险动作。即使你摇摇晃晃,一时不曾跌落,也是偶然性在救你,任何一阵旋风,都可能使你飘然坠毁。最明智最保险的是赶快从高空回到平地,在泥土上留下深深脚印。

爱怕刻意求工。爱可以披头散发,爱可以荆钗布裙,爱可以粗茶淡饭,爱可以风餐露宿。只要一腔真爱,爱就有了依傍。

爱的时候,眼珠近视散光,只爱看江山如画。耳是聋的,只爱听莺歌燕舞。爱让人片面,爱让人轻信。爱让人智商下降,爱让人一厢情愿。爱最怕的,是腐败。爱需要天天注入激情的活力,但又如深潭,波澜不惊。

说了爱的这许多毛病,爱岂不一无是处?

爱是世上最坚固的记忆金属,高温下不融化,冰冻不脆裂。造一艘爱的航天飞机,你就可以驾驶着它,遨游九天。

爱是比天空和海洋更博大的宇宙,在那个独特的穹隆中,有着亿万颗爱的星斗,闪烁光芒。一粒小行星划下,就是爱的雨丝,缀起满天清光。

爱是神奇的化学试剂,能让苦难变得香甜,能让一分钟永驻成永远,能让平凡的容颜貌若天仙,能让喃喃细语压过雷鸣电闪。

爱是孕育万物的草原。在这里,能生长出能力、勇气、智慧、才干、友谊、关怀……所有人间的美德和属于大自然的美丽天分,爱都会赠予你。

在生和死之间,是孤独的人生旅程。保有一份真爱,就是照耀人生得以温暖的灯。

58. 保持惊奇

惊奇,是天性的一种流露。

生命的第一瞬就是惊奇。我们周围的世界,为什么由黑暗变得明朗?周围为什么由水变成了气?温度为什么由温暖变得清凉?外界的声音为何如此响亮?那个不断俯视我们亲吻我们的女人是谁?

从此我们在惊奇中成长。

这个世界上,有多少值得惊奇的事情啊。苹果为什么落地,流星为什么下雨,人为什么兵戎相见,历史为什么世代更迭……

孩子大睁着纯洁的双眼,面对着未知的世界,不断地惊奇着,探索着,在惊奇中渐渐长大。

惊奇是幼稚的特权,惊奇是一张白纸。

但人是不可以总是惊奇着的。在生命的某一个时辰,你突然因为你的惊奇,遭逢尴尬与嘲笑。你惊奇地发现——惊奇在更多的时候,是稚弱的表现,是少见多怪的代名词,是一种原始蛮荒的状态。

对于我们这个崇尚见怪不怪其怪自败、尊重老练成熟的民族心理中,惊奇是如胎发一般的标志。

你想成功吗?你首先须成功地把自己的惊奇掩盖起来。

我们的词典里，印着许多诸如"处变不惊"、"宠辱不惊"的词汇，使"不惊"镀着大将风度的金辉，而"惊"则屈于永久的贬义。

翻那词典，后面更有了"惊慌失措"、"大惊失色"、"惊恐万分"的形容，"惊"堕落着，简直就是怯懦、退缩、畏葸的同义语了。

于是人们开始厌恶惊奇。你想做大事吗？一个必备的基本功，就是训练自己丧失惊奇。

你看到爱情远不是传说中那般纯洁，你不要惊奇。

你看到生活远没有书本上描写的那么美好，你不要惊奇。

你看到友谊根本不是故事中那般忠诚，你不要惊奇。

你看到日子绝不如想象中那般绚烂，你不要惊奇⋯⋯

如果你惊奇了，你就违反了一条透明的规则，会遭到别人阳光下或是暗影里的嘲笑：这个孩子还嫩着呢。

你在一次次碰壁后省悟到：即使你对这个世界还一知半解，你还搞不清问题的全部，但有一点你现在就能做到——那就是——埋葬你的惊奇。

你看到丑恶，假装没有看到，依旧面不改色谈笑风生，人们就会送你人情练达的评价。你听到秽闻，仿佛在那一刻患了突发性的耳聋，脸上毫无表情，人们会感觉你老于世故可以信赖。你被美丽美好美妙的景色感动，只可以默默地藏在心底，脸上切不可露出少见多怪的惊异，人们就会以为你少年老成，有大谋略大气魄，是可做将帅的优良材料。你碰到可歌可泣的人间至情，要把心肠练得硬如钻石，脸不变色心不跳。就算真搅得肝肠寸断，只可夜晚躲在无人处暗自咀嚼，切不可叫人觑了去，落得个柔情寡断的罪名⋯⋯

现代社会是一只飞速旋转的风火轮，把无数信息强行灌输给我们。见多不怪，我们的心渐渐在震颤中麻痹，更不消说有意识地掩饰我们的惊讶，会更猛烈地加速心灵粗糙。在纷繁的灯红酒绿和人为的打磨中,我们必将极快地丧失掉惊奇的本能。

于是我们看到太多矜持的面孔。我们遭遇无数微笑后面的冷淡。我们把惊奇视作一种性格缺憾,我们以为永不惊讶才是人生的至高境界。

细细分析起来,"惊奇"是由两部分组成的,先有了"惊",其次才是"奇"。如果说"惊"属于一种对陌生事物认识局限的愕然,"奇"则是对未知事物积极探讨的萌芽了。

否认了"惊",就扼杀了它的同胞兄弟。我们将在无意之中,失去众多丰富自己的机遇。

假如牛顿不惊奇,他也许就把那个包裹着真理的金苹果,吃到自己的小肚子里面了。人类与伟大的万有引力相逢,也许还要迟滞很多年。

假如瓦特不惊奇,水壶盖噗噗响着,一个划时代的发现,就蒸发到厨房的空气中了。我们的蒸汽火车头,也许还要在牛车漫长的辙道里蹒跚亿万公里。

即使对普通人来说,掩盖惊奇,也易闹笑话。一位乡下朋友,第一次住进城里的宾馆。面对盥洗室里那些式样别致的洁具,他想不通人洗一个脸,何至于要如此麻烦。他不会使用这些物件,本来请教一下服务小姐,也就迎刃而解了。可是他不想暴露自己的惊奇,就用地上一个雪白的盛着半盆水的瓷器,洗了脸。后来他才知道,那是马桶。

这当然是一个极端的例子了。我之所以把它写在这里,绝无幸灾乐祸之意。现代社会令人眼花缭乱,每个人在某种意义上说,都是孤陋寡闻的。你在你的行业里是专家里手,在其他领域,完全可能是白痴。这不是羞愧的事情,坦率地流露惊奇,表示自己对这一方面的无知以及求知的探索,是一种可嘉的勇气。

我认识一位老人,一天兴致勃勃地同我探讨电脑的种种输入方法。他整整82岁了,肾脏功能已经衰竭,我坚信他这一辈子也不可能在电脑键盘上敲出一个字。他在自己的专业范畴里,是一位德高望重的长者,但对电脑的理解多有谬误,就连我这个二把刀也听出了许多破绽。但是老人家充满探索之光的惊奇的眼神,却在这一瞬像探照灯一样扫过我的灵魂。面对他青筋暴突微微颤抖的手,我想,不知我这一生可否活得这样高寿?不论我生命的历程有多长,我一定要记得这目光炯炯的惊奇,学习他对世界的这份挚爱。绝不仅仅沉浸在熟悉的航道,始终保持对辽阔海域的探索,直到我最后一次呼吸。

惊奇是一种天然,而不是制造出来的。它是真情实感的火花。一块滚圆的鹅卵石,便不再会惊讶江河的波涛。惊奇蕴含着奋进的活力。

惊奇不仅仅是幼稚,惊奇不仅仅是无知,惊奇是在它们基础上的深化和挺进。

你既然惊奇了,你就要探索这奥妙。你既然惊奇了,你就不能仅仅止于惊奇。爱好惊奇的人,也须将惊奇转化为平凡。消灭惊奇的过程,也就是学习的过程,惊奇在熟悉中淡化,才干在惊奇中成长。

世界是没有止境的,惊奇也是没有止境的。惊奇是流动的水,它使我们的思想翻滚着,散发着清新,抗拒着腐烂。

在城市里待得久了,常常使我们丧失惊奇的本能。我们鳝一样滑行着,浑身沾满市侩的黏液。

到自然中去,造化永远给我们以大惊喜。和寥廓的宇宙相比,个人的得失是怎样的微不足道啊。不要小看山水的洗涤,假如真正同天地对一次话,我们定会惊奇自己重新获得活力。

如果无法到自然中去,就同与自己没有利害关系的从小的朋友,做一次促膝的谈心。利害关系这件事,实在是交友的大敌。我不相信有永久的利益,我更珍视患难与共的友谊。长留史册的,不是锱铢必较的利益,而是肝胆相照的情分。和朋友坦诚的交往,会使我们留存着对真情的敏感,会使我们的眼睛抹去云翳,心境重新开朗,惊奇就在这清明的心境中,翩翩来临了。

假如既没有自然可以依傍,又没有朋友可以信赖,真是人生的一大憾事。只有在静夜中同自己对话,回忆那些经历中最美好的片段,温习曾经使心灵震撼的镜头。它也许是很小的一朵旷野花,也许是冬天的一盏红灯笼,也许是苍茫的大漠暮色,也许是雄浑激荡的乐曲……总之那是独属于你的一份秘密,只有你才知道它对于你的惊奇的意义。古语说:学而时习之,不亦说乎。复习以往我们情感中最精彩的片段,常常会使我们整旧如新。

保持惊奇,我常常这样对自己说。它是一眼永不干涸的温泉,会有汩汩的对于世界的热爱,蒸腾而起,滋润着我们的心灵。

59. 孝心无价

听一位研究古文字的教授讲,"孝"这个字在甲骨文里的写法,是一个少年人牵着一位老年人的手,慢慢地在走。"孝"字从右上到左下那长长的一撇,便是老人飘荡的胡须……

不知这说法是否为史学家定论,是否无懈可击,但它以一种恒远的温馨,包含着淡淡的苦楚沉淀我心,感到一种人类对自身生命的感怀,一种更为年轻的个体对即将逝去的年华无微不至的关顾与挽留。

"孝"是东方文化灿烂的遗产,但在我们这个国度里,身份却很有几分可疑。和它们比肩的"忠"的地位,则要光辉伟大的多。国家、民族、政党、军队……都是需要"忠"的,而在"忠孝不能两全"这句话的阴影下,"孝"好像成了"忠"的对立面,冰炭不相容。

和忠比起来,孝的范围似乎比较窄。前者面对的是众人,后者大约只包含自己的家人。回顾中国的近代史,国家民族奋战的艰难历程,在浸透血与火的车辙里,难得有"孝"的位置。先驱的革命者,从域外窃得种子,带回这块苦难的大地。他们是有知识的年轻人,之所以曾受到良好的教育享有文化,多半和富裕的家境不可分,但他们义无反顾地向父辈的剥削阵营开火了。在黑暗的日子里,他们一定经历了心灵的分裂与决斗,最终决定背叛自己的阶级。于是在漫长的革命生涯中,他们缄口,不再谈"孝"。

参加革命的穷苦人,投了红军,当了八路,上了战场……他们走了,永不回头,但他们的父母留在饥寒交迫之中,饱受欺凌压迫,许多人被敌人残酷地杀害了。革命者不会后悔自己的选择,只有战斗才有胜利,这是唯一正确的道路。但我相信生者在每年中秋,仰望圆圆的明月,低下头都会黯然神伤。尽管有无数的理由,尽管责任完全不在个人,但在潜意识里,他们永不为自己辩解,苛刻地认定自己不孝。于是,他们也拒不谈"孝"。

新中国成长起来的这一代人,在他们风华正茂的时候,开始了"文化大革命"。几乎每一个人都向自己的父母造过反。在青春勃发期关心国家大事的同时,意外地从家里找到了火山的爆发口,以自己的父母为第一目标,那时曾多么兴高采烈,遗下的却是永久的悔恨。待到狂潮退去,知识青年上山下乡,凄凉地告别父母,远赴边陲,有的是身不由己的流放感,再没了丝毫选择的余地。即使有谁想到"父母在,不远游",在那样的日子里,几乎相当于一句反动口号了。

后来他们返城。没有地方住,龟缩在父母的小屋,给已经年迈的父母更添一份烦乱。不要说尽孝了,还要垂垂老矣的父母为自家操心不已。薪水低少,需要父母补贴。没有房子住,和父母挤在一起。无人做饭,父母就是当然的炊事员。孩子无人照管,父母就是最好的保姆……多少次悄悄接过父母接济的银钱,理智上惭愧,手心却跃跃欲试的潮湿。太多的贫困,吞噬掉了儿女的自尊心,如果他们注定得接受馈赠,还是接受来自父母的施舍吧。在我们的内心深处,尚潜伏着一个善良坚定的愿望,爸爸妈妈,终有一天,一切都会好起来。我会将你们付给我的爱,加倍地偿还,让我们一道期待那一天吧。

现在天下太平,人间和睦,世道安宁,人们大胆地可以言孝了。

"孝"里当然有糟粕,有可笑以至可恨的迂腐气息,但其合理的内核却值得我们长久咀嚼。

我不喜欢一个苦孩求学的故事。家庭十分困难,父亲逝去,弟妹嗷嗷待哺,可他大学毕业后,还要坚持读研究生,母亲只有去卖血……我以为那是一个自私的学子。求学的路很漫长,一生一世的事业,何必太在意几年蹉跎?况且这时间的分分秒秒都苦涩无比,需用母亲的鲜血灌溉!一个连母亲都无法挚爱的人,还能指望他会爱谁?把自己的利益放在至高无上的位置的人,怎能成为为人类献身的大师?

我也不喜欢父母重病在床,断然离去的游子,无论你有多少理由。地球离了谁都照样转动,不必将个人力量夸大到不可思议的程度。在一位老人行将就木的时候,将他对人世间最后的期冀斩断,以绝望之心在寂寞中远行,那是对生命的大不敬。

我相信每一个赤诚忠厚的孩子,都曾在心底向父母许下"孝"的宏愿,相信来日方长,相信水到渠成,相信自己必有功成名就衣锦还乡的那一天,可以从容尽孝。

可惜人们忘了,忘了时间的残酷,忘了人生的短暂,忘了世上有永远无法报答的恩情,忘了生命本身有不堪一击的脆弱。

父母走了,带着对我们深深的挂念。父母走了,遗留给我们永无偿还的心情。你就永远无以言孝。

有一些事情,当我们年轻的时候,无法懂得。当我们懂得的时候,已不再年轻。世上有些东西可以弥补,有些东西永远无法弥补。

"孝"是稍纵即逝的眷恋,"孝"是无法重现的幸福。"孝"是一失足成千古恨的往事,"孝"是生命与生命交接处的链条,一旦断裂,永无连接。

赶快为你的父母尽一份孝心。也许是一处豪宅,也许是一片砖瓦。也许是大洋彼岸的一只鸿雁,也许是近在咫尺的一个口信。也许是一顶纯黑的博士帽,也许是作业簿上的一个红五分。也许是一桌山珍海味,也许是一只野果一朵小花。也许是花团锦簇的盛世华衣,也许是一双洁净的旧鞋。也许是数以万计的金钱,也许只是含着体温的一枚硬币……

在"孝"的天平上,它们等值。

只是,天下的儿女们,一定要抓紧啊!趁你父母健在的光阴。

60. 回家去问妈妈

那一年游敦煌回来,兴奋地同妈妈谈起戈壁的黄沙和祁连的雪峰。说到在丝绸之路上僻远的安西,哈密瓜汁甜得把嘴唇黏在一起……

安西!多么遥远的地方!我在那里体验到莫名其妙的感动。除了我,咱们家谁也没有到过那里!我得意地大叫。

一直安静听我说话的妈妈,淡淡地插了一句:在你不到半岁的时候,我就怀抱着你,走过安西。

我大吃一惊,从未听妈妈谈过这段往事。

妈妈说你生在新疆,长在北京。难道你是飞来的不成?以前我一说起带你赶路的事情,你就嫌烦。说知道啦,别再啰唆。

我说,我以为你是坐火车来的,一件司空见惯的事情。

妈妈依旧淡淡地说,那时候哪有火车?从星星峡经柳园到兰州,我每天抱着你,天不亮就爬上装货卡车的大厢板,在戈壁滩上颠呀颠,半夜才到有人烟的地方。你脏得像个泥巴娃娃,几盆水也洗不出本色……

我静静地倾听妈妈的描述,才知道我在幼年时曾带给母亲那样的艰难,才知道发生在安西的感动源远流长。

我突然意识到,在我和最亲近的母亲之间,潜伏着无数盲点。

我们总觉得已经成人,母亲只是一间古老的旧房。她给我们的童年以遮避,但不会再提供新的风景。我们急切地投身外面的世界,寻找自我的价值。全神贯注地倾听上司的评论,字斟句酌地印证众人的口碑,反复咀嚼朋友随口吐露的一滴印象,甚至会为恋人一颦一笑的含义彻夜思索……我们极其在意世人对我们的看法,因为世界上最困难的事莫过于认识自己。

我们恰恰忘了,当我们环视整个世界的时候,有一双微微眯起的眼睛,始终在背后凝视着我们。

那是妈妈的眼睛啊!

我们幼年的顽皮,我们成长的艰辛,我们与生俱来的弱点,我们异于常人的禀赋……我们从小到大最详尽的档案,我们失败与成功每一次的记录,都贮存在母亲宁静的眼中。

她是世界上第一个认识我们的人。我们何时长第一颗牙?我们何时说第一句话?我们何时跌倒了不再哭泣?我们何时骄傲地昂起了头颅?往事像长久不曾加洗的旧底片,虽然暗淡却清晰地存放在母亲的脑海中,期待着我们将它放大。

所有的妈妈都那么乐意向我们提起我们小时候的事情,她们的眼睛在那一瞬露水般的年轻。我们是她们制造的精品,她们像手艺精湛的老艺人,不厌其烦地描绘打磨我们的每一个过程。

我们厌烦了。我们觉得幼年的自己是一件半成品,更愿以光润明亮、色彩鲜艳、包装精美的成年姿态,出现在众人面前。

于是我们不客气地对妈妈说:老提那些过去的事,烦不烦呀?别说了,好不好?

从此,母亲就真的噤了声,不再提起往事。有时候,她会像抛上岸的鱼,突然张开嘴,急速地扇动着气流……她想起了什么,但她终于什么也没有说,干燥地合上了嘴唇。我们熟悉了她的这种姿势,以为是一种默契。

为什么怕听母亲讲过去的事情？是不愿承认我们曾经弱小？是不愿承载亲人过多的恩泽？我们在人海茫茫世事纷繁中无暇多想，总以为母亲会永远陪伴在身边，总以为将来会有某一天让她将一切讲完。

在一个猝不及防的刹那，冰冷的铁门在我们身后戛然落下。温暖的目光折断了翅膀，掩埋在黑暗的那一边。

我们在悲痛中愕然回首，才发现自己远远没有长大。

我们像一本没有结尾的书，每一个符号都是母亲用血书写。我们还未曾读懂，著者已撒手离去。从此我们面对书中的无数悬念和秘密，无以破译。

我们像一部手工制造的仪器，处处缠绕着历史的线路。母亲走了，那唯一的图纸丢了。从此我们不得不在暗夜中孤独地拆卸自己，焦灼地摸索着组合我们性格的规律。

当我们快乐时，她比我们更欢喜；当我们忧郁时，她是比我们更苦闷的人，当她头也不回地远去的时候，我们大梦初醒。

损失了的文物永不能复原，破坏了的古迹再不会重生。我们曾经满世界地寻找真诚，当我们明白最晶莹的真诚就在我们身后时，猛回头，它已永远熄灭。

我们流落世间，成为飘零的红叶。

趁老树虬髯的枝丫还郁郁葱葱时，让我们赶快跑回家，去问妈妈。

问她对你充满艰辛的诞育，问她独自经受的苦难。问清你幼小时的模样，问清她对你所有的期冀……你安安静静地偎依在她的身旁，听她像一个有经验的老农，介绍风霜雨雪中每一穗玉米的收成。

一定要赶快啊！生命给我们的允诺并不慷慨，两代人命运的云梯衔接处，时间只是窄窄的台阶。从我们明白人生的韵律，距父母还能明晰地谈论以往,并肩而行的日子屈指可数。

给母亲一个机会,让她重温创造的喜悦。给自己一个机会,让我深刻洞察尘封的记忆。给众人一个机会,让他全面搜集关于一个人一个时代的故事。

在春风和煦或是大雪纷飞的日子,赶快跑回家,去问妈妈。让我们一齐走向从前,寻找属于我们的童话。

61. 轻裘缓带

有一阵,我对各式各样能让自己放松的法子颇感兴趣。看了不少的书,听了若干的讲座,甚至还向别人传授过放松的技巧,以应对诸如考试时的大脑蓦然空白,马上就要上场讲演却遗忘了最重要的名称等等窘迫的危机。应用的结果是有微效,但无显效。一种治标的法子,利用身体和心理相辅相成的原理,以规定性的动作让肌肉松弛,期待着达到心境松弛的目的。想法是不错,只是难以百发百中。心理这个东西并不傻,它完全明了你的意图,是一个火眼金睛的上级指挥官。当你还没有开始动作的时候,它就前瞻到了。为什么你的心理会紧张到失措?必有迫它进入这种状态的强大潜在驱力,不针对这个驱力做釜底抽薪的功夫,只是一呼一吸地忙碌着你的肚皮,结果是扬汤止沸,可收一时之功效,却无根除之法力。

要把内心的紧张源探查清楚,那是一个大工程,也许需要专业人士的帮助。有一个针对身心紧张的小法子,就是着装上的轻裘缓带。服装是最贴近我们身体的小环境,如果它宽松舒缓轻柔随意,有助于安抚神经,酿造安然淡定的状态。轻裘缓带——你试着看看这几个字,是不是盯着盯着就有一种略带飘然的松弛感?

现代的服装太让人感觉紧张了。西服简直就是"笔挺"的同义词,如果你穿西服而又不够笔挺的话,意味着不是老土就是落魄。

套装也是如此,最适宜的角度是穿着高跟鞋,略向前倾地谦恭地站着,面露职业的微笑。如果是匆匆长路或是伏案苦作,这衣服一定会让你落下膝颈酸痛的暗疾。至于各式各样的行业制服,按照标准一丝不苟地穿戴起来,更是如盔甲一般沉重了。

看看自然界的生物多么优哉:懒散的熊猫和逍遥的金丝猴,滑翔的鹰和遨游的虾,它们都是恬然而自在的。唯有松弛才可达久远,唯有松弛才能更深在地开放潜能。即使是凶猛的虎和狮,当它们不捕食的时候,也是安详和优雅的。

弱小的动物通常是忙碌的,比如蚂蚁,比如蜜蜂,比如老鼠和兔子……但它们绝不会钻进有形有款的外套,别住自己的手脚,那样它们干起活来一定多了汗水(蚂蚁和蜜蜂出汗吗?一笑),逃跑起来一定少了胜算。越是辛劳,肢体越要随心所欲地动作,才会有更高的把握和更快的节奏。

如今,袒胸露臂的衣服多了,单从妨碍动作的角度,它对机体是一种解放。但它和轻裘缓带还是有所差异,被暴露的肌肤有可能在他人的注目下紧张,因为暴露的目的常常就是为了得到瞩目和好评。所以,覆盖得很少并不一定就是轻松,也许潜藏的期许更让人不安。所有对外在评价的留意,都是紧张轴心的发源地。

轻裘缓带的衣服是越来越少了。纵使有,也被纳入了"休闲"和"家居"的范畴,似乎是不登大雅之堂的。其实,工作中为何不能轻裘缓带?要知道,轻裘缓带这个词最早出现在《晋书·羊祜传》中,描绘的是将士在军营中的衣着。"祜在军,常轻裘缓带,身不被甲。"既然在森严的兵营中都可轻裘缓带,被紧张折磨的现代人,为什么不可徐缓一把呢?

如果你已经修炼到宠辱不惊,那么,穿什么都不重要,它都不会让你紧张。只是对于我这等道行不够之人,穿得宽松些,本身就是对紧张的挑战了。

62. 女人什么时候开始享受

女人什么时候开始享受?

当我们为自己的母亲,为自己的姐妹,为我们自己,问这个问题的时候,我们先要说明什么是女人的享受。

我们所说的享受,不是一掷千金的挥霍,不是灯红酒绿的奢侈,不是吆五喝六的排场,不是颐指气使的骄横……

我们所说的享受,不是珠光宝气的华贵,不是绫罗绸缎的柔美,不是周游列国的潇洒,不是管弦丝竹的飘逸……

我们所说的享受,只不过是在厨房里,单独为自己做一样爱吃的菜。在商场里,专门为自己买一件心爱的礼物。在公园里,和儿时的好朋友无拘无束地聊聊天,不用频频看表,顾忌家人的晚饭和晾出去还未收回的衣衫——在剧院里,看一出自己喜欢的喜剧或电影,不必惦念任何人的阴晴冷暖——

我们说的女人的享受,只是那些属于正常人的最基本的生活乐趣。只因无数的女人已经在劳累中将自己忘记。

女人何尝不希冀享受啊?

抱着婴儿,煮着牛奶,洗着衣物,女人用沾满肥皂的手抹抹头上的汗水说,现在孩子还小,等孩子长大了,我就可以好好享受享受了……

孩子渐渐地大了,要上幼儿园。女人挽着孩子,买菜做饭,还要在工作上做得出色,女人忙得昏天黑地,忘记了日月星辰。

不要紧,等孩子上了学就好了,松口气,就能享受了……女人们说。她们不知道皱纹已爬上脸庞。

孩子终于开始读书了,女人陷入了更大的忙碌之中。

要把自己的孩子培育成一个优秀的人。女人们这样想着,陀螺似的转动在单位、家、学校、自由市场和各种各样的儿童培训班里……孩子和丈夫是庞大的银河系,女人是行星。

白发似一根银丝,从空气中悄然落下,留在女人疲倦的额头。

我什么时候才能无牵无挂地享受一下呢?

在没有月亮的夜晚,女人吃力地伸展自己酸痛的筋骨,这样问自己。

哦,坚持住。就会好的,等到孩子大了,上了大学,或有了工作,一切就会好的。到那个时候,我可以好好地享受一下了……

女人这样对自己允诺。

她就在梦中微笑了。

时间抽走女人的美貌和力量,用皱纹和迟钝充填留下的黑洞。

孩子大了,飞出鸽巢,仅剩旧日的羽毛与母亲做伴。

女人叹息着,现在,她终于有时间享受一下了。

可惜她的牙齿已经松动,无法嚼碎坚果。她的眼睛已经昏花,再也分不清美丽的颜色。她的耳鼓已经朦胧,辨不明悦耳音响的差别。她的双腿已经老迈,再也登不上高耸的山峰……

出去的孩子又回来了,他带回一个更小的孩子。

于是女人恍惚觉得时光倒流了,她又开始无尽地操劳……

那个更幼小的孩子开始牙牙学语了,只是他叫的不是"妈妈",而是"奶奶"……

女人就这样老了,终于有一天,她再也不需要任何享受了。

在最后的时光里,她想到了,在很久很久以前,她对自己有过一个许诺——在春天的日子里,扎上一条红纱巾,到野外的绿草地上,静静地晒太阳,听蚂蚁在石子上行走的声音……

那真是一种享受啊。

女人说着,就永远地睡去了。

原谅我描述了这样一幅女人享受的图画,忧郁而凄凉。

因为我觉得无数的女人,在慷慨大度地向人间倾泻爱的时候,她们太不爱一个人了——那就是她们自己。

女人们,给我们自己留一点享受的时间和空间吧。不要一拖再拖,不要一等再等。

就从现在开始,就从今天开始。

不要把盘子里所有的肉都夹到孩子的嘴边。不要把家中所有的钱,都用来装扮房间和丈夫。不要在计划节日送礼物的名单上,独独遗下自己的名字……

善良的女人们,请从这一分钟开始,享受生活。

63. 何时才能外柔内刚

在咨询室米黄色的沙发上,安坐着一位美丽的女性。她上身穿着宝蓝色的真丝绣花 V 领上衣,衣襟上一枚鹅黄水晶的水仙花状胸针熠熠发亮。下着一条乳白色的宽松长裤,有一种古典的恬静花香一般弥散出来。服饰反射着心灵的波光,常常从来访者的衣着中就窥到她内心的律动。但对这位女性,我着实有些摸不着头脑,她似乎是很能控制自己的情绪,安宁而胸有成竹,但眼神中有些很激烈的精神碎屑在闪烁。她为何而来?

您一定想不出我有什么问题。她轻轻地开了口。

我点点头。是的,我猜不出。心理医生是人不是神。我耐心地等待着她。我相信她来到我这儿,不是为了给我出个谜语来玩。

她看我不搭话,就接着说下去。我心理挺正常的,说真的,我周围的人有了思想问题都找我呢!大伙儿都说我是半个心理医生。我看过很多心理学的书,对自己也有了解。

她说到这儿,很注意地看着我,我点点头,表示相信她所说的一切。是的,我知道有很多这样的年轻人,他们渴望了解自己也愿意帮助别人。但心理医生要经过严格的系统的训练,并非只是看书就可以达到水准的。

我知道我基本上算是一个正常人,在某些人的眼中,我简直就是成功者。有一份薪水很高的工作,有一个爱我,我也爱他的老公,还有房子和车。基本上也算是快活。可是,我不满足。我有一个问题——就是怎样才能做到外柔内刚?

我说,我看出你很苦恼,期望着改变。能把你的情况说得更详尽一些吗?有时,具体就是深入,细节就是症结。

宝蓝绸衣的女子说,我读过很多时尚杂志,知道怎样颔首微笑怎样举手投足。你看我这举止打扮,是不是很淑女?我说,是啊。

宝蓝绸衣女子说,可是这只是我的假象。在我的内心,涌动着激烈的怒火。我看到办公室内的尔虞我诈,先是极力地隐忍。我想,我要用自己的善良和大度感染大家,用自己的微笑消弭裂痕。刚开始我收到了一定的成效,大家都说我是办公室的一缕春风。可惜时间长了,春风先是变成了秋风,后来干脆成了西北风。我再也保持不了淑女的风范。开业务会,我会因为不同意见而勃然大怒,对我看不惯的人和事猛烈攻击,有的时候还会把矛头直接指向我的顶头上司,甚至直接顶撞老板。出外办事也是一样,人家都以为我是一个弱女子,但没想到我一出口,就像上了膛的机关枪,横扫一气。如果我始终是这样也就罢了,干脆永远的怒目金刚也不失为一种风格。但是,每次发过脾气之后,我都会飞快地进入后悔的阶段,我仿佛被鬼魂附体,在那个特定的时辰就不是我了,而是另一个披着我的淑女之皮的人。我不喜欢她,可她又确确实实是我的一部分。

看得出这番叙述让她堕入了苦恼的渊薮,眼圈都红了。我递给她一张面巾纸,她把柔柔的纸平铺在脸上,并不像常人那般上下一通揩擦,而是很细致地在眼圈和面颊上按了按,怕毁了自己精致的妆容。待她恢复平静后,我说,那么你理想中的外柔内刚是怎样的呢?

宝蓝绸衣女子一下子活泼起来,说我给你讲个故事吧。那时我在国外,看到一家饭店冤枉了一位印度女子,明明道理在她这边,可饭店就是诬她偷拿了某个贵重的台灯,要罚她的款。大庭广众之下,众目睽睽的,非常尴尬。要是我,哼,必得据理力争,大吵大闹,逼他们拿出证据,否则绝不甘休。那位女子身着艳丽的纱丽,长发披肩,不温不火,在整个两个小时的征伐中,脸上始终挂着温婉的笑容,但是在原则问题上却是丝毫不让。面对咄咄逼人的饭店侍卫的围攻,她不急不恼,连语音的分贝都没有丝毫的提高,她不曾从自己的立场上退让一分,也没有一个小动作丧失了风范,头发丝的每一次拂动都合乎礼仪。

那种表面上水波不兴骨子里铮铮作响的风度,真是太有魅力啦!宝蓝绸衣女子的眼神充满了神往。

我说,我明白你的意思了,你很想具备这种收放自如的本领。该硬的时候坚如磐石,该软的时候绵若无骨。

她说,正是。我想了很多办法,真可谓机关算尽,可我还是做不到。最多只能做到外表看起来好像很镇静,其实内心躁动不安。

我说,当你有了什么不满意的时候,是不是很爱压抑着自己?宝蓝绸衣女子说,那当然了。什么叫老练,什么叫城府,指的就是这些啊。人小的时候天天盼着长大,长大的标准是什么?这不就是长大嘛!人小的时候,高兴啊懊恼啊,都写在脸上,这就是幼稚,是缺乏社会经验。当我们一天天成长起来,就学会了察言观色,学会了人前只说三分话,未可全抛一片心。风行社会的礼仪礼貌,更是把人包裹起来。我就是按着这个框子修炼的,可到了后来,我天天压抑着自己的真实情感,变成了一个面具。

我说,你说的这种苦恼我也深深地体验过。在阐述自己观点的时候,在和别人争辩的时候,当被领导误解的时候,当自己一番好意却被当成驴肝肺的时候,往往就火冒三丈,也顾不得平日克制而出的彬彬有礼了,也记不得保持风范了,一下子义愤填膺,嗓门也大了,脸也红了。

听我这么一说,宝蓝绸衣的女子笑起来说,原来世上也有同病相怜的人,我一下子心里好受了许多。只是后来您改变了吗?

我说,我尝试着改变。情绪是一点一滴积累起来的,我不再认为隐藏自己真实的感受,是一项值得夸赞的本领。当然了,成人不能像小孩子那样,把所有的喜怒哀乐都写在脸上,但我们的真实感受是我们到底是一个怎样的人的组成部分。如果我们爱自己,承认自己是有价值的,我们就有勇气接纳自己的真实情感,而不是笼统地把它们隐藏起来。一个小孩子是不懂得掩饰自己的内心的,所以有个褒义词叫作"赤子之心"。当人渐渐长大,在社会化的过程中,学会了把一部分情感埋在心中。在成长的同时,也不幸失去了和内心的接触。时间长了,有的人以为凡是表达情感就是软弱,要把情感隐蔽起来,这实在是人的一个悲剧。

我们的情感,很多时候是由我们的价值观和本能综合形成的。压抑情感就是压抑了我们心底的呼声。中国古代就知道,治水不能"堵",只能疏导。对情绪也是一样,单纯的遮蔽只能让情绪在暗处像野火的灰烬一样,无声地蔓延,在一个意想不到的地方猛地蹿出凶猛的火苗。这个道理想通之后,我开始尊重自己的情绪,如果我发觉自己生气了,我不再单纯地否认自己的怒气,不再认为发怒是一件不体面的事情,也不再竭力用其他的事件分散自己的注意力。因为发自内心的愤怒在未被释放的情况下,是不会像露水一样无声无息地渗透到地下销声匿迹,它们潜伏在我们心灵的一角,悄悄地发酵,膨胀着自己的体积,积攒着自己的压力,在某一个瞬间,就毫不留情地爆发出来。

如果我发觉自己生气了,就会很重视内心感受,我会问自己,我为什么而生气?找到原因之后,我会认真地对待自己的情绪,找到疏导和释放的最好方法,再不让它们有长大的机会。举个小例子,有一段时间我一听到东北人说话的声音心中就烦,经常和东北人发生摩擦,不单在单位里,就是在公共汽车上或是商场里,也会和东北籍的乘客或是售货员争吵。终于有一天,我决定清扫自己这种恶劣的情绪。我挖开自己记忆的坟墓,抖出往事的尸骸。那还是我在西藏当兵的时候,一个东北人莫名其妙地把我骂了一顿,反驳的话就堵在我的喉咙口。但一想到自己是个小女兵,他是老兵,我该尊重和服从,吵架是很幼稚而不体面的表现,就硬憋着一言不发。那愤怒累积着,在几十年中变成了不可理喻的仇恨,后来竟到了只要听到东北口音就过敏反感,非要吵闹才可平息心中的阻塞,造成了很多不必要的误会。

我把我的故事对宝蓝绸衣的女子讲完了,她说,哦,我有了一些启发。外柔内刚的柔只是表象,只是技术,单纯地学习淑女风范,可以解决一时,却不能保证永远。这种皮毛的技巧,弄巧成拙也许会使积聚的情绪无法宣泄,引起某种场合的失控。外柔需要内刚做基础,而内刚不是从天上掉下来的,是靠自我的不断探索。

我说你讲得真好,咱们都要继续修炼,当我们内心平和而坚定的时候,再有了一定表达的技巧,就可以外柔内刚了。

64. 性感的进化

女友是经济学家。一天拉拉杂杂地聊天,不知怎的扯到性感上来了。她问,依你看,在表述对异性性感方面的要求上,男人和女人谁更赤裸裸?

我一时没听明白,说从哪些方面看呢?

女友说,就从征婚广告上看吧。这是现代人对性感要求的最好标本。

我说,那可能是男性。你没看到满世界花红柳绿的刊物封面,都是美女当家,基本是为了满足男性的审美欲望。

女友说,错了。我看女性在要求男性性感方面,一点儿也不含蓄。

比如征婚广告,女性全都很明确地标出要求男性的身高。身高这个东西,就是性感标志。在畜牧和农耕社会之时,包括前工业社会,一个男人的身高是非常重要的,因为追赶猎物捕获敌方包括应对情敌,身高都是举足轻重的砝码。一个女人,找到一个高大的男人,自己和后代的生存与安全就有了比较稳固的保障。相比之下,男人还要克制一些,甚至可以说明智一些。他们在征婚广告上并没有写出要求女性的三围是多少,更多是提出希望所征女性贤淑温柔。这是后天的品德而不是先天所赐。当然你可以说贤淑也是性感,如果说性感也分档次的话,我看这是较高层次的性感指标。

我笑起来说,那按你的这套逻辑,其实要求男子的身高是一种过了时的性感。

女友正色道,是啊。就是在原始社会,身高也不一定能保证必定胜出,矮个子只要智谋超群,也一样能遗传自己的基因,这也就是矮个子至今连绵不绝的原因。女人把持着身高这一点不放,是思维上的懒惰,把事物简单化了。简单的现代化还有一种表现,就是把财富当成了性感。我大笑,说这也太有趣了,身高当性感还可接受,至于钱和性感,实在有点风马牛不相及。

朋友说,毕淑敏你太迂。我说的不是幸福,是性感。性感是个中性的词汇,你不能说它是好或是不好,也不能说它一定会导致怎样的结果。一些不愿或是不喜用自己的头脑思考的人,总是喜欢把复杂的事情写个普及版。如今,不单有钱是性感,有权有势也都成了性感标志。你看腐化堕落的高官,几乎都有所谓的"红颜知己",其实不过是吞食了诱饵的异性猎物。以为男子有权有势有身高有祖业……就是性感,以为跟随他自己的一生就有了保障,实在大谬。性感并不是生殖感,所以它不仅仅和性激素有关,更是和一个人对自己的性别的把握和修养有关。拿男子来说,想远古时期,必是跑得快跳得高能用石斧砍虎狼的头领才是性感。到了后来,像诸葛亮这样摇着鹅毛扇但很有计谋的人,也要算作性感。远古对待女人,一定是能多多生育的母亲才叫性感。但到了自杀的虞姬那会儿,除了美貌,刚烈忠贞也算性感了。这样看来,性感也是社会进步的指标之一。据说,最近某地评选最性感的男人,凤凰卫视的阮次山先生当选,这位老先生秃顶结巴,实在有违当下美男的标准。可见性感在不断进步。

性感在女性,不是扭腰送胯飞媚眼,也不是丰乳肥臀嗲音调,而是一种将女性的外在和内在之美融合为一体,不单要男性觉得这是异性独到的巧夺天工,更要让女性也觉得这是本性姹紫嫣红的骄傲。性感在男性,不是虎背熊腰蛮气力,也不是高官厚爵金满地,而是将男性的外在和内在之美也融合得天衣无缝,不单让女性觉得这是异性独到的万千气象,更要让男性也觉得这是自己奋斗和仰望的范本。

我说,听你这样一讲,我等便都是一点都不性感的凡人了。朋友说,你以为性感像如今绿化的美国冷草坪一样遍地都是吗?性感其实是一种稀缺资源。

65. 我所喜爱的女性

我喜欢爱花的女性。花是我们日常能随手得到的最美好的景色。从昂贵的玫瑰到卑微的野菊。花不论出处,朵不分大小,只要生机勃勃地开放着,就是令人心怡的美丽。不喜欢花的女性,她的心多半已化为寸草不生的黑戈壁。

我喜欢眼神乐于直视他人的女性。她会眼帘低垂余光袅袅,也会怒目相向入木三分,更多的时间她是平和安静甚至是悠然地注视着面前的一切,犹如笼罩风云的星空。看人躲躲闪闪目光如蚂蚱般跳动的女性,我总疑她受过太多的侵害。这或许不是她的错,但她已丢了安然向人的能力。

我喜欢到了时候就恋爱到了时候就生子的女人,恰似一株按照节气拔苗分蘖结粒的麦子。我能理解一切的晚恋晚育和独身,可我总顽固认为逆时辰而动,需储存偌大的勇气,才能上路。如果是平凡的女子,还是珍爱上苍赋予的天然节律,徐步向前。

我喜欢会做饭的女人,这是从远古传下来的手艺。博物馆描述猿人生活的图画,都绘着腰间绑着兽皮的女人,低垂着乳房,拨弄篝火,准备食物。可见烹饪对于女子,先于时装和一切其他行业。汤不一定鲜美,却要热。饼不一定酥软,却要圆。无论从爱自己还是爱他人的角度想,"食"都是一件大事。一个不爱做饭的女人,像风干的葡萄干,可能更甜,却失了珠圆玉润的本相。

　　我喜欢爱读书的女人。书不是胭脂,却会使女人心颜常驻。书不是棍棒,却会使女人铿锵有力。书不是羽毛,却会使女人飞翔。书不是万能的,却会使女人千变万化。不读书的女人,无论她怎样冰雪聪明,只有一世才情,可书中收藏着百代精华。

　　我喜欢深存感恩之心又独自远行的女人。知道谢父母,却不盲从。知道谢天地,却不畏惧。知道谢自己,却不自恋。知道谢朋友,却不依赖。知道谢每一粒种子每一缕清风,也知道要早起播种和御风而行。

66. 男人和女人的区别

做医生的时候,常常接生。男婴和女婴的区别,就在那小小的方寸之间。后来,男孩和女孩长大了,一个头发长,一个头发短。一个穿裙衫,一个穿短裤。这是他人强加给男人和女人最初的区别,他们其实还在混沌之中。后来,曲线们出来了,肌肉们出来了。这些名叫第二性征的桨,把男人和女人与涟漪渐渐划出互不相干的圆环。

遇到过一个女病人,因为病重,需要持续地应用雄激素。那是一种黏稠的胶水样物质,往针管里抽的时候非常困难,好像黄油。那药瓶极小,比葵花子大不了多少。每个星期打两针,量也不算大。药针就那样一管管打下去,不知从哪一天开始,以前那个清秀的女孩,像蝉蜕悄然殒落。一个音色粗哑须发苍黑骨骼阔大满脸粉刺的鲁莽汉子蹒跚地出现在我们的面前,以至于同屋的一个女病人嗫嚅地对我说,她还算女人吗?我想换到别的屋。

男人也有用雌激素的,比如国际驰名的人妖。任凭你有再好的眼力,也看不出他们与天然的女人有何区别。

我端详着装着雌雄两种激素的小瓶,在医学里它们被庄严地称为"安瓿"——英文"AMPOULE"的音译。意思是密封的小注射剂瓶。两种激素的作用虽有天壤之别,但外观是那样的相似,像新鲜松香黏而透明。敲开安瓿闻一闻,也没有什么特别的气味。

但男人和女人的巨大差别就蕴藏在这柔润的液体里。这魔幻的药水里,有尖锐的喉结细腻的肌肤温婉的脾性和烈火般的品格。它使所有男人和女人的神秘,都简化成一个枯燥的分子式。它是上帝之手,可以任意制造美女和伟男。它是点石成金的造化,把人类多少年的雕琢浓缩到短暂的瞬间。

人关于自身最玄妙的谜语,被这淡黄色的油滴践踏。所有男人和女人各自引以为豪的差别,只不过是两个小小的安瓿而已。

假如你把玻璃瓶上的字迹擦掉,你就分不清它到底是哪一种激素。

两个一模一样的安瓿。这就是男人和女人的全部区别。

我们沉默。我们黯淡。科学就是这样清脆地击落神话和谎言,逼迫人们面对赤裸裸的真实。

男人和女人的区别究竟在哪里?

他们犹如南极和北极,蒙着一样的冰雪,裹着一样的严寒,但他们南辕北辙,永不重叠。

性征是不足以强调的,它们已在冰冷的手术台上,被人千百次地重新塑造。甚至女性赖以骄人的生育,也已被清澈的试管代替。生物的自然属性淡化为一连串简洁的符号。假如今日还有人以自己的性别特征为资本,喋喋不休,那实在是悲哀和愚蠢。

我们寻找,男人和女人的区别。

那区别不在生理而在心理,不在外表而在内心,人类文明进程的天空愈晴朗,太阳和月亮的个性愈分明。

男人和女人都做事业。男人是为了改造这个世界,女人是为了向世界证明自己。

男人为了事业,可以抛却生命和爱情。他们几乎从一开始的时候就下了必死的决心,愿意用一生去殉事业。男人崇尚死,以为死是最壮丽的序言和跋。因而男人是悲壮的动物。

女人为了事业,力求生命与爱情两全。她们在两座陡壁中艰难地攀登,眼睛始终注视着狭隘的蓝天。她们总相信在生命的最后一分钟会出现奇迹,她们崇尚生。在她们的潜意识里,自己曾经制造过生命,还有什么制造不出来的呢?女人是希望的动物。

男人的感情像一只红透了的苹果,可以分割成许多等份,每一份都香甜可口。当然被虫子蛀过的地方除外。

女人的感情像一洼积聚缓慢的冷泉,汲走一捧就减少一捧,没有办法叫它加速流淌。假如你伤了那泉眼,泉水会在瞬间干涸。所以女人有时候会显得莫名其妙。

男人的内心像一颗核桃。外表是那样坚硬,一旦砸烂了壳,里面有纵横曲折的闪回,细腻得超乎想象。

女人的内心像一颗话梅。细细地品,有那么复杂的滋味。咬开核,里面藏着一个五味俱全的苦仁。

男人的胸怀大,所以他们有时粗心。女人的心眼小,所以她们会斤斤计较。

男人的脚力好,所以他们习惯远行。女人的眼力好,所以她们爱停下来欣赏风景。

男人和女人都要孩子。男人是为了找到一个酷像自己的人,自己没做完的事还等着他去做呢。女人是为了制造一个崭新的人,做一番自己意想不到的事。

男人和女人都吃饭。男人吃饭是为了更有力气,所以他们总是狼吞虎咽。女人吃饭是因为必须要吃,所以她们总是心不在焉。

男人和女人都穿衣。男人穿衣是为了实用,所以他们冬着皮毛夏套短裤,只管自己惬意。女人穿衣是为了美丽,所以她们腊月穿裙子三伏披有帽子的风衣,很在乎别人的评议。

男人遇到伤心事的时候,把眼泪咽到肚里,所以他们的血液就越来越咸,心像礁石,虽然有孔,但是很硬。女人遇到伤心事的时候,就把眼泪洒在地上,所以她们的血液就越来越淡,像矿泉水一样,比较甜,比较晶莹。

男人爱把自己的忧郁藏起来,觉得忧郁是一件丢脸的事情。女人爱把忧郁涂在自己的脸上,好像那是一种名贵的粉底霜。

男人把屈辱痛苦愤怒都化为力量。他们好像一只热火朝天的炉子,无论什么东西抛进去,都能成燃料,呼呼地烧起来。水哗哗地开了,喧嚣的蒸汽推着男人向前走。

女人将所有的苦难都凝聚为仇恨。无论伤害的小路从哪里开始,都将到达复仇的城堡。然而女性的报复是一把双刃的剪刀,它在刺伤女人仇人的同时也刺伤女人。甚至它刺伤主人在先。然而女人正是见到仇人的血与自己的血流在一起,她才心安,才感到复仇的真实。假如自己毫发无损,即使对方血流成河,她们也觉得不可靠,不扎实。她们有一种同归于尽的渴望。

男人在欢庆胜利的时候,马上考虑把战果像面包似的发起来。胜利像毒品一样,刺激他们更大的欲望。女人在欢庆胜利的时候,想的是赶快把苹果放到冰箱里保存起来。胜利像电扇,吹得她们更清醒。于是男人多常胜将军也多一败涂地的草寇,女人多稳练的千家却乏恢宏的大手笔。

男人会喜欢很多的女人,在他一生的任何时候。女人会怀念一个唯一的男人,在她行将离开这个世界的瞬间。

男人和女人的区别太多太多。它们像骨髓,流动在最坚硬的地方。当我们说某某像个女人的时候,我们已使女人抽象。当我们说某某像男人的时候,我们指的其实是一种类型。剔掉了世俗的褒贬之意,原野上剩下了孤零零的两棵树。两棵树都很苍老,年轮同文明一般古旧。它们枝叶繁茂,上面筑满鸟巢。

它们会走到一处吗?

无所谓高下,无所谓短长,无所谓优劣,无所谓输赢。各自沐着风雨,在电闪雷鸣的时候,打个招呼。

男人和女人的区别,地久天长。

67. 请为你的夸奖道歉

朋友和我讲过这样一个故事。

她到北欧某国做访问学者,周末到当地教授家中做客。一进屋,问候之后,看到了教授5岁的小女儿。这孩子满头金发,眼珠如同纯蓝的蝌蚪顾盼生辉,极其美丽。朋友带去了中国礼物,小女孩有礼貌地微笑道谢。朋友抚摸着女孩的头发说,你长得这么漂亮,真是可爱极了!

教授等女儿退走之后,很严肃地对朋友说,你伤害了我的女儿,你要向她道歉。朋友大惊,说我一番好意,夸奖她,还送了她礼物,伤害二字从何谈起?教授说,你是因为她的漂亮而夸奖她,而漂亮这件事,不是她的功劳,这取决于我和她的父亲的基因遗传,与她个人基本上没有关系。你夸奖了她,孩子很小,不会分辨,她就会认为这是她的本领。而她一旦认为天生的美丽是值得骄傲的资本,她就会看不起长相平平甚至丑陋的孩子,这就成了误区。而且,你未经她的允许,就抚摸她的头,这使她以为一个陌生人可以随意抚摸她的身体而可以不经她的同意,这也是不良引导。不过你不要这样沮丧,你还有机会弥补。有一点,你是可以夸奖她的,这就是她的微笑和有礼貌。这是她自己努力的结果。

请你为你刚才的夸奖道歉。教授这样结束了她的话。

后来呢？我问。

后来我就很正式地向教授的小女儿道了歉，同时表扬了她的礼貌。朋友说。

从那以后，每当我看到美丽的孩子，我都会对自己说，忍住你对他们容貌的夸赞，从他们成长的角度来说，这件事要处之淡然。孩子不是一件可供欣赏的瓷器或是可供抚摸的羽毛。他们的心灵像很软的透明皂，每一次夸奖都会留下划痕。

68. 蚕是被自己的丝裹住的

蚕是被自己的丝裹住的,这是一个真理。每一个养过蚕的人和没有养过蚕的人,都知道这件事。蚕丝是一寸一寸吐出来的,在吐的时候,蚕仰着头,很快乐专注的样子。蚕并没有意识到,正是自己的努力劳动,才将自己的身体束缚得紧紧的。直到被人一股脑儿丢进开水锅里,煮死,然后那些美丽的丝,成了没有生命的嫁衣。

这是蚕的悲剧。当我们说到悲剧的时候,不由自主地持了一种观望的态度。也许,是"剧"这个词,将我们引入歧途。以为他人是演员,而我们只是包厢里遥远的安全的看客。其实,作茧自缚的情况,绝不如想象的那样罕见,它们广泛地存在于我们周围,空气中到处都飘荡着纷飞的乱丝。

钱的丝飞舞着。很多人在选择以钱为生命指标的时候,看到的是钱所带来的便利和荣耀的光环。钱是单纯的,但攫取钱的手段却不是那样单纯。把一样物作为自己奋斗的目标,它的危险,不在于这桩物品的本身,而在于你是怎么样获取它并消费它。或许可以说,收入钱的能力还比较容易掌握,支出它的能力则和人的综合素质有极大的关系。在这个意义上讲,有些人是不配享有大量的金钱的。如同一个头脑不健全的人,如果碰巧有了很大的蛮力,那么，无论是对于他本人还是对于他人，都不是一件幸事。在一个社会财富和个人财富飞速增长的时代，钱是温柔绚丽的，钱也是漂浮迷惘的，钱的乱丝令没有能力驾驭它的人窒息，直至被它绞杀。

爱的丝也如4月的柳絮一般飞舞着，迷乱着我们的眼，雪一般覆盖着视线。这句话严格说起来，是有语病的。真正的爱，不是诱惑，是温暖。只会使我们更勇敢和智慧，但的确有很多人被爱包围着，时有狂躁，那就是爱得没有节制了。没有节制的爱，如同没有节制的水和火一样，甚至包括氧气，同是灾难性的。

水火无情，大家都是知道的。但是谈到氧气，那是一种多么好的东西啊。围棋高手下棋的时候，吸氧之后，妙招迭出，让人疑心气袋之中是否藏有古今棋谱。记得我学习医科的时候，教授讲过这样一个故事。一名新护士值班，看到衰竭的病人呼吸十分困难，用目光无声地哀求她——请把氧气瓶的流量开的大些。出于对病人的悲悯，加上新护士特有的胆大，当然，还有时值夜半，医生已然休息。几种情形叠加在一起，于是她想，对病人有好处的事，想来医生也该同意的，就在不曾请示医生的情况下，私自把氧气流量表拧大。气体通过湿化瓶，汩汩流出，病人顿感舒服，眼中满是感激的神色，护士就放心地离开了。那夜，不巧来了其他的重病人。当护士忙完之后，捋着一头的汗水再一次巡视病房的时候，发现那位衰竭的病人，已然死亡。究其原因，关键的杀手竟是——氧气中毒。高浓度的氧气抑制了病人的呼吸中枢，让他在安然的享受中丧失了自主呼吸的能力，悄无声息地逝去了……

很可怕，是不是？丧失节制，就是如此恐怖的魔杖，它令优美变成狰狞，使怜爱演为杀机。

谈到爱的缠裹带给我们的灾难，更是俯拾即是。放眼观察，会发现很多。多少人为爱所累，沉迷其中，深受其苦。在所有的蚕丝里面，我一起爱的丝，可能是最无形而又最柔韧的一种。挣脱它，也需要最高的能力和技巧。这当中的奥秘,需每一个人细细地揣摩练习。

还有工作的丝,友情的丝,陋习的丝,嗜好的丝……或松或紧地包绕着我们,令我们在习惯的窠臼当中难以自拔。

逢到这种时候,我们常常表现得很无奈很无助,甚至还有一点点敝帚自珍的狡辩。常常可以听到有人说,我也知道自己的毛病,也不是不想改,可就是改不掉。我就是这样一个人了……当他说完这些话的时候,就好像对自己和众人都有了一个交代,然后脸上就显出安坦无辜的样子,仿佛合上了牛皮纸封面的卷宗。

每当这种时候,我在悲哀的同时,也升起怒火。你明知你的茧,是你自己吐的丝凝成的,你挣扎在茧中,你想突围而出。你遇到了困难,这是一种必然。但你却为自己找了种种的借口,你向你的丝退却了。你一面吃力地咬断包围你的丝,一面更汹涌地吐出你的丝,你是一个作茧自缚的高手,你比推石头的西西弗斯还惨。他的石头只是滚下又滚下,起码并没有变得更大更沉重。你的丝却在这种突围和分泌的交替中,汲取了你的气力,蚕食了你的信心,它令你变得越来越不喜爱自己,退缩着,在茧中藏得更深更严密更闭锁更干瘪了。

我们每个人都有一些茧。这些茧背负在我们的身上,吸取着我们的热量,让我们寒冷,令前进的速度受限。撕碎这茧,没有外力和机械可供支援,只有靠自己的心和爪。

茧破裂的时候,是痛苦的。茧是我们亲手营造的小世界。茧的空间虽是狭窄的,也是相对安全的。甚至一些不良的嗜好,当我们沉浸其中的时候,感受到的也是习惯成自然的熟络。打破了茧的蚕,被鲜冷的空气,闪亮的阳光,新锐的声音,陌生的场景……刺激着,扰动着,紧张的挑战接踵而来。这种时刻的不安,极易诱发退缩。但它是正常和难以避免的,是有益和富于建设性的,你会在这种变化当中,感受到生命充满爆发的张力,你知道你活着痛着并且成长着。

有很多人终生困顿在他们自己的茧里。这是他们自己的选择,当生命结束的时候,他们也许会恍然发觉,世界只是一个茧,而自己未曾真正地生活过。

69. 疲倦

疲倦是现代人越来越常见的一种生存状态,在我们的周围,随便看一眼吧,有多少垂头丧气的儿童?萎靡不振的青年?疲惫已极的中年?落落寡欢的老年?……人们广泛而漠然地疲倦了。很多人已见怪不怪,以为疲倦是正常的了。

有一次,我把一条旧呢裤送到街上的洗染店。师傅看了以后,说,我会尽力洗熨的。但是,你的裤子,这一回穿得太久了,恐怕膝盖前面的鼓包是没法熨平了。它疲倦了。

我吃惊地说,裤子——它居然也会疲倦?

师傅说,是啊。不但呢子会疲倦,羊绒衫也会疲倦的,所以,穿过几天之后,你要脱下晾晾它,让毛衫有一个喘气的机会。皮鞋也会疲倦的,你要几双倒换着上脚,这样才可延长皮子的寿命……

我半信半疑,心想,莫不是该师傅太热爱他所从事的工作了,才这般体恤手下无生命的衣料。

又一次,我在一家工厂,看到一种特别的合金,如同谄媚的叛臣,能折弯无数次,韧度不减。我说,天下无双了。总工程师摇摇头道,它有一个强大的对手。

我好奇地问,谁?

总工程师说:就是它自己的疲劳。

我讶然,金属也会疲劳啊?

总工程师说,是啊。这种内伤,除了预防,无药可医。如果不在它的疲劳限度之前,让它休息,那么,它会突然断裂,引发灾难。

那一瞬,我知道了疲倦的厉害。钢打铁铸的金属尚且如此,遑论肉胎凡身!

疲倦发生的时候,如同一种会流淌的灰暗,在皮肤表面蔓延,使人整个儿地困顿和蜷缩起来。如果不加克服和调整,黏滞的不适,便如寒露一般,侵袭到身体的底层。我们了无热情,心灰意懒。我们不再关注春天何时萌动,秋天何时飘零。我们迷茫地看着孩子微笑,不知道他们为何快乐。我们不爱惜自己了,觉察不到自己的珍贵。我们不热爱他人了,因为他人是使我们厌烦的源头。我们麻木困惑,每天的太阳都是旧的。阳光已不再播洒温暖,只是射出逼人的光线。我们得过且过地敷衍着工作,因为它已不是创造性思维的动力。

疲倦是一种淡淡的腐蚀剂,当它无色无臭地积聚着,潜移默化地浸泡着我们的神经,意志的酥软就发生了。

在身体疲倦的背后,是精神率先疲倦了。我们丧失了好奇心,不再如饥似渴地求知,生活纳入尘封的模式。甚至婚姻,也会疲倦。它刻板地重复着,没有新意,没有发展。爱情的弹性老化了,像一只很久没有充气的球,表皮皲裂,塌陷着,摔到地上,噗噗地发出充满怨恨的声音,却再不会轻盈地跳起,奔跑着向前。

疲倦到了极点的时候,人会完全感觉不到生命和生活的乐趣,所有的感官都在感受苦难,于是它们就保护性地、不约而同地封闭了。我们便被闭锁在一个狭小的茧里,呼吸窘迫,四肢蜷曲,渐渐逼近窒息了。

疲倦的可怕,还在于它的传染性。一个人疲倦了,他就变成一炷迷香,在人群中持久地散布着疲倦的细微颗粒。他低落地徘徊着,拖抑着整体的步伐。当我们的周围生活着一个疲倦的人,就像有一个饿着肚子的人,无声地要求着我们把自己精神的谷粒,拨一些到他的空碗中。不过,如果我们这样做了之后,才发觉不但没有使他振作起来,自身也莫名其妙地被削弱了。

身体的疲倦,转而加剧着精神的苦闷。

变更太频繁了,信息太繁复了,刺激太猛烈了,扰动太浩大了,强度太凶,频率太高……即使是喜悦和财富,如果没有清醒的节制,铺天盖地而来,也会使我们在震惊之后深刻地疲倦。

当疲倦发生的时候,我们怎么办呢?

看看大自然如何应对疲倦吧。春天的花开得疲倦的时候,它们就悄然地撤离枝头,放弃了美丽,留下了小小的果实;当风疲倦的时候,它就停止了荡涤,让大地恢复平静;当海浪疲倦的时候,洋面就丝绸般的安宁了;当天空疲倦的时候,它就用月亮替换太阳……

人们没有自然界高明。不信,你看。当道路疲倦的时候,就塞车;当办公室疲倦的时候,就推诿和没有效率;当组织者疲倦的时候,就出现混乱和不公;当社会疲倦的时候,就冷漠和麻木……

疲倦对我们的伤害,需要平心静气的休养生息。让目光重新敏锐,让步伐恢复轻捷,让天性生长快乐,让手足温暖有力。耳朵能够捕捉到蜻蜓的呼吸,发梢能够感受到阳光的抚摸,微笑能如鲜橙般耀眼,眼泪能如菩提般仁慈……

疲倦是可以战胜的,法宝就是珍爱我们自己。疲倦是可以化险为夷的,战术就是宁静致远。疲倦考验着我们,折磨着我们。疲倦也锤炼着我们,升华着我们。

70. 未来和将来的区别

"未来"和"将来",意思好像差不多。老祖宗是很讲究词语的,比如秀丽和漂亮,都是形容好看,但其中有细微却不容忽视的区别。秀丽更自然天成,漂亮则带有人工斧凿的痕迹。那么未来和将来的差异究竟在哪儿?坦率地讲,我成天和文字打交道,很长时间内搞不清。

原认为未来和将来的不同,主要在于时间距离的长短。比如常说"走向未来",指比较遥远的时间段,无法改成"走向将来"。换后者也可勉强成文,终不伦不类。也就是说,"将来"似乎是比较贴近眼前的时间,"未来"的尺度则更宏大一些,有点像公里和海里的关系。

察觉失误源于听天气预报。播音员常说,在未来二十四小时内……

一昼夜并不遥远,但这句话不便改成"在将来二十四小时内"。看来单是距此时此刻的时间尺度,并不是这两个词的分水岭。

查词典。

"将来"——"时间词。现在以后的时间。"

"未来"——"就要到来的。指时间。"

如此解释,半斤八两,不了了之。似乎也不便埋怨撰写词典的人敷衍了事,这两个词,在日常使用上,像通用电脑的内存条,置换方便。比如说"未来是青年人的",可以很利索地转化为"将来是青年人的",理解上无重大歧义。

那么,智慧的老祖宗,为什么还要分得这么细?

近读一本学者的书,茅塞顿开。文中说,"未"字的古义是"滋味"。"未"字和"木"字很相像,比木多了一横。这一横可不是随便加的,有深意。它代表树叶,表示枝干繁茂。繁茂了和滋味有什么关系?此刻需要一点艺术想象力——叶子多了说明树木生长情形良好,结的果子就多,味道就好……叶子遮挡了光线,树下就显出朦胧昏昧的样子,表达一种不可知和不可测的神秘性。

哈!原来"未"的意思是——"朦胧的果实"。

至于"将来"的"将"字,居然有些热腾腾的血腥气藏在内里。指"手执利剑屠宰杀生",所以最初多用于将军和厨师,后来渐渐衍生出"掌握"和"选择"的意思。

如果一定要概括"将"字形象,我愿意把它描绘成遮掩着某些利益的黑色斗篷。

学者说,"未来"是指在我们视野之外的明天,"将来"是指在我们掌握之中的明天。

它们都犀利地指向明天。"未来"是一颗雾蒙蒙的核桃,"将来"是一只隐蔽的魔柜。

某学生成绩优异,人们说,这孩子"将来"能上重点中学,"将来"能上大学。在这里,"将来"有一种探囊索物的笃定,运筹帷幄的安详。一个人发了财,只要经营得当,不犯法,他"将来"会成为富翁。当然意外也随伺左右,如果学生临场失常考试砸锅,商人徇私舞弊作奸犯科,人们会说,看!他把自己的"将来"给毁了。"将来"虽然是预计,在这里却几乎成了人人可以把握的既定事实。

"将来"所说的明天,实质上更多是一种惯性。是在基础上搭盖的二层楼,是箭已离弦,从铁弓到靶心的飞翔过程。于是就有了世故和因循的气息,成了可以预期红利的股票。

未来更富于冒险和挑战。它是昏暗中的不倦探索,是勇气和智慧的多次叠加,是期望战胜了恐惧后的欣喜,是漂浮着幻想泡沫的鸡尾酒。

当人们反复强调,"未来"不是梦的时候,内心确知"未来"有太多梦幻的成分。当人们允诺"未来"的寰球是和平世界时,面对的是眼前的硝烟和核弹。当人们说,"未来"要到星际旅行,等待人类的实际上是艰苦拼搏和献身。人们大胆地对"未来"做出的种种预测,其实只是孤独和勇敢地对着茫茫宇宙的悲壮自白。

将来很实惠,未来多虚幻。一个人在明天的早饭还没着落的时候,考虑的只能是将来。但两相比较,我还是更喜欢未来的含义。

将来当然重要。这条优质纱巾,把某些已露端倪的矛盾遮盖着,掩藏起短兵相接的锋芒。温暖地包裹鸡蛋,把它孵化,某个黎明,嘹亮的鸡啼把主人唤醒。一颗海椰被风暴冲到适宜生长的岸边,便会长成大树,需要的仅仅是时间。定时炸弹埋在土里,秒针无声走动,一个惊天动地的时刻渐渐迫近……"将来"不是无源之水无本之木,"将来"是春种秋收勤劳敬业的农夫。你播下的是龙种,收获的就不是跳蚤。

所以对待将来,如同守候性能可靠的生产线,按部就班是它的最大特征。输进原料,就准备照单接收产品。出了废品,切勿埋怨客观。必是某个环节出了故障,隐患早趴在暗处了。如果得到嘉奖,也不必大喜过望。所有数据已经输入,就像火箭发射,飞上蓝天才是正理,凌空一炸就是大冷门了。

所以,将来的基调是冷静的古朴之色。循序渐进是经,成竹在胸是纬。所以让我们生出些许畏惧,些许忐忑,盖因时间的关系。

好像正在显影的照片,虽然一切已经定型,毕竟最后一道工序尚未完成。在某些情形下,将来之手的可怕在于——它无法使事情变得比设想更好,但有足够的力量,把事情变糟。

我们永不能对将来掉以轻心。

但从人类的发展史来说,更重要的是面向未来。猿从树上降落到草地,直立行走,绝不仅仅是已知行为方式的延伸和把握,而是充满了想象力度的空前变革。前景如何,无法预报。最初的人类,只是在若明若暗的曦光中走着,艰难困窘挺进远方。然而一个伟大的新世纪,就在这蹒跚的脚印中爆发。

将来是沉稳的,未来是炙烈的。将来是简明扼要的,未来是华美铺张的。将来是务实的,未来是缥缈的。将来是有条不紊的,未来是浮想联翩的。将来是殚精竭虑的,未来是高瞻远瞩的。将来是惨淡经营的,未来是举重若轻的。将来是可以揭秘一览无余的苫布,未来是永在夜空闪烁不可触及的星巢。

将来更多地属于个体。未来则是全人类远眺的家园。

现今的人们,常常为自己设计多种"将来",将来变得越来越精确和细致。但一己的将来固然重要,整个人类的未来,更是现代人必须关注的方向。将来和未来结合在一起,就是飞翔的魔毯,把我们载往远方的树林,那里有朦胧的新的果实。

毕淑敏创作简历

1987年在《昆仑》杂志发表处女作 中篇小说《昆仑殇》
1995年出版第一部长篇小说《红处方》
1995年出版《毕淑敏文集》4卷本
2012年出版《毕淑敏文集》12卷本

主要作品一览

1. 补天石
2. 素面朝天
3. 血玲珑
4. 我很重要
5. 昆仑殇
6. 天使和魔鬼的较量
7. 芒果女人
8. 行使拒绝权
9. 孝心无价
10. 电脑时代的灰色诱惑
11. 提醒幸福

12. 那座山,虎啸龙吟

13. 婚姻鞋

14. 孩子,我为什么打你

15. 美好的性,是阳光下的火炬

16. 斜视

17. 假如我出卷子

18. 捉刀

19. 紫色人形

20. 猫头鹰行动

21. 雪花糯米粥

22. 最晚的晚报

23. 给我一粒脱身丸

24. 同你现在一般大

25. 月晕而风

26. 术者

27. 月饼的故事

28. 米年型电话键

29. 白杨木鼻子

30. 非正式包装

31. 硕士今天答辩

32. 蟑螂谷

33. 汗血马尾

34. 梦幻小屋和蓝手镯

35. 苔藓绿西服

36. 雉羽

37. 赔

38. 束修

39. 跳级

40. 妈妈福尔摩斯

41. 一厘米（被选入中学语文课本，苏教版九年级下册）

42. 不会变形的金刚

43. 天衣无缝

44. 赶考的女人

45. 阑尾刘

46. 冰雪花卉

47. 匣子里的水牛

48. 西红柿王

49. 紫花布幔

50. 预约财富

51. 原始股

52. 送你一条红地毯

53. 看家护院

54. 最后一支西地兰

55. 教授的戒指

56. 预约死亡

57. 君子于役

58. 北飞北飞

59. 伴随你建立功勋

60. 不宜重逢

61. 转

62. 阿里

63.《红处方》

64. 友情树上只有一个果子，叫做信任

65.《拯救乳房》

66. 大海里翻了豆腐船

67. 今世的五百次回眸

68. 女人之约

69. 生生不已

70. 翻浆

71. 养心的妙药

72.《女心理师》

73.《花冠病毒》

74.《心灵游戏》

75. 他们眼中的她们

76. 祥和与理性的统一

77. 在母性中升华

78. 女工

79. 坦然走过乞丐

80.《毕淑敏母子航海环球旅行记》

81. 写"福"字的女孩

82.《破解幸福密码》

83.《幸福的七种颜色》

84.《蓝色天堂》

85. 我们家的男子汉

86. 儿子的创意

87.《西藏,面冰十年》

88.《带上灵魂去旅行》

89.《鲜花手术》

90. 谎言三叶草

91. 鱼在波涛下微笑

92. 像烟灰一样松散

93. 没有一棵小草自惭形秽
94.《星光下的灵魂》
95. 暴雨筛
96. 我的五样(被选入中学语文课本,苏教版)

图书在版编目(CIP)数据

毕淑敏精选集／毕淑敏著. —北京:北京燕山出版社,2015.8(2016.9重印)
ISBN 978-7-5402-3913-8

Ⅰ.①毕… Ⅱ.①毕… Ⅲ.①散文集-中国-当代 Ⅳ.①I 267

中国版本图书馆 CIP 数据核字(2015)第 164294 号

毕淑敏精选集

作　　者	毕淑敏
责任编辑	常思薇　王　然　王月佳
责任校对	石　英　张瑞武　岳　欣
出版发行	北京燕山出版社
	北京市西城区陶然亭路53号　　邮编100054
经　　销	新华书店
印　　刷	北京松源印刷有限公司
开　　本	787×1092　1/32
印　　张	8.5
字　　数	205 千字
版次印次	2015 年 8 月第 1 版　2016 年 9 月第 2 次印刷
定　　价	36.00 元

版权所有　盗版必究